JULIETTE MANET | Angstvoll

Über dieses Buch

Schon auf der Zugreise zu einer Kleinstadt im französischen Jura, wo Krimiautorin Hélène ein Preis verliehen werden soll, erhält sie einen merkwürdigen Anruf: Eine ihr unbekannte Stimme teilt ihr mit, der *Rabe ist tot*. Und diese verwirrende Botschaft ist nur der Auftakt zu einer ganzen Reihe Furcht einflößender Ereignisse.

Im Anschluss an eine im Gymnasium der Stadt veranstaltete Lesung werden Hélène mehrere unveröffentlichte Manuskripte zur Prüfung überreicht. Eines davon schildert die Auslöschung einer ganzen Familie, so detailreich und eiskalt, dass es keine Fiktion sein kann. Der anonyme Verfasser dieser Zeilen schildert offensichtlich etwas, das er selbst erlebt hat – oder selbst verübt?

Hélènes Neugier ist geweckt. Doch kaum hat sie die Fährte aufgenommen, wird sie nachts in ihrem Hotelzimmer überfallen. Der Mann, dessen Umrisse sie im Dunkeln nicht erkennen kann, verlangt von ihr, mit ihm zu kooperieren. Er will mit Hélènes Hilfe aus seinen Verbrechen einen Bestseller machen und berühmt werden – und kündigt weitere Morde an. Fieberhaft beginnt Hélène Nachforschungen anzustellen, in der Hoffnung, Menschenleben retten zu können …

Über die Autorin

JULIETTE MANET wurde 1961 in Biarritz geboren. Sie hat Kunstgeschichte studiert und arbeitete viele Jahre als Fotomodell, unter anderem für Helmut Newton. Heute lebt sie mit ihrer Tochter und ihrem Mann in Florida. Ihre Thriller fanden große Beachtung in Frankreich und avancierten schnell zu Bestsellern. »Angstvoll« ist nach »Wehrlos« ihr zweiter Roman im Diana-Verlag.

JULIETTE MANET

Angstvoll

Thriller

Aus dem Französischen von Monika Buchgeister

Diana Verlag

FSC
Mix
Produktgruppe aus vorbildlich bewirtschafteten Wäldern und anderen kontrollierten Herkünften

Zert.-Nr. SGS-COC-1940
www.fsc.org

Verlagsgruppe Random House FSC-DEU-0100.
Das für dieses Buch verwendete FSC-zertifizierte Papier *Holmen Book Cream* liefert Holmen Paper, Hallstavik, Schweden.

Die Originalausgabe erschien 2002 unter dem Titel *LE RENARD ET LE CORBEAU* bei Editions Plon, Paris

Vollständige Taschenbuchneuausgabe 08/2009

Die deutsche Erstausgabe erschien 2003 unter dem Titel *Der Tod des Raben* bei Verlagsgruppe Lübbe GmbH & Co. KG

Herstellung | Helga Schörnig
Umschlaggestaltung | Hauptmann & Kompanie Werbeagentur, München–Zürich, Teresa Mutzenbach
Satz | hanseaten-Satz-bremen, Bremen
Druck und Bindung | GGP Media GmbH, Pößneck
Printed in Germany 2009

978-3-453-35405-0

http://www.diana-verlag.de

Der Rabe ist tot

1

Sie folgten den Fußspuren und den kleinen, bereits blassen Blutspritzern, die sich hier und da an der Schneeoberfläche zeigten. Manchmal blieben sie stehen und lauschten. Ihr Atem ging schwer in der Kälte, pfeifend durchschnitt er die Stille. Ein dichter Nebel hatte sich über den Wald gesenkt und verschluckte die Baumwipfel. Hart gefrorener Schnee überkrustete die hoch aufragenden Zweige wie ein glitzernder Panzer.

Der Pfad wand sich zwischen den Bäumen zum Tal hinunter. Das Mädchen hatte nur ein paar Minuten Vorsprung. Ihre Gesichter glühten vor Anstrengung, Erregung und Angst. Sie mussten es einholen, bevor es die ersten Straßen im Dorf erreichte. Hinter ihnen breitete sich der Nebel weiter aus. Die ersten Flocken wirbelten im Wind zu Boden.

Weiter oben schneite es bereits wieder. Sollte der Sturm schneller vorankommen als sie, so hätten sie keine Chance mehr, das Mädchen aufzuspüren. Sie hatten bereits zu viel Zeit verloren. Sie beschleunigten ihren Schritt.

Nur wenige Meter weiter unten schleppte sich das Mädchen mit letzter Kraft voran. Es hörte nichts außer dem unter seinen bloßen Füßen knirschenden Schnee, seinem keuchenden Atem und seinem klopfenden Herzen, aber mit dem Instinkt eines gejagten Tieres spürte es, dass sie näher kamen. Die in ein fahles

Licht getauchten Tannen glitten wie Schatten an ihm vorüber.

Das Mädchen kannte den Wald gut. Von Kindheit an hatte es viel Zeit dort verbracht. Es kam an einer Anhäufung von Steinen vorbei, die ihm bekannt vorkam. Kälte und Regen hatten an dem schwarzen Stein genagt, die Formation glich einer halb vollendeten oder halb zerstörten Skulptur, die je nach Blickwinkel dem Kopf eines Hundes oder dem eines Pferdes glich.

Außer Atem blieb sie einen Augenblick stehen und presste frierend die Arme unter die Achseln. Der stechende Schmerz in ihrem Bauch ließ nicht nach. Sie fuhr mit einer Hand zwischen ihre Schenkel und besah ihre blutverschmierten Finger.

Die Steinblöcke waren groß genug, um ihr Schutz zu bieten. Sie brauchte sich nur in einer Nische zwischen zwei Felsen zu verkriechen, dann würden ihre Verfolger in ihrem Jagdeifer vorbeieilen. Hatte sie sie erst einmal vor sich, wäre es ein Leichtes, ihnen zu entkommen. Sie bräuchte nur einen Umweg zu machen und zum Ufer des Sees hinunterzulaufen.

Schon glaubte sie sich gerettet. Sie drehte sich um und sah ihre eigenen Spuren im Schnee. Wie kleine Punkte schlängelten sie sich zwischen den Bäumen hindurch. In diesem Augenblick entdeckte sie die beiden. Sie gaben sich keine Mühe, in Deckung zu bleiben. Ihre verschwommenen und unscharfen Silhouetten tauchten aus dem Nebel auf und eilten nun den Hang hinab.

Voller Panik setzte sie ihre Flucht fort. Sie war fünfzehn Jahre alt und hatte blondes, kurz geschnittenes Haar. Bekleidet war sie lediglich mit einem blauen Wollhemd, an dem mehrere Knöpfe abgerissen waren.

Das Gewitter schnitt immer wieder helle Zacken in den tiefschwarzen Himmel; in der Ferne riss der stürmische Wind die Blätter von den Bäumen; der Tag war zur Nacht geworden. Geduckt rannte sie weiter, fühlte nicht einmal mehr, wie das Unterholz ihre bloßen Füße aufriss. Unzählige schwarze Punkte tanzten vor ihren Augen. Sie folgte dem Pfad, der unter seinem Blätterdach wie ein finsteres Gewölbe zum Tal hinunterführte. Ein aufgeschrecktes Tier mit glänzendem Fell huschte vor ihr über den Weg, sodass sie ins Straucheln geriet. Ebenso plötzlich, wie es aufgetaucht war, verschwand es wieder im Gebüsch. Ohne Vorwarnung wurde sie von einer gewaltigen Übelkeit gepackt und sank zusammen. Von Krämpfen gepeinigt, kauerte sie auf allen vieren am Boden. Der Schmerz schüttelte sie in regelmäßigem Abstand wie die Windstöße die Gipfel der Bäume. Die Schatten schienen sich zu bewegen; knackende, raschelnde Geräusche kamen aus dem Dunkel. Galle und Blut flossen ihr über das Kinn.

An einem Baumstamm richtete sie sich langsam auf. Ihre Handflächen und Knie waren aufgeschürft. Sie lehnte ihre Wange gegen die feuchte, raue Rinde und sah, dass sie den Wald beinahe hinter sich hatte. Der Weg wurde breiter und mündete in eine Lichtung, von der es nicht mehr weit bis zum Dorf war. Durch die Nadelbäume hindurch schimmerten bereits die ockerfarbenen Ziegel der Dächer.

Sie würden es nicht wagen, sie auch noch in den Straßen zu verfolgen. Dort könnte sie laut schreien. Aber wie ein Tier, das einmal in den Lichtkegel eines Autoscheinwerfers geraten ist, glaubte sie nicht mehr daran, überhaupt noch eine Chance zu haben. Die Beine wurden ihr schwer, als wolle der Schnee sie bei jedem ihrer Schritte festsaugen und nicht mehr loslassen. Die Muskeln verhärteten sich; sie war wie gelähmt und glaubte, wie in einem bösen Traum, nicht mehr vorwärtskommen zu können.

Vielleicht war diese Verfolgung am Ende nur ein Albtraum. Sie würde aufwachen und unter der schützenden Decke in ihrem Bett liegen.

»Annette!«

Sie riefen nach ihr. Es sollte beruhigend klingen, aber es lag ein drohender Unterton in ihren Stimmen, der ihre Wut verriet.

Sie konnte nicht mehr klar denken. Eine allumfassende Angst erfüllte sie, sodass sie nicht mehr Herr ihrer Sinne war. Sie unterdrückte einen Schrei. Niemand außer den Verfolgern würde ihn hören. Vor nicht einmal einer halben Stunde hatten sie sie vergewaltigt. Und geschlagen. Weil sie sich wehrte. Jetzt waren sie ihr auf den Fersen. Sie warf nicht einmal einen Blick über ihre Schulter, aus Angst, sie könnten schon ganz nah sein.

Das Herz klopfte ihr zum Zerspringen, und ihre Kehle war wie zugeschnürt. Die eisige Luft brannte in den Lungen, und jeder Atemzug kostete sie Überwindung. Da entfuhr ihr ein schmerzerfülltes Stöhnen. Sie war über einen Baumstumpf gestolpert und hatte sich den Knöchel verstaucht. Breite Nebelschwaden senkten sich plötzlich herab, und Schnee hüllte sie ein. Mit letzter Anstrengung setzte sie ihre Flucht fort. Ein bisschen Glück, nur ein kleines bisschen, und sie würde ihren Angreifern entkommen. Sie musste in den Nebel eintauchen, der sich jetzt rasch ausbreitete. Sie wechselte immer wieder die Richtung, um ihre Spur unkenntlich zu machen.

Sie war sicher, dass sie sie töten würden. Eine andere Lösung gab es nicht. Ihren Körper würden sie verstecken; der Winter hatte gerade erst begonnen, und man würde ihn erst im Frühling finden, wenn er bis dahin nicht von Tieren aufgefressen worden war.

Einen Spaziergang in den Wald, so hatte der Vorschlag der beiden gelautet. Nicht zum ersten Mal gingen sie zusammen los. Warum hätte sie ihnen also nicht vertrauen sollen?

Sie hatte ihre Absichten erst bemerkt, als einer von ihnen ihre Brust betatschte. Der andere hatte sie von hinten gepackt, mit seinem Gewicht zu Boden geworfen und ihren Kopf in den Schnee gedrückt.

Ihre Kleidung hatten sie in Stücke gerissen. Sie keuchten über ihr und feuerten sich gegenseitig an. Es gelang ihr nicht, sich aus der Umklammerung zu befreien. Sie hatte versucht, um sich zu schlagen, aber ein Faustschlag nahm ihr den Atem. Diesen Moment machten sie sich zu Nutze. Sie hatte ihre eisigen Hände auf ihrer Haut gespürt; harte, ungeduldige Hände ohne Zärtlichkeit; Hände, die wehtaten, deren Schlechtigkeit nicht aufzuhalten war. Sie erinnerte sich, dass sie, gleichermaßen überrascht und gepeinigt, geschrien hatte, bis auch der Zweite endlich von ihr abließ, nachdem er sie genommen hatte. Sie sah in ihre Gesichter, sah ihre zu einem Strich zusammengepressten Lippen, ihre misstrauischen und flackernden Augen. Alles war nur so gekommen, weil sie ihnen vertraut hatte und weil sie den Wald so sehr mochte. Ihr Körper war eiskalt, und ein unbeherrschbares Zittern durchlief ihre Glieder. Sie hatte nicht mehr genug Kraft, um zu weinen. Hin und wieder kam ein Stöhnen über ihre gequälten Lippen. Dass sie tatsächlich versuchen würde zu fliehen, hatten die beiden nicht für möglich gehalten.

Jetzt aber war sie am Ende. Sie fühlte nichts mehr. Die Dämmerung war hereingebrochen. Ihre Kiefer schlugen aufeinander wie bei einem zu Tode geängstigten Tier. Ihr wurde schwindlig, und die Beine gaben nach. Ihre Lippen murmelten unablässig unzusammenhängende Worte. Geräusche drangen an ihr Ohr, die sie nicht einzuordnen vermochte. Sie sah die Bäume davoneilen und in der Ferne verschwinden. Der Wald bestand nur noch aus einer dunklen Masse, die sich in einem eisigen, fahlen Licht zerfranste. Hinter ihr hatte einer der Verfolger einen Zweig aufgehoben und warf ihn achtlos weg. Der Zweig traf sie am Kopf. Lautlos brach sie zusammen. In einem jähen Aufbäumen krallte sich ihre Hand um ein Häufchen Schnee.

2

Es war ein Abend im Dezember, kurz vor Weihnachten. Die Nacht stieg aus der Erde empor und hüllte die Bäume in ihr Dunkel. Die Sterne funkelten wie Eissplitter an einem fahlen Himmel, und die über den Sümpfen hängenden Nebelbänke verliehen der Landschaft ein gespenstisches Aussehen.

Der Mond war über der Dombes-Gegend aufgegangen, und das Rauschen der zwischen den Bäumen umherfliegenden Raubvögel klang wie das Rascheln von Seide.

Mit hochgehaltenen Angeln wateten die Brüder Revermont durch den schlammigen Boden am Ufer des Sees. Sie verstanden sich darauf, ertragreiche Stellen ausfindig zu machen; Stellen, an denen die Hechte sich tummelten, weil das Wasser dort sauberer war. Lucien, der Ältere, hatte gerade eine seiner Richtschnüre eingeholt. Er tauchte den Kescher ins Wasser, fasste dann behände nach dem Fisch, löste den Köder und warf seine Beute in einen Jutesack, der an einem kleinen Schlauch im Wasser hing.

»Lulu! Komm mal schnell her!«

Lucien drehte sich um. Sein Bruder fuchtelte wild mit den Händen herum, um auf sich aufmerksam zu machen. Das Wasser stand Lucien bis zum Gürtel, während sein drei Jahre jüngerer Bruder Christophe an der Böschung geblieben war. Er zog den Schwimmer hinter sich her und watete zu ihm hinüber.

»Schau mal da!«, sagte Christophe.

Er zeigte mit dem Finger auf eine halb vermoderte Baumwurzel, die sich im Mondschein erahnen ließ. Lucien schaute seinen kleinen Bruder nervös an. Mit seinen zwölf Jahren war Christophe noch sehr leicht aus der Fassung zu bringen. Sie fischten ohne Erlaubnis und durften sich auf gar keinen Fall vom Besitzer des Sees erwischen lassen, indem sie die Anwohner durch Geschrei aufscheuchten.

»Das ist doch nur ein Baum. Reg dich nicht auf, du Idiot!«

»An der Seite! Schau doch mal an der Seite!«

Lucien übergab seinem Bruder die Schnur mit dem Schwimmer und ging näher an den Baumstumpf heran. Er zog eine Taschenlampe hervor, deckte mit der einen Hand den Lichtstrahl ab und beleuchtete den Stumpf. Im wuchernden Geäst hatte sich so etwas wie ein großes Büschel verfangen. Das Ganze ähnelte einem Haufen ineinander verschlungener Wurzeln, die sich zu einem scheußlichen Ungetüm auftürmten.

»Das sieht doch aus wie ein Skelett«, sagte Christophe.

Lucien ging noch näher heran. Er konnte jetzt die Rippen genau erkennen. Nur der obere Teil war vorhanden, gerade einmal der Brustkorb; ein seltsames Gebilde hier in dem stehenden Gewässer.

»Eine Hirschkuh oder ein großer Hund«, befand Lucien.

Er machte sich daran, das Übrige freizulegen. An den Knochen hingen noch harte, klebrige Fetzen.

»Was machen wir damit?«, fragte Christophe.

»Nichts. Wir holen unsere Angeln wieder ein.«

»Glaubst du nicht, dass dieses Ding das Wasser verdorben hat?«

Lucien zuckte die Schultern. Er zog das Gerippe mühsam an die Böschung und setzte seine Untersuchung fort. Bei jedem Schritt fühlte er, wie der Schlamm sich an seinen Gummistiefeln festsaugte.

Vom Fleisch hatten die hungrigen Fische nichts übrig gelassen. Vermutlich vor allem Katzenwelse, aber auch Hechte und Karpfen mochten sich daran gelabt haben.

Er hatte gelesen, dass Leute krank geworden waren, nachdem sie schlechten Fisch gegessen hatten. Vielleicht hatte sein Bruder am Ende recht. Er sog die feuchte, kühle Luft tief ein und versuchte, möglichst ruhig weiterzuatmen. Gewöhnlich bestand der Müll aus Konservendosen und Bierflaschen; einmal hatte er einen Männerschuh ohne Schnürsenkel herausgefischt. Ein Aas, noch dazu von einer solchen Größe, hatten sie bisher noch nie gefunden. Mit einem Mal nahm ihre nächtliche Unternehmung eine unvermutete Wendung. Er schaute zum Weiler hinüber. Nichts regte sich. Die wenigen, von einem Hof umgebenen Lichter schimmerten matt. Ein Vogel flog dicht an ihnen vorüber und stieß einen spitzen Schrei aus. Sie lauschten seinem gleichmäßigen Flügelschlag. Der Mond stand ruhig auf seiner Bahn am Himmel. Eine sanfte Brise blies von Westen her; das Schilf wogte leicht, beinahe melancholisch, hin und her. Lucien richtete die Taschenlampe auf die Oberfläche des Sees. Kleine Wellen plätscherten sanft an die Böschung. Das von ihm aufgewühlte Wasser war trüb. Er reichte die Taschenlampe seinem Bruder, nahm den Kescher, tauchte ihn in den Schlamm und handhabte ihn wie eine Sense, um den Grund abzutasten, bevor er ihn wieder hochzog.

»Was machst du da?«, flüsterte Christophe.

»Ich suche nach dem Rest.«

Er ging um den Baumstumpf herum und wühlte weiter. Dieses Mal lag anstatt der üblichen pflanzlichen Ablagerungen etwas Glänzendes mitten in einem Algenbüschel. Ein Stück Metall! Es hatte wohl kaum etwas mit dem Gerippe zu tun. Er ging zur Böschung zurück und schwenkte den Kescher hin und her. Im Grunde hatte er nicht damit gerechnet, etwas zu finden. Er beugte sich hinunter. Christophe kam zu ihm. Schleierwolken verbargen die Sterne. Die Frösche quakten und störten die Stille und die glatte, weite, schwarze Fläche des Sees.

»Eine Münze«, sagte Christophe.

Lucien nahm seinem Bruder die Lampe wieder ab und hielt das Licht näher an das Geldstück. Es ähnelte einem Medaillon; das Metall war teilweise mit einer grünen durchscheinenden Schicht überzogen.

Fasziniert von dem matten Glanz verharrten die beiden Brüder eine Weile. Dann streckte Christophe die Hand aus und löste das Medaillon aus dem Algenbüschel.

»Schau mal, es sieht beinahe so aus, als sei ein Name eingraviert.«

»Gib her!«

Christophe wollte das Medaillon nicht loslassen. Er rieb es vorsichtig an seinem Ärmel hin und her.

»Es gehört mir«, sagte er zu seinem Bruder. »Ich habe ja auch das Gerippe gefunden.«

Er fuhr fort, das Metall zu polieren, während Lucien seine Aufregung nur mit Mühe im Zaum halten konnte. Schließlich war Christophe bereit, das Medaillon unter die Lampe zu halten.

Die beiden Brüder beugten sich darüber und konnten ohne Mühe lesen: *Lénore, 14. September 1970.*

»Was machen wir jetzt damit?«, murmelte Lucien.

Christophe schaute ihn an. Wenn es um seine eigenen Entdeckungen ging, hatte Lucien weniger Bedenken. Christophe steckte das Medaillon in seine Tasche und stand auf.

»Es gehört mir«, sagte er einfach.

3

Fabienne Thomas-Blanchet fuhr sich mit einer fahrigen Bewegung durch die braunen Haare. Ihr Mund war pelzig, und sie fühlte sich zerschlagen. Sie hatte am Abend zuvor zu viel Schlafmittel genommen und war für ihre Vormittagstermine schon zu spät dran. Sie stützte sich auf das Waschbecken und betrachtete ihr Spiegelbild. Sie fand ihre Wangen zu voll, was ihren Gesichtsausdruck zwar nur ein wenig, aber entscheidend veränderte, denn es verlieh ihr ein freundliches Aussehen.

Sie war achtundzwanzig Jahre alt, hatte keinen Mann, keine Kinder, keine Beziehungen. Sie war eine unabhängige junge Frau, die ihre Miete regelmäßig bezahlte, in deren Charakter jedoch, sogar für sie selbst, etwas Rätselhaftes lag. Sie besaß nicht viele Freunde, ohne wirklich zu wissen, ob sie es so gewollt oder ob es sich so ergeben hatte.

Ihre Arbeit war nichts Außergewöhnliches; sie war damit betraut, in einer für ihre Krebssauce bekannten Unterpräfektur im Jura bei Jugendlichen die Freude am Lesen zu wecken.

Sie nahm eine Dusche und kehrte, nun für die Herausforderungen des Tages gerüstet, in ihr Schlafzimmer zurück. Sie öffnete die Fensterläden. Jenseits der kurzen Kiesallee sah sie in etwa einhundert Metern Entfernung die Straße, die um den See herumführte.

In dem Junilicht flimmerte seine Oberfläche in einem

klaren Blau. Heute Morgen sollte dort eine von der Segelschule veranstaltete Regatta stattfinden.

Als sie die beiden Schläge der Klingel vernahm, fuhr Fabienne zusammen. Sie hatte keine Zeit für einen Kaffee gefunden und würde nun ihre schweren Lider noch eine Weile mit sich herumschleppen müssen. Sie zog eine beigefarbene Leinenjacke über, die schon bessere Tage gekannt hatte, zupfte ein Haar vom Ärmel, nahm ihre Tasche und ging hinaus.

Ein in zweiter Reihe geparktes Auto wartete auf sie. Die Französischlehrerin Toussainte Leca fuhr eilig los.

»Wir kommen zu spät«, sagte sie mit einem Blick auf ihre Armbanduhr. »Der Zug kommt genau um zwölf Uhr an.«

Toussainte trug einen eng anliegenden Rock und ein auf einer cremefarbenen Bluse geknotetes Michelangeloblaues Valentino-Tuch. Ihre Lippen hatte sie mit einem dunklen Stift betont. Sie war eine angenehme Frau von etwa vierzig Jahren, die gerne über Witze lachte. Sie entsprach durchaus dem Bild einer bürgerlichen Frau aus der Provinz, die etwas zurückhaltend und undurchschaubar ist, was verheirateten Männern ja so gut gefällt.

Sie fuhr auf die A 40 Richtung Lyon.

»Wissen Sie, ich fand ihr letztes Buch gar nicht gut«, sagte Toussainte. »Der Delcour hat mir viel besser gefallen.«

Fabienne nickte. Das Auto roch nach neuem Leder.

»Ich weiß«, antwortete sie. »Für einen Schriftsteller sieht er ganz schön gut aus.«

Toussainte zuckte die Schultern. Geschlecht und Aussehen eines Schriftstellers beeinflussten ihren Literaturgeschmack nicht im Geringsten.

Fabienne öffnete ihre Tasche und zog ein Buch heraus. Auf der Rückseite des Umschlags war ein Foto der Autorin: Hélène Wang, 36 Jahre. Toussainte wechselte nun immer wieder abrupt die Spur auf der Autobahn. Fabienne schloss die Augen und lehnte sich zurück.

Zum vierten Mal empfing die Stadt einen Schriftsteller. Die von ihr betreute Mediathek und das Gymnasium verliehen jeden Herbst einen Preis, der die Leser der Stadt mit zeitgenössischen Autoren bekannt machen sollte. In diesem Jahr hatten sich die Jugendlichen unter den von der Kommission zur Wahl gestellten Büchern für das von Hélène Wang entschieden: die Geschichte einer jungen Chinesin, die in eine grausige Intrige in Shanghai verwickelt wird. Toussainte Leca hatte das Werk als sittengefährdend eingestuft.

Fabienne mochte die diffuse Atmosphäre, die in diesen Büchern herrschte und die ein gemächliches Verweilen bei den vor ihr entfalteten Lebenslinien verhieß. Der Roman hatte ihr ausgesprochen gut gefallen.

Hélène Wang war mittlerweile beinahe in der ganzen Welt bekannt, und der Erfolg ihres Buches hatte viele begeisterte, aber auch widersprüchliche Kommentare hervorgerufen.

Im Schnellzug von Paris nach Lyon war Hélène Wang damit beschäftigt, in die Zukunft zu schauen. Mit misstrauischer Miene betrachtete sie die vor ihr ausgebreiteten chinesischen Tarotkarten, als könne sie allein etwas entdecken, was niemand sonst zu sehen vermochte. In ihren Gesichtszügen lag etwas Bedenkliches. Seit ihrer Kindheit beschworen die Karten für sie schicksalhafte Zeichen. Das Schwierigste war es zweifellos, den

Schlüssel für ihre Deutung zu finden und den Ablauf der Ereignisse zu erschließen. Nach all den Jahren war es ihr gelungen, Bruchstücke einer Wirklichkeit auszumachen, die sich schon einige Male auf traurige Weise bewahrheitet hatte. Mittlerweile glaubte sie, die zweifelhafte Gabe zu besitzen, nur Katastrophen vorauszusehen.

Sie legte die Karten wieder zusammen und schob sie in ihre Tasche. Von dieser Reise wollte sie nur angenehme Erinnerungen behalten. Nach dem abgebrochenen Spiel gelang es ihr nicht mehr, sich vollkommen zu entspannen. Sie warf ihre Haare nach hinten und klemmte sie hinter die Ohren. Diese zwei Tage in Nantua schienen ihr genau die richtige Unterbrechung zu sein; die Sonnenstrahlen kamen nun nicht mehr so blendend durch die Fensterscheiben. Neben ihr klimperte ein korpulenter Mann auf der Tastatur seines Laptops. Sie versuchte zu entziffern, was er auf dem Bildschirm schrieb, aber der Mann bemerkte es und wechselte den Platz.

Sie dachte an Léo. Er hatte sie angerufen und ihr geschworen, dass er sie heiraten wolle. Sie fand das unpassend und hegte ihre Zweifel an der Aufrichtigkeit eines solchen Bekenntnisses. Léo war noch nicht einmal offiziell geschieden. Sie fühlte sich durchaus in der Lage, sich das Leben ohne ihn vorzustellen, nach Lust und Laune in der Welt herumzuziehen und dabei Pläne für ihre nächsten Bücher zu schmieden.

Eine Heirat war für sie niemals wichtig gewesen. Es hätte sie reichlich in Bedrängnis gebracht zu erklären, warum die Vorstellung, eine Familie zu haben, ihr Angst machte.

›Gier nach Krankhaftem um jeden Preis; eine Überdosis an Schrecklichkeiten‹, so hatten sich manche Kritiker zu ihren Büchern geäußert.

Solche übereilten Urteile brachten sie auf, auch wenn sie zum Teil stimmten, aber diese Schrecklichkeiten berührten sie in ihrem tiefsten Innern. Dass sie heute noch lebte, verdankte sie einer ganzen Reihe von Wundern. Hélène war ein Adoptivkind; als Säugling war sie bei einem Schiffbruch sogenannter *boat-people* gerettet worden. Alles was sie wusste, war, dass man sie an ein paar Planken geklammert gefunden hatte.

Sie hatte zu wissen geglaubt, wer sie war. Lange hielt sie diese Frage für geklärt; aber nach und nach waren die Grundpfeiler ihrer Adoptionswelt ins Wanken geraten. Sie trug etwas in sich, das sie nicht zu identifizieren vermochte. Darin wurzelte auch ihr Schreiben. Es stellte eine Art Psychotherapie dar, so hatte sie es sich selbst zurechtgelegt. Sie dachte an ihre Adoptiveltern; sie hatten ihren Ruhestand angetreten und in Gordes ein Haus gekauft. Hélène hatte es weder an Liebe noch an Bequemlichkeit gefehlt. Aber mit ihrer ersten Chinareise hatte sich ein Riss aufgetan, sie hatte sich verändert.

Hélène schaute aus dem Fenster. Die Weiden glänzten wie sattgrüner Samt. Ein Mann betrat das Abteil. Er fummelte nervös an seiner Krawatte herum. Er ließ sich auf einen Sitz fallen und zündete eine Zigarette an.

Der Zug war bereits kurz vor Lyon. Irgendwo in der Ferne klingelte ein Handy. Der Mann, der ihr gegenübersaß, sprach sie an.

»Es klingelt in Ihrer Tasche«, sagte er.

Überrascht schaute sie zur Seite. Léo versuchte es vielleicht noch einmal – sie war versucht, das Klingeln zu ignorieren. Dann dachte sie an die Leute, die sie in Nantua erwarteten; vielleicht versuchten sie, sie zu erreichen.

»Hallo«, sagte sie vorsichtig.

Die Verbindung war schlecht. Es knackte und rauschte, endlich wurde die Leitung still, und jemand sprach folgende Worte, bevor er auflegte:

»Der Rabe ist tot, Madame Wang.«

Sie überprüfte, ob die Nummer des Anrufers angezeigt wurde: nichts. ›Seltsam‹, dachte sie. Und diese Stimme? Sie hätte nicht sagen können, ob es sich um einen Mann, eine Frau oder ein Kind handelte. Wie ein Bauchredner hatte sie sich angehört. Wer würde sich für so einen dummen Scherz hergeben?

Der Zug war bereits langsamer geworden. Der Mann auf dem gegenüberliegenden Platz konnte kaum länger als ein paar Sekunden still sitzen; er rutschte auf seinem Sitz hin und her, fingerte nervös herum und wurde immer wieder von Zuckungen geschüttelt.

Die Reisenden im Abteil standen auf und bewegten sich auf die Türen zu. Ihr Telefon klingelte erneut. Sie ließ es dreimal klingeln, bevor sie das Gespräch annahm.

»Hélène Wang?«

»Ja.«

Es war eine Frauenstimme, energisch, beinahe fröhlich.

»Guten Tag. Sie sprechen mit Fabienne Thomas-Blanchet von der Mediathek. Es tut mir leid, aber wir werden ein paar Minuten später am Bahnhof sein. Können Sie auf dem Bahnsteig warten?«

»Ja, natürlich.«

»Danke. Bis gleich.«

»Ja, bis gleich.«

Diesmal wurde die Nummer des Anrufers angezeigt.

Hélène sah die beiden Frauen, die auf sie zukamen. Sie dachte an das, was sie in den Karten gelesen hatte; sie erinnerte sich nur noch an einige absurde, unzusammenhängende Details.

Abwesend nahm sie den Blumenstrauß, den man ihr reichte. Sie sah den Gesichtsausdruck der jungen Frau – und lächelte automatisch.

»Geht es Ihnen nicht gut?«

»Doch, doch. Alles in Ordnung«, hörte sie sich sagen. »Entschuldigen Sie bitte. Ich war mit meinen Gedanken noch nicht ganz hier. Danke für die Blumen.«

Die Ältere der beiden musterte sie mit kritischem Blick, auch wenn sie gleichgültig tat. Ihre feuerrot geschminkten Lippen verzogen sich zu einem leichten Lächeln, die Kleidung war bis hin zur Hermès-Handtasche mit großer Sorgfalt gewählt. Im Blick der anderen, die ihr den Blumenstrauß gereicht hatte, lag unverhohlene Neugier. Ihre ausgebeulte Hose fiel unten auf alte Espadrilles mit geflochtener Sohle.

Hélène folgte ihnen zum Auto. Es war heiß, der Sommerhimmel tiefblau, und vor dem Bahnhof wimmelte es von jungen Leuten mit Rucksäcken.

Durch Bauarbeiten und stockenden Verkehr zog sich der Weg bis zur Autobahn in die Länge. Fabienne reichte Hélène das Programm. Sie hatte eigenmächtig offizielle Empfänge gestrichen, und Hélène war dankbar dafür. Die Abiturprüfungen waren in vollem Gange, und so fiel die im Festsaal geplante Diskussion aus. Stattdessen war nun am frühen Nachmittag in der Aula des Gymnasiums ein Treffen mit den Schülern vorgesehen.

Toussainte Leca gab sich äußerst zuvorkommend, als käme diese schöne, ständig abwesend wirkende Chinesin in ihrem schwarzen Baumwollpullover und ihrer schwarzen Hose aus einem Land mit überspannten Gepflogenheiten. Man durfte sie auf gar keinen Fall vor den Kopf stoßen oder beleidigen. Hélène hielt sich nach wie vor nicht für sonderlich gut aussehend. Sie ließ sich in den Sitz zurücksinken. Die hohen Wangenknochen, die gerade Nase, die geschwungenen Augenbrauen und die für eine Chinesin untypische Taille verliehen ihr jedoch etwas Geheimnisvolles und Aufreizendes.

In der Ferne zitterten lange Reihen blühender Bäume wie ein Schatten spendendes Dach von Sonnenschirmen.

»Haben Sie mich vorhin angerufen?«, fragte Hélène.

Fabienne drehte sich zu ihr um, sie schien überrascht, biss sich verlegen auf die Lippen. War sie nervös, oder bedeutete es nichts weiter?

»Ich meine, bevor wir uns gesprochen haben. Jemand hat mich angerufen, aber das Gespräch wurde unterbrochen.«

Fabienne verneinte. Und Toussainte besaß gar kein Handy.

Die seltsame Mitteilung ließ Hélène nicht los. Das war kein Scherz gewesen, denn er hätte keinen Sinn ergeben.

Warum hatte man sie ›Madame Wang‹ genannt? Wang war ihr Künstlername; ein Name, der sie mit ihrer Herkunft verband. Keiner ihrer Freunde nannte sie ›Madame Wang‹, jedenfalls keiner von denen, die ihre Handynummer hatten.

Sie hatten die Autobahn verlassen. Bald fuhren sie am sonnenbeschienenen Ufer des Sees entlang. Die Birken schaukelten sanft im Wind, sodass die blasse Unterseite der Blätter hervorgekehrt wurde; die Wasseroberfläche kräuselte sich leicht.

Der Sand am Ufer des Sees schimmerte in goldbraunen Tönen. Auf der einen Seite führte eine stillgelegte Eisenbahnlinie entlang. Die zum See hin abfallenden Hänge waren mit Tannen bewachsen. Nantua lag in mittäglicher Ruhe vor ihnen.

Sie parkten auf dem Hof des Gymnasiums. Fabienne hatte dem Direktor Bescheid gegeben, und er erwartete sie bereits. Yves Grandet war klein, stämmig und um die fünfzig Jahre alt. Seine hellen Augen schauten freundlich drein; seine direkten und ein wenig derben Umgangsformen brachte man leicht damit in Zusammenhang, dass er früher Rugby gespielt hatte. Er öffnete die Tür und reichte Hélène die Hand.

»Ich bin sehr froh, dass Sie kommen konnten«, sagte er. »Lehrer und Schüler sind gleichermaßen neugierig, Sie kennenzulernen.«

Das äußerst wirksame Cover ihres neuesten Buches hatte den Bekanntheitsgrad von Hélène weiter gesteigert: Manche Kritiker sahen sie als eine Schriftstellerin der Neurasthenie und der Verzweiflung – eine Einschätzung, die jeder Grundlage entbehrte, wie sie meinte.

Nach einem Imbiss im Speisesaal des Gymnsasiums und einer Führung durch das alte Gebäude aus dem siebzehnten Jahrhundert und den neuen Anbau am Ufer des Sees kehrten sie in die Aula zurück, wo man Tische zurechtgerückt hatte. Grandet hatte ihr zu verstehen gegeben, dass der andere Literaturlehrer im Gegensatz zu Toussainte Leca von ihrem Buch begeistert war. Sein Name war Jérôme Joffré. Er gehörte zu den Ersten, die sich ihr vorstellten. Er war schlank und wettergebräunt, wackelte aber unablässig mit dem Kopf, als litte er an einer Nervenkrankheit. Mit tiefer, wohlklingender Stimme gab er während des Mittagessens seiner Bewunderung Ausdruck: »Ich beneide Sie um Ihr Talent!« Er trug eine Brille mit kleinen runden Gläsern, wie man sie früher getragen hatte. Hélène kam er sehr gesetzt und intelligent vor. Im Gegensatz zu Toussainte besaß er eine Offenheit, fern von jenem abstoßenden akademischen Gehabe, das Mitglieder des Lehrkörpers so oft an den Tag legen. Toussainte hingegen verbarg nur mühsam, wie sehr sie Hélène beneidete.

Am Nachmittag saß Hélène dann einer Gruppe von Schülern und Lehrern gegenüber, von denen einige sie ganz offenbar in die Enge treiben wollten. Sie stand Rede und Antwort und bemerkte nur allzu deutlich, wie ihre Gesprächspartner sie derweil aufs Genaueste beobachteten.

Sie beschwor ihre Erinnerungen und die Umstände, unter denen die Idee zu dem Buch entstanden war. Zwischen ihrer Heldin und ihr selbst bestand eine Beziehung, über die sie sich aber nur oberflächlich auslassen wollte. Auf die Frage, ob die Urheberrechte nicht größtenteils der Familie von Zhang Ling gehörten – jener jungen Chinesin, deren tragische Geschichte erzählt wird –, gab sie keine Antwort.

Die Schüler lauschten gebannt, und Hélène, die zum ersten Mal anlässlich eines ihrer Bücher mit Jugendlichen zusammentraf, war von ihrer Aufmerksamkeit gerührt. Viele fragten sie nach ihrer Meinung, und so fand sie sich bald in eine lebhafte Unterhaltung über die verschiedensten Themen verstrickt.

»Alles in allem war es ein angenehmer Abend«, sagte sie sich, als sie in ihr Bett schlüpfte. »Ein bisschen zu viel getrunken habe ich wohl.«

Man hatte sie in einem Hotel am Ufer des Sees untergebracht, der L'Embarcadère. Ein reizendes Plätzchen. Ihr zu Ehren wurde in dem Hotel ein Abendessen gegeben.

Sie war überrascht, wie voll das Restaurant war. Die meisten Autos auf dem Parkplatz hatten Schweizer Kennzeichen. Nachdem Hélène die Huldigungen freundlich zurückgewiesen hatte, stellte sie lächelnd fest, dass man nun genug über sie gesprochen habe, und mischte sich in die allgemeine Unterhaltung.

Der Schulleiter hatte die beiden Literaturlehrer eingeladen. Toussainte Leca, die tatsächlich Zeit gefunden hatte, sich umzuziehen, und nun im perfekten Party-Look als Letzte eintraf, und Jérôme Joffré. Auch Fabienne Thomas-Blanchet war da und ein kunstverliebter Notar aus der französischen Schweiz mit einer wilden Mähne, von dem sie nur den Vornamen behalten hatte. Max hieß er, und ›postmodern‹ lautete sein Lieblingswort, das er mit ausladenden Handbewegungen untermalte wie ein Torero seine Paraden. Er war edel, aber einfallslos gekleidet. Klassischer Stil, eher englisch als italienisch.

Hélène öffnete das Fenster ihres Zimmers. Die Nachtluft duftete nach Wald. Der Mond spiegelte sich auf der dunklen Oberfläche des Sees. Erst kürzlich waren hier zwei Schwimmer ertrunken, und im vorigen Sommer hatten Drogenhändler ein Auto im See versenkt. Die Grenze zur Schweiz verlief ganz in der Nähe, und eine beachtliche Zahl türkischer Einwanderer hatte sich in der Gegend niedergelassen.

Die Mitteilung ›Der Rabe ist tot‹ geisterte immer noch wie ein Alarmsignal durch Hélènes Gedanken, ohne dass sie wusste, warum. Irgendetwas von dem, was geschehen war oder was sie gehört hatte, hätte ihre Aufmerksamkeit wecken sollen.

Sie schaltete ihr Handy noch einmal ein, um ihre Mailbox zu überprüfen. Léo hatte angerufen, aber sie verspürte keine Lust, seine Stimme zu hören. Léo hatte ein Problem mit seinem Ego. Er blickte selbstzufrieden in die Zukunft und wollte nicht wahrhaben, dass man ohne ihn auskommen konnte. Das unstete Leben, für das sie sich entschieden hatte, besaß in den Augen des weltgewandten, auf Markenschutz spezialisierten Anwalts keinen Wert. Léo besaß ein verführerisches Lächeln und ein gewisses Maß an geistreichem Zynismus, mit dem er heikle Situationen gut in den Griff bekam.

Es klopfte an ihrer Zimmertür. Hélène schaute auf ihre Armbanduhr. Es war fünf Minuten nach elf. Das Klopfen ertönte wieder. Es klang zögernd, beinahe widerstrebend.

»Ja?«, fragte sie.

»Ich bin es, Fabienne.«

Sie öffnete.

»Nur eine Minute bitte«, sagte Fabienne. »Es tut mir leid, dass ich Sie störe, aber ich habe Licht in Ihrem Zimmer gesehen, und da dachte ich …«

»Kommen Sie herein«, sagte Hélène.

Fabienne trat zögernd ein. Sie presste einen großen Umschlag aus braunem Papier gegen ihre Brust.

»Ich habe Ihnen die Manuskripte für Ihren Herausgeber mitgebracht.«

Hélène war zunächst erstaunt, doch dann erinnerte sie sich plötzlich an den Vorschlag, den Fabienne ihr vor zwei Monaten unterbreitet hatte. Als Fabienne ihr mitteilte, dass die Jugendlichen hier in der Stadt sich für ihr Buch entschieden hatten, hatte sie sich bereit erklärt, ihrem Verlag Kurzgeschichten aufstrebender Schriftsteller vorzulegen.

»Mein Gott, ja, natürlich«, sagte sie und nahm den Umschlag, den Fabienne ihr reichte.

»Es sind acht«, erläuterte diese.

Hélène öffnete den Umschlag.

»Haben Sie sie gelesen?«, fragte sie.

»Oh nein. Ich lasse Sie jetzt besser allein. Denken Sie bitte an den Termin mit dem Journalisten vom *Progrès*. Er kommt morgen früh um zehn Uhr ins Hotel.«

Hélène ging zum Fenster zurück. Draußen lag das Ufer verlassen und friedlich im Schein der Laternen. Nahe dem Landungssteg ragte die Gedenktafel zur Deportation über dem Wasser auf; Nantua und sein Gymnasium hatten während des Krieges keine rühmliche Rolle gespielt, wie Grandet ihr anvertraut hatte. Die Landschaft wirkte ruhig und würdevoll, was ausgezeichnet zu den alten Gebäuden passte. ›Eine Welt für sich‹, dachte sie. Wie leicht wäre es, sich dieser schwermütigen Stimmung zu überlassen.

Sie setzte sich auf ihr Bett, nahm den Umschlag und schüttelte ihn. Ein paar kleinere Umschläge fielen heraus. Es verpflichtete sie zu nichts, wenn sie einen Blick hineinwarf. Sie würde die Texte einem Lektor des Verlags geben, der besser als sie beurteilen konnte, ob etwas vielversprechend war oder nicht. Sie wollte sich keineswegs anmaßen, eine erste Auswahl zu treffen.

Sie blätterte die Umschläge durch. Einer fiel ihr sofort ins Auge: ein weißer, längsformatiger Umschlag, auf dem in dicken roten Buchstaben ›Madame Wang‹ stand.

Hélène fühlte, wie sich ihr Magen zusammenkrampfte. ›Öffne ihn nicht‹, sagte sie sich. ›Vergiss diese lächerliche Geschichte, China ist weit weg und auch die Gefahren, die dort lauern.‹ Dann dachte sie an die Karten, die sie im Zug gelegt hatte, und gab nach.

Sie öffnete den Umschlag. Er enthielt Papierbögen, die am oberen Rand zusammengeklammert waren. Sie beugte sich mit dem Dokument unter die Nachttischlampe. Der auf einem Computer geschriebene Text begann mit einem unausgewiesenen Zitat:

›Die Rache ist mein Königreich, das Fleisch ist mein Festmahl. Wenn du glaubst, du hättest mich vergessen, dann schau um dich.‹

»Das fängt ja gut an«, murmelte sie.

Sie begann laut zu lesen, um ihre innere Distanz zu diesem Text zu vergrößern.

Der Spätsommer tauchte die Seen in ein goldenes Licht. Noch spendeten die Blätter Schatten auf den Wegen. Wenn der Tag sich neigte, lag ein ozeanischer Schimmer über dem Wasser. Eine leichte Brise wehte, und beinahe schien es, als könnte sich jeden Augenblick die eigentlich schon entschwundene Wärme wieder ausbreiten. Die roten Ziegel der Festung glühten im Abendlicht.

Das alles interessierte ihn nicht. Er duckte sich hinter einem Busch und belauerte sie.

Nach und nach hatten sich die Wanderwege geleert. Sein Blick hing über ihr wie die Kralle eines Raubvogels; er hatte sie schon lange im Visier. Ein Zittern durchfuhr ihn. Er betrachtete seine Hände. Sie waren verkrampft wie ein Fangeisen; er wollte sie am Hals packen, sie bezahlen lassen, ihre Adern fühlen, die Knorpel, das Fleisch zerspringen sehen.

Sie fuhr mit dem Fahrrad durch Licht und Schatten. Ein Glück, dass es so schön war. Er entspannte seine Hände. Ein Glücksgefühl durchströmte ihn. Seine Beine gaben nach, und Wärme breitete sich in ihm aus. Er näherte sich ihr. Zeitlupenhaft schien sich jede Sekunde zu einer Minute zu dehnen.

Der Wald war verlassen. Er schaute auf seine Armbanduhr: zehn nach fünf.

Er näherte sich ihr noch mehr. Er lachte kurz auf. Selbst wenn die Leute eines Tages etwas begreifen sollten, würde nicht der geringste Verdacht auf ihn fallen. Niemals würde die Polizei Nachforschungen in seine Richtung anstellen. Er schaute sich noch einmal um.

Jetzt! Da! Er trat hervor. Das junge Mädchen schaute ihn aus seinen schönen hellen Augen aufmerksam an. Das war der Augenblick, auf den er so lange gewartet hatte. Er hatte das Versprechen nicht aus seiner Erinnerung gestrichen, er hatte es bloß eingefroren. Jetzt war die Zeit gekommen, es wieder zum Leben zu erwecken.

Er hatte das Mädchen sorgfältig gefesselt und geknebelt. Sie hatte kaum geschrien; ein schwacher Laut hatte sich im Rauschen des Waldes und im Gezwitscher der

Vögel verloren. Er hatte gewartet und umhergespäht; niemand hatte ihn bemerkt. Er hatte eine halbe Stunde Zeit, dann würde es dunkel werden. Das musste reichen.

Er zog seine Schuhe und Kleider aus und legte alles sorgsam zusammengefaltet auf den Boden. Er trat zu ihr und prüfte, ob die Schnur, die er in seinen Händen hielt, auch fest war. Das Mädchen war nackt, aber er hatte ihr die Socken gelassen. Für einen Augenblick überließ er sich verschiedenen Szenerien, die ihn erregten, dann versetzte er ihr einen Schlag auf den Kehlkopf, um zu verhindern, dass sie sich wehrte oder gar schrie. Er band sie los, nahm den Knebel heraus und schob sich hinter sie. Er legte die Schnur um ihren Hals.

Er zog sie fest und hielt das Mädchen eng an sich gepresst. Sie sträubte sich, ihr Mund stand offen, und sie schnappte nach Luft. Er zog die Schnur langsam, aber stetig weiter zu. Die Muskeln ihrer Schultern waren hart und angespannt. Ihre Beine zuckten. Ihre Hände krallten sich in die Schenkel. Das war ein gutes Zeichen. Er fühlte das Gewicht ihres Körpers auf seinen Unterarmen. Er war sehr erregt. Das Blut pochte drängend in seinen Adern, und ein dumpfes Vibrieren stieg in seinem Geschlecht auf. Das Bedürfnis nach unbändiger Lust überkam ihn. Er musste schnell handeln. Er lockerte seinen Griff und ließ das Mädchen zu Boden gleiten. Er beugte sich über sie. Ein blutgefärbter Schaum verstopfte ihren Mund. Die Luft strömte mit einem seltsamen Pfeifgeräusch in ihre Lungen. Sie kam wieder zu Bewusstsein, lag auf dem Rücken, ein Bein war angewinkelt, um ihren Hals zog sich ein bläulicher Striemen. Auf ihren Schenkeln zeichneten sich rote Kratzer ab. Ein goldenes Kettchen mit einem Medaillon funkelte auf ihrer Brust. Er stellte sich über sie und blieb stehen. Entsetzt aufgerissene Augen schauten ihn an.

»Ruf ihn!«, schrie er. »Ruf ihn, und ich lasse dich in Ruhe.«

Sie musste ihn nennen. Er konnte ihre Panik riechen. Er beugte sich zu ihr hinab und flüsterte ihr ins Ohr.

»Wiederhole!«, keuchte er.

Er ließ sich auf die Knie fallen und öffnete brutal ihre Schenkel. Er sah, wie ihre Lippen sich zu dem Wort formten. Ein verzweifelter, schwacher, entsetzter Schrei. Vergebens.

»Papa!«

Später tauchte er wieder aus der Nacht auf. Er hatte den Körper zerstückelt und verscharrt. In dem sanften Wind plätscherte das Wasser des Sees ans Ufer, und das Kreischen der Vögel gellte in seinem Kopf.

Gegenüber, auf der anderen Seite eines unbebauten Grundstücks, lag ein von dunklen dichten Bäumen umgebenes Haus. Die Blätter rauschten, sein Mund schmeckte nach Blut. Er ging auf das Haus zu, schlich an der Vorderseite vorbei.

In der ersten Etage und in der Küche brannte Licht, sonst war das Haus dunkel. Ein paar Fenster standen halb offen. Er fand die Telefonleitungen neben der Garage und schnitt sie durch. Bei den Stromsicherungen zögerte er und besann sich. Er würde Licht brauchen für sein Schauspiel. Er kehrte auf die Terrasse zurück und drang ohne Probleme in das Wohnzimmer ein. Er öffnete den Reißverschluss seiner Jacke, zog eine Henkersmaske hervor und setzte sie auf. Er betrachtete die Klinge seines Messers, eine Klinge mit gezacktem Rand, ein Jagdwerkzeug, das die Knochen durchtrennen konnte. Er verspürte den Zwang, es in sie hineinzutreiben, zu stochern und zu wühlen; er musste den Schmerz auf sich überspringen fühlen, wenn er ihren Bauch aufritzte; er würde sie zu Tode stoßen. Im Namen der Gerechtigkeit; als Rächer der moralischen Grundsätze und eines unzulänglichen Systems. Er hatte sein Schicksal nicht gewählt; das Schicksal hatte ihn erwählt. Nichts außer ihm selbst besaß in seinen Augen einen Wert. Die Vision ergriff seine Gedanken und bemächtigte sich seiner Sinne. Er fühlte, wie sein Geschlecht sich spannte und hart wurde, so hart wie die Klinge.

Dieser Saft war brennend und eisig zugleich. Die Methoden, die er erfand, um seine Spannung zu dämpfen, waren nicht sonderlich wirksam; das Gewicht wurde schwerer. Er korrigierte seine Vision ein wenig, wie ein Künstler, der auf ein unerwartetes Detail stößt. Er stieg die Stufen empor. Oben angekommen, sah er Licht in einem Zimmer am Ende des Flurs. Seine Gummistiefel klatschten ein wenig auf den Fliesen, aber darauf gab er nicht sonderlich acht. Er schlich an der Wand entlang auf den hellen Lichtschein zu, der ganz hinten leuchtete. Er war Drehbuchautor, Produzent und Schauspieler dieser einzigartigen Darstellung; er hatte die Gefühle, die ihn jetzt durchliefen, ebenso durchgeplant wie die ganze Darstellung der Szene, die Empfindungen seines Opfers, das sein einziger Zuschauer war. Überraschung, Gefahr, Schrecken … dann Leiden. Ein magischer Augenblick, in dem er inmitten des um ihn tobenden Chaos die Möglichkeiten auskosten würde, die die Mutter ihm darbot. Er sagte sich, dass man improvisieren und ein schreckliches Denkmal des Schmerzes errichten müsse, das für sich spräche und all die verlorene Zeit aufwöge.

Im Zimmer spürte die Frau, dass jemand da war, und lauschte angespannt ins Dunkel. War ihre Tochter zurückgekommen? Sie erinnerte sich nicht, etwas gehört zu haben. Plötzlich bewegte sich etwas hinter ihr. Ein Schatten stand im Türrahmen. Der Mann war groß; er trug eine Maske und Gummihandschuhe. Der Mann machte drei Schritte ins Zimmer hinein und bedeutete ihr etwas mit dem Kopf. Sie konnte seine Augen nicht sehen. Es roch nach Morast; die Hose des Eindringlings war feucht. Warum trug er Handschuhe? Er wollte keine Fingerabdrücke hinterlassen, er war gekommen, um sie zu vergewaltigen und umzubringen! Sie zerrte ihren Morgenmantel fest zusammen und wich so weit zurück, bis ihr der Bettrahmen in die Kniekehlen stieß. Unentwegt starrte sie ihn an. Sie ging ein paar Schritte zur Seite, um das breite Bett zwischen sich und ihm zu haben. Er streckte seinen Arm vor. In seiner Hand hielt er etwas Glänzendes. Ein Messer. Sie blieb erstarrt stehen. Er kam näher. Er legte eine Hand auf ihre Brust, schob den Morgenmantel beiseite und spielte mit einer Brustwarze, bevor er grob hineinkniff. Trotz des Schmerzes entwand sie sich ihm und versuchte, an ihm vorbeizukommen und zu fliehen. Er war schneller. Sie stieß an ihn, flüchtete sich dann in die andere Ecke des Zimmers. Das Badezimmer! Dort hätte sie sich einschließen können, aber es war zu spät. Sie sah, dass er ihre Absicht erraten hatte. Er schloss die Tür des Zimmers und drehte den Schlüssel herum. Vielleicht wollte er sie nur erschrecken. Ja, genau. Ein Dieb. Sie musste verhandeln, sich ergeben, sich unterwerfen, versprechen, alles herauszurücken, schoss es ihr durch den Kopf. Sie ließ das Messer nicht aus den Augen. Er konnte es in ihr Fleisch stoßen, sie verletzen und entstellen. Sie saß in der Falle und begann zu keuchen. Mit einem Mal war er bei ihr, und ein Schlag traf sie mit aller Kraft auf einer Seite des Kopfes. Sie fiel nicht. Er fasste sie an der Schulter und zog sie an sich. Sie riss sich nicht los, versuchte aber, ihm das Knie in den Unterleib zu rammen. Sie konnte nicht richtig ausholen und erreichte nicht das Geringste.

»Bei Gott im Himmel«, schrie sie, »hören Sie auf! Ich tue alles, was Sie verlangen.«

Er schlug ihr mit dem Messergriff mitten ins Gesicht. Sie strauchelte unter dem Schmerz und fiel auf die Knie, Übelkeit ergriff sie. Ihre zertrümmerte Nase ließ keine Luft hindurch. Blut sickerte aus ihrer Wunde und floss in ihren Hals. Sie sackte auf den Boden. Sie versuchte den Arm flehend zu heben, aber er zog sie in Schüben ans andere Ende des Zimmers. Durch einen farbig gesprenkelten Nebel hindurch sah sie, wie er sich auf den blumengemusterten Bettüberwurf setzte. Als sie bereits glaubte, er wäre fertig mit ihr, kniete er sich neben sie, löste ihren Morgenmantel und riss ihren Slip herunter. Etwas drang in sie ein. Sie glaubte, dass er sie vergewaltigte, dann explodierten Kälte und Schmerz in ihrem Bauch, und obwohl sie schreien wollte, kam kein Laut aus ihrer Kehle. Das Licht wich aus ihren Augen wie ein Objektiv, das sich langsam schließt, und sie hörte ihn murmeln: »Lénore wartet auf euch.«

Als er aufstand, dachte er, dass der ›Andere‹ jetzt auf keinen Fall in der Lage wäre, diese disparaten Elemente zu einem Ganzen zusammenzufügen.

Vielleicht würde ihm schon bald ein anderes junges Mädchen in einem anderen Wald über den Weg laufen.

Mit schweißgebadetem Nacken fuhr Hélène aus dem Schlaf auf. Ihr Herz raste, und sie rang nach Luft. Sie stand auf, nahm eine Tablette aus ihrem Toilettentäschchen, ging ein paarmal auf dem Flur auf und ab, bis sich das Erstickungsgefühl gelegt hatte.

Sie hatte sich nie ganz von jener Reise nach Shanghai und der Begegnung mit Zhang Ling erholt. Die tragische Geschichte dieses jungen Mädchens hatte auch ihr eigenes Leben verändert. Sie wollte nicht an das alles denken, nicht an diesen hingestreckten Körper und an diese Schwere des Todes. Ein paar Wochen später, als sie wieder in Frankreich war und an ihrem Buch schrieb, hatten die Anfälle begonnen. Aus heiterem Himmel packte sie ein Erstickungsgefühl, und ein Schmerz lähmte ihren linken Arm. Diese Zustände kamen nachts, während sie schlief, aber auch in der Metro, im Kino, auf der Treppe oder im Aufzug.

Nach einiger Zeit hatte Hélène schließlich auf Anraten eines Kardiologen eine psychiatrische Praxis aufgesucht. Sie erinnerte sich an ihren ersten Besuch dort: Eine Frau mit strengen Gesichtszügen sprach salbungsvoll wie ein Priester auf sie ein, der mit getragener Stimme die letzte Ölung spendet; erdfarbene, leblose Farbtöne im Behandlungszimmer, ein merkwürdiger Schaukelstuhl, der bei jeder Gewichtsverlagerung knarrte.

»Warum hören Sie nicht einfach mit Ihrem Buch

auf?«, hatte die Frau vorgeschlagen. »Das würde so manches Problem lösen.«

»Aber nicht meines.«

»Was empfinden Sie, wenn Sie sich vorstellen, mit dem Buch aufzuhören?«

»Ich fände es schrecklich!«

Die Psychiaterin warf einen Blick in ihre Aufzeichnungen.

»Entscheiden Sie sich für eine weniger tragische Geschichte. Ändern Sie Ihre Lebensumstände. Geben Sie sich selbst die Möglichkeit, die Dinge neu zu bewerten.«

Das war zweifellos ein wichtiger Punkt, aber es war nicht alles, dachte Hélène.

»Welche Dinge, Frau Doktor?«

»Sie sprachen von Selbstkontrolle.«

»Ja, ich habe Angst, sie zu verlieren.«

»Was würde passieren, wenn Sie diese Kontrolle verlieren würden?«

»Ich weiß nicht.«

»Erschreckt es Sie, dass Sie das nicht wissen?«

»Ja.«

»Haben Sie darüber nachgedacht, was Ihnen diese Angst nehmen könnte?«

Einen Revolver nehmen und mir das Hirn aus dem Schädel jagen oder diese Kontrolle tatsächlich verlieren und bis ans Ende meiner Angst gelangen.

»Ja, ich habe darüber nachgedacht. Auch das erschreckt mich.«

»Zu welchem Schluss sind Sie gekommen?«

»Zu gar keinem. Es gibt einfach nur einen Abgrund, der sich unmittelbar vor mir auftut«, hatte Hélène lächelnd geantwortet.

Schweigen, dann hatte die Psychiaterin gesagt:

»Es hat auch mit Ihrem Alter zu tun.«

»Ich bin gerade einmal vierunddreißig Jahre alt! Ist das nicht ein wenig jung für die Krise der Vierzigjährigen?«

»Dauerhafter Stress kann auch bei einer jüngeren Frau diese Auswirkungen haben.«

Sie hatte auf ihre Armbanduhr gesehen.

»Die Sitzung ist um. Ich nehme an, Sie haben nicht die Absicht, sich auf eine Therapie einzulassen. Und ich weiß wirklich nicht, was ich für Sie tun kann, außer Ihnen ein Anxiolytikum zu verschreiben.«

»Ich will nicht ständig Medikamente nehmen.«

»Ich verstehe«, sagte die Psychiaterin und stellte bereits ein Rezept aus. »Bei einem Anfall lassen Sie eine Kapsel unter der Zunge zergehen. Und rufen Sie mich an ... wenn Ihnen danach ist.«

Hélène hatte sie niemals wieder gesehen. Die Anfälle waren mit der Zeit seltener geworden.

Es war ein Uhr morgens. Sie war durstig, und das Zimmer hatte keine Minibar. Sie ging ins Badezimmer, ließ Wasser in ein Glas laufen und trank es halb leer, dann setzte sie sich auf den Rand des Bettes, gegenüber von dem Spiegel. War ihr Blick entschlossen oder einfach nur müde? Sie spürte sehr wohl, dass der unablässige Drang, für alles einen Grund zu suchen, am Ende blind machte. Wenn man zwanghaft alles verstehen wollte, lief man Gefahr, auszulöschen, was man suchte.

Sie sammelte die Blätter wieder ein. Er hatte nicht die Kühnheit besessen, sie mit einem Namen zu versehen. Sie schob die Blätter in den Umschlag zurück und stand auf, um das Fenster zu öffnen.

Es regnete. Die Berge um den See herum wirkten wie eine konturlose, geheimnisvolle Masse. Der Geruch des feuchten Grases war betörend, und sie dachte, wie gern sie jetzt barfuß durch die Pfützen gelaufen wäre.

Ihr Kommen hatte diese versteckte Beichte auf den Weg gebracht. Es war alles andere als nur ein schlechter Scherz, es war die Ausführung eines sorgfältig ausgearbeiteten Plans. Er hatte in ihrem letzten Buch die Fährte des Leidens und des Bösen aufgenommen. Sie dachte über die implizite Aufforderung des Textes nach, er enthielt genügend Andeutungen, die sie in die Lage versetzten, das Spiel aufzunehmen: *die Vögel, die Festung mit den roten Backsteinen; die Sümpfe; ein Doppelmord, ein Vorname – Lénore*. Jetzt war sie am Zug; das gestand er ihr im Augenblick zu. Die in der letzten Zeile liegende Drohung machte ihr klar, dass sie die Authentizität der Erzählung auf keinen Fall unterschätzen sollte. Er gab zu verstehen, dass er sich in absehbarer Zeit ein neues Opfer erwählen würde, aber nicht unbedingt sofort seine Beute erlegen müsste. Er rühmte sich, dass er quälen, vergewaltigen, töten konnte, ohne dabei den geringsten Verdacht zu wecken, denn er war ja nicht gefasst worden. Es musste sich um einen ganz gewöhnlichen, außerordentlich vorsichtigen Menschen handeln. Wie alle unentdeckten Perversen hatte er Großes im Sinn. Sie diente nur dazu, das Spiel in Gang zu halten, seiner Erregung einen neuen Anreiz zu bieten. Er fürchtete niemanden und war sich seines Erfolges gewiss.

Sie schloss das Fenster, legte sich wieder hin und löschte das Licht. Noch lag ein Schirm zwischen ihnen, aber er würde verschwinden. Zwangsläufig. Zum zweiten Mal in ihrem Leben musste sie in die Welt eines Mörders eindringen; sie hoffte nur, dass sie dieses Mal ein wenig mehr Glück haben würde.

4

Die Glasfront ging zum See hinaus. In seiner Oberfläche spiegelte sich der Mond, vor den sich hin und wieder dicke Wolken schoben. Ein matter Lichtschein lag auf den alten Möbeln, den Nussbaumsekretären und den zwanglos, aber stilvoll verteilten persischen Teppichen. Auf einem Wandflügel zeichnete sich ein großer Bildschirm ab. Mehrere Wandtischchen standen herum, über ihnen blitzten venezianische Spiegel. Ein Teleskop war auf den See gerichtet.

Der Mann seifte sich unter der Dusche gründlich ein. Die Marmorkacheln und Spiegel beschlugen von dem Wasserdampf. Er rieb die Glasscheibe mit einem Handtuch blank und schaute sich an. Von seiner stämmigen Statur und dem zwischen den Schultern eingezogenen Kopf ging etwas Bedrohliches aus. Das Gesicht war bartlos, die Lippen voll; eine Gestalt, die – je nach Umständen – Angst einflößen konnte. Er trocknete sich die Haare, zog einen Morgenmantel über und ging ins Zimmer zurück. Das Mädchen lag immer noch so da, wie er sie vorhin zurückgelassen hatte.

»Wie heißt sie?«, fragte er mit gleichgültiger Miene.

Das Mädchen richtete sich auf. Er sah, wie sie ihre Locken zurückwarf und sich eine Zigarette anzündete. Von hier sah sie noch jünger aus, nicht einmal wie siebzehn.

»Laura.«

»Laura, Laura …«

Etwas saß ihm im Hals; seine Stimme versagte und verriet seine außerordentliche Erregung.

»Hast du mit ihr gesprochen? Hat sie dir gesagt, dass sie kommen wird?«

Das Mädchen nickte. Der Mann zog seinen Siegelring wieder an.

»Was hast du ihr gesagt?«

Sie zuckte mit den Schultern.

»Kann dir egal sein! Gibst du mir noch etwas?«

Der Mann trat zum Bett. Das Mädchen hatte sich ausgestreckt und verschränkte die Arme hinter dem Nacken.

»Er ist im Stande und bringt dich um, wenn er erfährt, was du getan hast«, sagte sie lachend.

Er zuckte die Schultern und drehte sich um. Er ging zu einem Sekretär, öffnete ihn und zog aus einem Versteck ein Plastiksäckchen mit weißem Pulver hervor. Er bereitete zwei Linien vor und ging zum Bett zurück. Während das Mädchen ihr Coke schnüffelte, schweiften seine Gedanken zu verschiedenen Szenarien, die ihn in Wallung brachten.

5

Der Journalist, der Hélène gegenübersaß, aß bereits sein drittes Croissant. Er war jung, etwa fünfundzwanzig, und sein ironischer Blick kontrastierte mit seiner wenig einnehmenden Erscheinung.

Im Speisesaal des Hotels L'Embarcadère traf sie auf Max Maurice, den Notar. Er hatte ihr von seinem Fensterplatz aus zugewinkt, als sie den Speisesaal betrat. Er war nicht allein; ein anderer Mann saß bei ihm am Tisch. Auch er hatte sich zu ihr umgewandt. Es war Jérôme Joffré, der Literaturlehrer. Die beiden Männer hatten ihr einen Platz an ihrem Tisch angeboten. Max ähnelte mehr denn je einem Faun. Sein Lächeln kam ihr bei Tageslicht besehen falsch vor. Jérôme Joffré litt heute Morgen offenbar nicht an seinem unentwegten Kopfwackeln. Sie hatten ein paar belanglose Worte gewechselt, dann hatte sie sich mit dem Hinweis auf den Journalisten entschuldigt, der sie an einem anderen Tisch erwartete.

Nun wartete sie geduldig, bis er seinen Bissen hinuntergeschluckt hatte.

»Sie halten mich wohl für bescheuert«, sagte sie und schüttelte den Kopf.

Sie fasste nach dem kleinen Tonband auf dem Tisch und hielt es an. Er setzte sich auf und rückte seinen Stuhl zurecht.

»Es ist nicht nötig, dass Sie mir etwas über ein Buch erzählen, das Sie nicht gelesen haben.«

Der Journalist fühlte sich ertappt. Er hob die Hände zu einer versöhnlichen Geste.

»Es wäre unrichtig zu behaupten, ich hätte es gelesen. Um ehrlich zu sein, habe ich es durchgeblättert, bevor ich aus dem Auto stieg. Aber es heißt ja, dass es ein bemerkenswertes Buch ist.«

Hélène sah ihn lächelnd an. Einen Augenblick lang schien sie in Gedanken verloren, dann schob sie eine in die Stirn gefallene Locke zurück. Draußen waren dunkle Wolken über der Stadt aufgezogen. Es waren noch andere Männer im Saal; sie spürte, wie ihre Blicke scheinbar zerstreut hier und da herumirrten, bevor sie an ihr hängen blieben.

Die beiden Morde, die Hinweise, die Androhung weiterer Gräuel und dieser ›Rabe‹, den sie nicht in diesem Puzzle unterbringen konnte, gingen ihr nicht aus dem Sinn. Vielleicht war der Mörder hier unter den Männern, die sie belauerten, und vielleicht bereitete er seine nächste Tat vor.

»Quält Sie etwas?«, fragte der Journalist.

Er beobachtete ihre Reaktion, während er sein Croissant aufaß. Sie schien wieder zu sich zu kommen und betrachtete ihn aufmerksam.

»Kennen Sie die Gegend hier gut?«

Er zuckte die Schultern.

»Ich bin hier geboren.«

»Sümpfe, viele Vögel, sagt Ihnen das etwas?«

Er brach in Lachen aus.

»Man sieht, dass Sie zum ersten Mal hier sind. Die Gegend heißt die *Dombes*.«

»Die *Dombes*?«

Er nickte und zündete sich dabei eine Zigarette an.

»Genau«, sagte er. »Neben der *Bresse*. Noch vor einem Jahrhundert war diese Gegend einfach nur modrig. Heute hat man den größten Teil der Sümpfe in Seen umgewandelt, wo Fische gefangen werden. Es gibt mehr als tausend von ihnen. Wenn Sie Auflüge dorthin unternehmen wollen, kann ich Ihnen Adressen empfehlen.«

»Und was ist mit den Vögeln?«

»Das Vogelschutzgebiet von Villars gehört zu den bedeutendsten in Europa.«

»Und eine Festung aus rotem Backstein?«

Er nickte.

»Es gibt eine in Bouligneux, kurz vor Villars. Sie stammt aus dem vierzehnten Jahrhundert, glaube ich. Aber man kann sie nicht besichtigen, sie ist in Privatbesitz.«

»Da haben wir's!«, sagte sie sich. Es war nicht sehr schwierig. Sie beschloss, noch ein wenig weiterzufragen.

»Wissen Sie Bescheid über die Morde, die hier in den Dombes vorgefallen sind?«

»Welche Morde?«

Sie machte eine vage Handbewegung. Der Journalist drückte seine Zigarette aus. Er zögerte mit der Antwort, als wollte er herausfinden, was es mit all diesen Fragen auf sich hatte.

»Ich verstehe Sie nicht ganz«, sagte er. »Die Verbrechen finden doch vor allem in den Medien statt. Auf jeden Fall geht das Interesse rasch verloren, wenn man der Öffentlichkeit keinen Verdächtigen oder keine packende Ermittlung präsentiert – außer bei den Familien der Opfer natürlich. Nein, ich erinnere mich nicht an etwas Derartiges hier in den Dombes.«

Er runzelte die Stirn.

»Sind Sie einem Verbrechen auf der Spur? Handelt es sich um das Thema eines neuen Buches?«

Sie zog sich zurück. Sie war zu weit gegangen und beschloss nun, alles mit einem einfachen Lächeln abzuschließen. Sie stellte das Tonbandgerät wieder an.

»Sie können mir jetzt wieder persönliche Fragen stellen«, sagte sie. »Ich werde sehen, ob ich sie beantworten kann.«

Am Nachmittag war eine Autogrammstunde in der Mediathek vorgesehen. Bei dieser Gelegenheit fragte Hélène Fabienne darüber aus, wie die Manuskripte zusammengetragen worden waren.

»Haben Sie sie gelesen?«, fragte Fabienne. »Was halten Sie davon?«

»Es ist ein sehr interessantes dabei. Wurden Ihnen die Manuskripte persönlich übergeben?«

»Nein«, sagte Fabienne. »Als ich Ihre Einwilligung hatte, habe ich die Ausschreibung ans Schwarze Brett gehängt. Die Manuskripte wurden an Ort und Stelle in einem Kasten hinterlegt.«

»Wer wusste außer den Schülern und Lehrern noch darüber Bescheid?«

»Alle die, die in die Mediathek kommen, um Bücher auszuleihen oder anzuschauen. Sie werfen im Allgemeinen auch einen Blick auf die verschiedenen Aushänge am Schwarzen Brett.«

Nachdem sich der Journalist verabschiedet hatte, ging Hélène in ihr Zimmer hinauf. Sie hatte sich auf ihr Bett gelegt und versuchte ihre Gedanken zu ordnen. Es wäre im Augenblick einfach lächerlich, zur Polizei zu gehen. Sie wusste nur zu gut, was für die Polizei zählte: Fakten, nicht bloße Ahnungen. Sie hatte sich nicht träumen lassen, dass sie in einem Dorf im Jura in eine solche Situation geraten würde. Sie würde weiter forschen und die Identität der Opfer herausfinden müssen.

Sie hatte mit Léo telefoniert und ihm mitgeteilt, dass sich ihre Rückkehr verzögern würde. Sein Drängen rührte sie kaum. Er wiederholte sich, seine Worte waren vorhersehbar. Danach hatte sie ihre Nachbarin Pauline angerufen. Pauline hatte vergessen, ihre Blumen zu gießen und den Kühlschrank leer zu räumen. Damit hatte Hélène bereits gerechnet. Pauline war allzu sehr mit ihren Boyfriends beschäftigt, die einander die Klinke in die Hand gaben – und letztlich auch mit der verzweifelten Suche nach einem Ehemann.

Hélène saß vor einer Tasse Tee und lauschte dem Prasseln der Regentropfen auf den Fensterscheiben. Sie erinnerte sich an einen anderen Regentag vor etwa einem Jahr, als sie die Polizei im Hafenviertel von Shanghai zu jener verlassenen Lagerhalle begleitet hatte. Sie waren an Häuserblocks entlanggegangen, um die herum anscheinend sämtliche Einsatzkräfte der Shanghaier Polizei postiert waren. Ein gutes Dutzend von Polizeiautos und Einsatzwagen stand dicht gedrängt am unteren Ende eines Parkplatzes. Sie wusste, warum man sie hatte holen lassen und was man gefunden hatte.

Die ganze Aufmerksamkeit schien sich auf ein Nebengebäude der Halle zu konzentrieren. Sie sah, wie Männer und Frauen drinnen und draußen eilig hin und her rannten, ein Blitzlichtgewitter war im Gange und ließ keinen Zweifel daran aufkommen, was geschehen war.

Ein Polizist in Zivilkleidung war auf sie zugekommen. Er hatte sie beim Arm gefasst und zur Seite gezogen.

»Ich weise Sie darauf hin, Miss Wang, dass alles, was Sie hier sehen, geheim bleiben muss«, hatte er zu ihr gesagt.

Sie hatte die Bemerkung in der Stille verhallen lassen. Der Gestank des Flusses Huangpu war kaum zum Aushalten.

»Ist das da drinnen genauso schlimm wie hier?«, hatte sie gefragt, ohne wirklich mit einer Antwort zu rechnen.

Als sie wieder herauskam, war ihr klar gewesen, dass etwas in ihr unwiederbringlich zerbrochen war, wie ein kaputtes Getriebe, das nichts mehr in Gang setzen konnte. Genauso klar war ihr, dass sie ihre bedrückende Einsamkeit niemals wieder loswerden würde. Völlig durchnässt war sie dagesessen, an eine Mauer gelehnt, Regentropfen liefen ihr über das Gesicht, während dichte Nebelschwaden gleich einer unaufhaltsamen Armee über die Quais krochen. Und nun empfand sie auf seltsame Weise erneut diese morbide Anspannung, ohne zu wissen, was kommen würde.

Als der Direktor kam, um sie zur Mediathek zu fahren, hatte der Regen aufgehört. Die Wolkendecke war aufgerissen, und ein paar Lichtstrahlen spiegelten sich in den Pfützen und auf den nass glänzenden Karosserien. Die Seeoberfläche blendete so sehr, dass Hélène ihre Sonnenbrille wieder aufsetzte.

An diesem Nachmittag signierte sie etwa dreißig Bücher. Sie musterte die Leute, die auf ihren Schreibtisch zutraten, daraufhin, ob einer von ihnen nicht dem Bild entspräche, das sie sich von dem Mörder machte. Ein scheuer Blick, ein sarkastischer Gesichtsausdruck, eine bestimmte Haltung; vielleicht eine unterdrückte Spannung, die sich für einen Augenblick offenbarte.

Nein! Er war zu schlau, um sich zu verraten; trotzdem war sie überzeugt, dass er anwesend war. Sicher nutzte er die Gelegenheit, sich zu zeigen. Ein Schauer lief ihr über den Rücken, als sie den Blick eines auf sie zutretenden Mannes traf. Seine Augen wirkten leer, als läge ein dunkler Schleier vor ihnen, der seine Gedanken für immer verbarg. Er trug Jeans, einen eng anliegenden Pullover und Handschuhe. Er war etwa vierzig Jahre alt; zwei tiefe Furchen prägten sein hartes, verbrauchtes Gesicht. Seine zwischen den Ärmeln und den Handschuhen hervorschauenden Handgelenke waren sehnig. Er blieb stehen, nickte ihr zu und reichte ihr ein Exemplar ihres Buches.

Sie bemühte sich, ihr Zittern zu beherrschen, und nahm das Buch. Ihr fielen seine außergewöhnlich großen Hände auf. Sie vermittelten den Eindruck von ausreichender Kraft, um ein Messer zu führen und Knochen zu zerlegen.

»Welchen Namen soll ich hineinschreiben?«, fragte sie.

Sie sah, wie er mit der Antwort zögerte.

»Keinen«, sagte er. »Ich weiß noch nicht, wem ich es schenken werde. Signieren Sie es einfach nur.«

Seine Stimme klang rau und gepresst. Sie konnte sich gut vorstellen, dass er Spaß daran fand, jemanden leiden zu lassen, dass seine Frustration ihn zu einer Abrechnung mit der ganzen Welt trieb. Warum trug er Handschuhe? Sie signierte das Buch und gab es ihm zurück. Er sah sie einen Augenblick lang aus seinen nur halb geschlossenen Augen an, bevor er ihr den Rücken zukehrte.

Nun stand eine Jugendliche vor ihr.

»Laura«, sagte sie.

Hélène lächelte und entschuldigte sich. Sie stand auf. Der Mann war verschwunden. Sie entdeckte Fabienne inmitten einer Schülergruppe und winkte ihr zu. Sie beschrieb ihr den Mann in aller Kürze. Fabienne überlegte eine Weile; sie fühlte sich an jemanden erinnert, war aber nicht in der Lage, die Erinnerung zu präzisieren. In jedem Fall also kein regelmäßiger Besucher der Mediathek, lautete ihre Schlussfolgerung.

Jean-François Morel, so hieß der Journalist, war wieder zu seinem Auto gegangen. Bis zur Autobahn in Richtung Lyon konnte er das Fenster offen lassen und eine Zigarette rauchen. Er fuhr aber nicht gleich los, sondern dachte noch einmal an die morgendliche Unterhaltung mit Hélène.

Die Luft hier in den Bergen war kühl und feucht. Der Regen peitschte die Oberfläche des Sees auf, erst allmählich entdeckte er die dunkle Stelle, die verriet, wie tief das Wasser war. Er warf seine Zigarette fort und streckte sich. Auch er war nicht bescheuert. Beinahe wäre er auf ihr Lächeln und ihr geheimnisvolles Auftreten hereingefallen, aber er hatte sie doch durchschaut. All diese Fragen, bis man schließlich bei den Verbrechen angelangt war, und dann dieser Rückzug, als er Interesse bekundete. Sie hatte es vermieden, noch einmal auf dieses Thema zurückzukommen. Sie war nicht verärgert, aber recht verschlossen. Sie scherzte nicht. Es war etwas hier in den Dombes geschehen, und die Schriftstellerin hatte –

wie auch immer – davon Wind bekommen. Das war der Grund ihres Besuches in diesem gottverlassenen Nest; wie sonst sollte die Erklärung für ihren Besuch lauten? Den Orden einer Unterpräfektur entgegennehmen und vor einem Saal von Abiturienten sprechen? Daran glaubte er nicht eine einzige Minute, ebenso wenig wie er an Zufälle glaubte.

Mechanisch schaute er auf seine Armbanduhr. Er musste sich beeilen, wenn er einen Vorsprung haben wollte. Er verfügte über Mittel, die sie nicht besaß. Der Kies auf der Straße knirschte, als er den Parkplatz der Mediathek im Eiltempo verließ. Auf dem Vordersitz lag das Buch, in das sie ihre Widmung für ihn geschrieben hatte.

6

Über den Winter war Laura, wie ihre Mutter es nannte, zu einer jungen Frau gereift. Sie war jetzt fünfzehn Jahre alt, aber ihre weiblichen Formen und ihre Schönheit waren noch sehr zart. Sie schloss die Tür hinter sich und bog auf die Straße, ohne das Auto auf der gegenüberliegenden Seite zu bemerken. Es kam nur selten vor, dass hier unbekannte Autos parkten, aber dieses gängige Modell fiel ihr nicht weiter auf. Sie schob ihre Arme durch die Träger des Rucksackes, stieg auf ihr Fahrrad, fuhr langsam los und schlängelte sich an den geparkten Autos entlang. Sie war früh dran für ihren Musikunterricht.

Hinter ihr startete das Auto ebenfalls. Ohne den geringsten Verdacht, dass sie beobachtet werden könnte, radelte Laura unbekümmert weiter.

Er maß sie mit seinen Blicken wie ein Gärtner einen jungen Baum, den er über die Jahreszeiten hinweg wachsen und gedeihen sieht. Er ließ sie bereits seit mehreren Jahren nicht aus den Augen. Jetzt nahm er eine Hand vom Lenkrad, um die Videokamera anzustellen und das Zoom auf sie zu richten.

Die moderne Technik hatte die Grenzen seines Blickfeldes unendlich erweitert. Er hielt seine Filmsammlung für einzigartig; sie bestand aus einer Reihe von Porträtaufnahmen junger Mädchen, die er ohne ihr Wissen gemacht hatte und die ihm einen unermesslichen Vorrat für seine wahnsinnigen Fantasien lieferten.

Bald war es so weit. Er hatte große Pläne mit Laura; sie würde seine Gelüste geduldig befriedigen. Diesmal hatte er beschlossen, dem Verlangen Raum zu geben, bevor er das Versprechen einlöste.

Sie hatte zarte Beine und einen anmutigen Gang. Die Wölbung ihrer Brüste zeichnete sich von Woche zu Woche praller ab. Mit ihren glatten braunen und bis zur Taille hinabfallenden Haaren war sie genau sein Typ. Er war wie gebannt.

Es war mild, und er fühlte sich großartig, da er seiner Sache so sicher war. Es kam ihm vor, als hätte die Natur ihren Schritt beschleunigt. Während er sie in Augenschein nahm, schwoll der Kloß in seinem Hals weiter an, als würde er in direkter Abhängigkeit zu seinem pochenden Herzen stehen.

Bei ihr würde er einen Wechsel von Gewalt und Sanftheit praktizieren. Er würde sie in dem dafür hergerichteten Keller gefangen halten. Der Raum hatte kein Fenster, und seine Mauern waren sehr dick. Er war also bestens für sein Vorhaben geeignet. Niemand würde ihre Schreie hören. Er hatte sicherheitshalber ein Radio auf volle Lautstärke gedreht, nachdem er auf einem Sender Rapmusik gefunden hatte. Dann war er im Haus umhergegangen, im Garten und auf der vorbeiführenden kleinen Straße. Er hatte nichts gehört.

Sie wäre ihm also restlos ausgeliefert, und das würde er nach Belieben auskosten. Er hatte den ganzen Sommer über nichts vor, er würde ihn mit ihr verbringen. Er liebte den Geruch der Angst, und diesen Geruch würde das Mädchen verströmen, wenn er ihr erst einmal alles erklärt hatte. Sie würde in seinen Händen zittern wie ein junger Hase.

Er hegte keinerlei Bedenken. Die Gegend würde von Touristen wimmeln; man würde ihr Verschwinden einem Landstreicher oder einem Fremden zuschreiben. Die Nachforschungen würden ins Stocken geraten, und das Interesse der Presse würde rasch abflauen. Niemand würde den Fall mit Lénore in Verbindung bringen.

Die Straße war ruhig, und das Laub der Blätter warf ein seltsames Geflecht chinesischer Schattenrisse auf den Boden. Plötzlich tauchte vor seinen Augen das Gesicht von Hélène Wang auf. Er war sehr zufrieden mit der Inszenierung, die er für sie organisiert hatte. Er hatte sie am Tag zuvor beim Signieren ihrer Bücher beobachtet. Sie schien nicht so abwesend zu sein wie sonst, schien darauf zu verzichten, immer so wirken zu wollen, als wäre sie ganz woanders; sie musterte die Besucher mit gleich bleibender, angestrengter Aufmerksamkeit. Sie hatte seine Botschaft verstanden. Sie versuchte ihn ausfindig zu machen. Beinahe hatte er das Gefühl, als könne er ihre Gedanken lesen, als könne er in sie hineinsehen. Diese außergewöhnliche Art der Kommunikation hatte ihm Lust verschafft; eine eigene und unverhoffte Verbundenheit, für die es keine Worte gab. Er hatte, weiß Gott, danach gesucht.

Nur über die Verse eines alten Gedichtes gelang es ihm, in diese fiebrigen Wahnvorstellungen einzutauchen, die sich niemandem sonst auftaten.

Er kannte sie nach all den Jahren, nach unendlich oft wiederholtem Lesen auswendig.

Tief ins Dunkel späht' ich lange, zweifelnd, wieder seltsam bange, Träume träumend, wie kein sterblich Hirn sie träumte je zuvor; doch die Stille gab kein Zeichen; nur ein Wort ließ hin sie streichen durch die Nacht, das mich erbleichen ließ: das

Wort ›Lénore?‹ so schwer – selber sprach ich's, und ein Echo murmelt' es zurück so schwer: nur »Lénore!«. Nichts weiter mehr.

Kein Absatz. Da ich nun zurück mich wandte und mein Herz wie Feuer brannte, hört' ich abermals ein Pochen, etwas lauter denn vorher. ›Ah, gewiss, so sprach ich bitter, liegt's an meinem Fenstergitter; Schaden tat ihm das Gewitter jüngst – ja, so ich's mir erklär'; – schweig denn still, mein Herze, lass mich nachsehn, dass ich's mir erklär': – 's ist der Wind – nichts weiter mehr!‹

Auf warf ich das Fenstergatter, als herein mit viel Geflatter schritt ein stattlich stolzer Rabe wie aus Sagenzeiten her.

Natürlich hatte die Chinesin nicht die geringste Ahnung, welchen Zwängen und welcher Logik das Spiel unterstand. Und er würde es ihr auch nicht erklären. Zumindest jetzt noch nicht.

Während sie weiterradelte, dachte Laura daran, was ihr das Mädchen aus der Abschlussklasse gesagt hatte. Sie kannte es nur flüchtig; ein cooles Mädchen, das sich nicht allzu viele Gedanken machte. Der Typ ist nett, hatte sie gesagt, er ist zwar alt, aber nett und verschwiegen. Nicht wie die unbedachten Burschen, die einfach nur eine große Klappe haben. Laura hatte Angst, aber sie wollte nicht kneifen. Viele Mädchen aus ihrer Schule nahmen Ecstasy oder Kokain; sie wollte dazugehören und es auch probieren. Sie hatte den Roman von Hélène Wang bewundert; er war ihr Lieblingsbuch. Sie hatte sich der Heldin, dieser leidenschaftlichen und geheimnisvollen jungen Chinesin, die etwa so alt war wie sie selbst, so nahe gefühlt.

Ein Sonnenstrahl traf auf Lauras Bluse und zerfiel auf der Linse der Kamera in farbig glitzernde Facetten.

Er warf ihr mit den Fingerspitzen einen Kuss zu; eine Geste der Liebe, wie sie der Edelmann seiner Auserwählten schenkt. Er brach in ein heiteres und wohliges Lachen aus. Das Leben war wundervoll, aber das Leiden übertraf es noch bei weitem. Am Morgen hatte er sich im Garten zu schaffen gemacht, und ein Hauch von Rosenduft haftete noch an seinen Fingern. Das Rot der Blütenblätter stand ihm wieder vor Augen, und er sah eben diese Farbe bereits vor sich, wie sie aus dieser jungen, frischen, samtweichen Haut hervorquellen würde, wenn er sie mit seinem Messer aufritzen würde.

Sein Herz klopfte bis zum Halse. Seine Lider wurden schwer, sobald er tiefer in seine Visionen hinabglitt, ohne sie jedoch aus den Augen zu lassen. Er fühlte etwas Schweres zwischen seinen Beinen; das Blut pochte in seinem Geschlecht. Er murmelte ihren Namen, und während er ganz tief in sie eindrang, war er mit seinen Gedanken bereits ganz weit weg.

7

Der Standesbeamte ließ seinen Blick aufreizend lang auf ihr ruhen. Sein Tonfall verriet, wie überrascht er angesichts dieses zweifelhaften Anliegens war.

»Das ist unmöglich, Madame. Dafür benötigen Sie eine Erlaubnis des Staatsanwaltes.«

»Sie wollen sagen«, wiederholte Hélène langsam und jede einzelne Silbe betonend, »dass ich eine Erlaubnis benötige, um das Geburten- und Sterberegister einzusehen?«

Der Beamte schaute sie bedauernd an und nickte. Hélène drehte sich um und verließ das Rathaus. Sie stieg in ihr Auto und fuhr in Richtung Bouligneux los.

Die frische Luft hier draußen umschmeichelte sie mit einer Menge ungeahnter Düfte. Sie entspannte sich und überließ sich diesem Augenblick der Ruhe. Am Morgen war sie schon in Lyon gewesen, um ein Auto zu mieten. Bei dieser Gelegenheit hatte sie ein paar Einkäufe erledigt: eine Jeans, ein Sweat-Shirt, ein Paar Sneakers und einen Regenmantel, wie ihn die Jäger tragen.

Ihre erste Adresse war das Bürgermeisteramt von Villars-les-Dombes. Dort hoffte sie, im Geburtenregister einen Hinweis auf eine gewisse Lénore zu finden. Lénore war schließlich kein alltäglicher Vorname, und der Mörder hatte keinen Hehl daraus gemacht, dass sie aus der Gegend stammte. Das war auch der einzige Hinweis, den sie im Augenblick hatte.

Am Abend zuvor hatte sie mit Fabienne Thomas-Blanchet im Hotel L'Embarcadère gegessen; die junge Frau schien ihr intelligent und sympathisch zu sein; und sie gab auf Hélènes Fragen zu allen möglichen Leuten bereitwillig Auskunft. In dem feuchten Dunst schimmerte ein Hof um die Lichter. Nebel senkte sich von den Bergen herab und verdichtete sich über der Oberfläche des Sees. Hélène brauchte nicht lange, um aus Fabiennes Ausführungen eine Atmosphäre von Eifersucht, Einsamkeit und Enttäuschung in der kleinen Stadt herauszuhören.

Max Maurice, der Notar, fuhr mehrmals pro Woche in die Schweiz und war so eingebildet, dass es kaum zu ertragen war. Böse Zungen behaupteten, dass er Hehlerei mit gestohlenen Kunstgegenständen trieb und Geld wusch, indem er Bilder unter Wert weiterverkaufte. Er hatte darauf bestanden, dass Grandet, der Direktor des Gymnasiums, ihn zu dem Abendessen einlud, das Hélène zu Ehren gegeben worden war. Er hatte behauptet, sie käme ihm bekannt vor. Er hatte sie im Fernsehen gesehen und ihre Romane gelesen.

Fabienne erinnerte sich daran, wie er in die Mediathek gekommen war, um sicherzugehen, dass ihr Besuch in Nantua nicht abgesagt worden war. Max war hinter allem her, was einen Rock trug. Am liebsten waren ihm die ganz jungen Mädchen; öfter als einmal hatte man sein Auto freitags nach Schulschluss vor dem Gymnasium stehen sehen. Er verstand sich darauf, die Mädchen um den Finger zu wickeln; die Auserkorenen waren alle schon sechzehn, sodass man ihn nicht wegen Verführung Minderjähriger belangen konnte. Er warf mit Geld nur so um sich, um von seinem nicht sonderlich attraktiven Aussehen abzulenken; und er war schließlich nicht der Erste, der mit einem Mädchen ins Bett stieg, das seine Tochter hätte sein können.

Männer, die auf junge Mädchen stehen, sind nicht gern mit richtigen Frauen zusammen, ging es Hélène durch den Kopf; in dieser Gruppe finden sich besonders viele Vergewaltiger.

Sie wollte mehr über Yves Grandet und Jérôme Joffré, den Literaturlehrer, wissen.

»Ach, Grandet ist nicht aus Überzeugung Lehrer geworden; er war auf Sicherheit aus. Seine erste Frau ist unter schrecklichen Umständen ums Leben gekommen. Sie verbrannte in den Flammen ihres Autos, nachdem sie an einem Neujahrstag einen Motorradfahrer umgefahren hatte. Er hat dann noch einmal geheiratet. Eine Mathematiklehrerin, die ebenso schweigsam und undurchschaubar wie er herzlich und kommunikativ ist. Letztes Jahr haben sie sich scheiden lassen. Max Maurice und er gehen zusammen auf die Jagd. Was Jérôme Joffré betrifft, er ist äußerst gebildet und kann Toussainte nicht riechen. Er drängt sich niemals in den Vordergrund. Er ist Präsident des Scrabbleclubs der Stadt; er spielt gut Tennis, und im letzten Jahr hat er nur drei Fehler im Pivot-Diktat gemacht. Er ist nicht verheiratet, und Toussainte erzählt, dass er sie nur verabscheut, weil sie nicht auf seine Avancen eingegangen ist.«

Fabienne gab Hélène mit einem Kopfnicken zu verstehen, dass sie das angebotene zweite Glas Bordeaux gerne noch trinken würde.

»Und dieser Mann, den ich Ihnen beschrieben habe«, fragte sie, »muskulös, ein verlebtes Gesicht und so große Hände, wie ich sie weiß Gott noch nie gesehen habe.

Können Sie sich nicht daran erinnern, ihn schon einmal gesehen zu haben?«

Fabienne hatte nicht geantwortet. Sie blickte starr auf ihr Glas, als hätte sie eine Kristallkugel vor sich.

»Wie heißt er?«

Fabienne schien mit dieser Frage gerechnet zu haben. Sie runzelte die Stirn und verharrte in angestrengtem Schweigen.

»Fabienne! Wie heißt er?«

»Sie sind sehr hartnäckig«, hatte Fabienne geseufzt. »Melik Marmaris.«

»Ein hübscher Name. Ist er Grieche?«

»Nein, Türke.«

»Was macht er?«

Hélène lächelte ihr aufmunternd zu.

»Er ist Künstler. Genauer gesagt, Bildhauer.«

»Kennen Sie ihn gut?«

Fabienne schien ihre Verschwiegenheit wieder abgelegt zu haben.

»Ich bin ihm letztes Jahr bei einer Ausstellung begegnet. Er ist mein Ex-Freund, aber wir reden nicht mehr miteinander.«

»Sind Sie immer noch in ihn verliebt?«

»Jetzt nicht mehr. Am Anfang war es nicht leicht für mich.«

»Und er? Hing er sehr an Ihnen?«

»Mag sein. Er war seltsam, aber das ist letztlich ja jeder von uns irgendwie. Ich glaube, dass man heute sein Anderssein nicht mehr so sehr versteckt wie früher. Eines Tages war er plötzlich ganz anders …«

Sie schwieg und drehte mit gesenktem Blick das Glas zwischen den Fingern hin und her.

»… er ist gewalttätig geworden.«

»Hat er Sie geschlagen?«

»Oh, er hätte es sicher getan. Ich glaube sogar, dass er mich umgebracht hätte, aber er hatte keine Zeit dazu. Ich war schneller und bin ihm entwischt.«

»Was ist geschehen?«

Sie machte eine hilflose Geste, um anzudeuten, dass sie nicht in der Lage war, sein Verhalten zu analysieren.

»Ich habe immer wieder versucht zu begreifen, was diese unbändige Raserei ausgelöst haben könnte; als er eines Tages von einem seiner Aufträge zurückkam, fand er mich vor der Tür seines Kellers. Da ist er explodiert.«

»Was ist in diesem Keller?«

Fabienne zuckte die Schultern. Das hatte alles keine Bedeutung mehr für sie.

»Es ist eher ein Holzverschlag. Er sagte mir, dass er dort unfertige Skulpturen aufbewahrt; Entwürfe, die ihm nicht gefielen und die er niemandem zeigen wollte. Was seine Arbeit angeht, hat er etwas paranoide Züge.«

Die Festung aus dem vierzehnten Jahrhundert spiegelte sich mit ihrem trutzigen Turm im See. Rote und ockerfarbene Pigmente schienen wie auf der Palette eines alten Meisters ineinanderzuspielen. Malerisch und friedvoll lag die romantische Landschaft da, die Seen und Bäume im Helldunkel des Sonnenuntergangs sanft ineinander verschwommen.

Hélène beobachtete die Umgebung. Es war Ende Juni, und die Besucher tummelten sich auf den Straßen und Wegen.

Für den Mörder war es ein Leichtes, unter solchen Gegebenheiten unbemerkt vorbeizuschlendern, stellte sie fest. Der Ablauf des Verbrechens stand ihr glasklar vor Augen. Sie stellte sich das junge Mädchen vor, wie es einen der Spazierwege entlangging, das Fahrrad neben sich herschob, bis ihr unbekümmerter Blick den des Mörders kreuzte.

Sie ging ein paar Schritte und drehte sich um. Sie schaute ringsumher, als könnten ihre Augen ihn entdecken. Hier ein Schatten, der in einen Schlupfwinkel zurückweicht, oder dort eine Gestalt, die sich abwendet. Wachsam, verstohlen, unerkannt. In dieser Menge war sie nicht sicher.

Ein Rollschuhläufer in einem blauen Marinepullover rempelte sie offenbar absichtlich an. Unmittelbar vor ihr drehte er einen Kreis, bevor er weiter seine Bahnen zog und links in eine Allee abbog. Sie schrak zusammen, als hätte man sie in den Rücken gestoßen.

Der Mann trug eine Maske! Eine Vogelmaske!

Sie war sicher, dass es sich um einen Raben handelte. Das Bild brannte sich auf ihrer Netzhaut ein. Er war ihr bis hierhin gefolgt! Sie fühlte, wie es in ihren Beinen zu kribbeln begann; sie hatte das Gefühl, in etwas Undurchschaubares hineinzurutschen; etwas, das ihr Herz heftig schlagen ließ und ihr die Kehle zuschnürte. Es gab keinen Schutz gegen die Drohung, die sie umgab.

›Nichts ist zufällig geschehen. Alles war geplant‹, sagte sie sich. Auf den ersten Blick war es ein Racheakt, aber es hatte ihm auch Lust verschafft, eine physische Lust – eine Entschädigung, die er sich gegönnt hatte.

Sie zog eine Kopie des Manuskripts aus ihrem Rucksack und las noch einmal die Passagen, die sie unterstrichen hatte:

›Er hatte das Versprechen nicht aus seiner Erinnerung gestri-

chen, er hatte es bloß eingefroren. Jetzt war die Zeit gekommen, es wieder zum Leben zu erwecken.‹

Eine Verkettung von Umständen hatte ihn zu diesem Versprechen geführt: zu dem Versprechen, solche Gräueltaten zu begehen, um Rache zu üben.

Diese ›Umstände‹ würde sie nicht dadurch aufdecken können, dass sie seine geschickten Manöver durchschaute. Zunächst als Schriftstellerin und dann auf ihrer Chinareise war ihr klar geworden, dass derartige Verbrechen nie willkürlich verübt werden; der Mörder wählt seine Opfer aufgrund der Gefühle, die sie auslösen. Ebenso wenig hatte er sich zufällig entschieden, Lénores Körper in einem der Seen zu versenken; auch das war eine wohlüberlegte Entscheidung, die sich die örtlichen Gegebenheiten zu Nutze machte, und keineswegs eine Panikreaktion.

Die Seen wurden alle zwei Jahre trockengelegt, um dort Mais anzubauen. Der zerstückelte Körper der Kleinen aber war mit großer Wahrscheinlichkeit verwest oder von Fischen verzehrt worden; vielleicht hatte man ihn auch nie gefunden. Bei der Mutter hatte er eine andere Vorgehensweise gewählt; er hatte sie in ihrem Haus umgebracht und keinerlei Erklärung darüber abgegeben, was er mit der Leiche gemacht hatte. Einen Hinweis gab es dennoch:

›Der ›Andere‹ wäre jetzt auf keinen Fall in der Lage, diese disparaten Elemente zu einem Ganzen zusammenzufügen.‹

Er erwähnte also eine dritte Person, die zu seinem Plan gehörte. Sie war das eigentliche Zentrum. Der Mann hatte Lénore gezwungen, nach ihrem Vater zu rufen, bevor er sie vergewaltigte; dieser Vater war der *›Andere‹*, auf den der Mörder im Grunde zielte.

Eine Gruppe von Rollschuhfahrern kam auf sie zu. Sie wich zurück: Alle trugen Vogelmasken: Papageien mit gebogenen Schnäbeln, Aras mit buntem Gefieder; etwas Furchterregendes ging von ihnen aus. Sie überholten sie und bogen links ab, in dieselbe Allee wie der Mann, der sie angerempelt hatte.

Sie ging ihren Lageplan durch. Das Dorf war mit seinen knapp dreihundert Einwohnern nicht sehr groß. Die Familie von Lénore wohnte hier in der Nähe. Die Einwohner hatten solche Verbrechen mit Sicherheit nicht vergessen. Der Mörder konnte von seinem Platz aus die Festung sehen und den Lärm der Vögel hören. Das Vogelreservat und die Festung waren etwas weniger als vier Kilometer voneinander entfernt.

Sie kehrte zu ihrem Auto zurück und entschied sich nach kurzem Zögern, in die Straße einzubiegen, in der die Rollschuhläufer verschwunden waren. Auf der rechten Seite standen dicht gedrängt alte Holztische und -stühle auf einem kleinen Platz; die Straße führte nicht weiter. Ein kleiner Laden mit gelb gestrichenen Fensterläden und dazugehörigem Café schien der allgemeine Treffpunkt zu sein. Sie beobachtete die im Freien sitzenden Gäste. Einige bewundernde Pfiffe erwiderte sie mit einem Lächeln. Der Mann mit dem blauen Marinepullover war nicht da. Sie setzte ihre dunkle Brille auf und betrat das Café. Am Tresen bestellte sie eine Flasche Mineralwasser.

An der Bar lehnte der junge Mann mit dem Marinepullover und musterte sie. Er war blond, seine zerzausten Haare fielen ihm ins Gesicht. In seiner Haltung lag etwas Berechnendes. Er fuhr sich mit der Zunge über die Lippen, bevor er ein zynisches Lächeln aufsetzte, das heißen sollte: ›Ich wusste, dass du kommst.‹ Er bückte sich, hob seinen zwischen die Füße geklemmten Sportbeutel auf und kam auf sie zu.

»Das war ich vorhin, ich habe Sie angerempelt«, sagte er.

Hélène stellte ihr Glas auf den Tresen und winkte ab.

»Ich habe etwas für Sie«, fuhr er fort.

Sie schaute ihn an. Er wühlte in der Tasche seiner Jeans und zog eine Karte hervor, die er ihr reichte.

»Was ist das?«

»Die Adresse eines Restaurants.«

Da sie die Karte nicht nahm, legte er sie vor ihr auf den Tresen.

»Hat man Ihnen die Karte für mich gegeben?«

»Ja.«

»Haben Sie die Maske eines Raben getragen?«

Er nickte lächelnd.

»Es hat ganz den Anschein, als wäre der Rabe Ihr Lieblingsvogel.«

Es war die Visitenkarte eines Restaurants: *Le Brochet bleu* in Villars-les-Dombes. Sie schenkte sich Wasser ein und leerte das Glas in einem Zug.

»Kennen Sie den Typ, der Ihnen die Sachen gegeben hat?«, fragte sie.

»Ich hatte ihn noch nie gesehen. Er hat mir die Karte und die Maske gegeben und mir erklärt, was ich tun sollte.«

»Und was ist mit dem Restaurant?«

»Es gehört Mutter Solange.«

»Woher wussten Sie, dass ich diejenige bin, der Sie die Karte geben sollten?«

Er schaute sie überrascht an.

»Das ist nicht gerade schwierig, Sie sind schließlich die einzige Chinesin hier.«

»Stimmt, das ist wirklich nicht schwierig. Wie sah dieser Typ aus? War er zu Fuß oder mit dem Auto unterwegs?«

Sie hatte ihre Brille abgenommen und fixierte ihn. Sie sah, wie er zögerte. Sie beugte sich vor, wühlte in ihrem Rucksack und zog ihren Geldbeutel hervor.

»Wie viel?«

»Er hat mir zweihundert Franc gegeben.«

Er rieb sich die Wange und schaukelte hin und her.

»Ist er Ihr Freund?«

»Das sage ich Ihnen, wenn Sie ihn mir beschrieben haben.«

Sie hielt ihm einen Zweihundert-Franc-Schein hin.

»Also?«

Er nahm den Schein und bemühte sich, verlegen dreinzuschauen.

»Ich habe ihn nicht gut sehen können. Er trug eine Sonnenbrille und eine Kappe.«

»Sie machen sich über mich lustig!«

Sie schrie ihn beinahe an. Alle Augen waren auf sie gerichtet, und sie hörte das Getuschel der Leute.

»Ich schwöre es Ihnen! Ich würde ihn nicht wiedererkennen! Er hatte das Fenster halb offen. Vielleicht kam er vom Golf … Das war mein Eindruck, wegen der Kappe, der Brille, den Handschuhen … dem ganzen Aussehen eben.«

»Erinnern Sie sich wenigstens daran, was für ein Auto er fuhr?«

»Einen Twingo.«

»Sind Sie sicher?«

»Es war ein Mietwagen wie Ihrer; der Aufkleber hing am Rückfenster.«

Hélène schwieg unschlüssig und drehte dabei die Karte zwischen ihren Fingern hin und her. Der junge Mann nahm seinen Beutel in die Hand.

»Warten Sie«, sagte sie. »Wo hat er Sie angesprochen?«

»Er stand hinter Ihnen.«

»Hat er Ihnen gesagt, dass Sie mich rempeln und dann in dieses Café gehen sollten?«

»Genau das hat er gesagt. Ich brauchte nur hier auf Sie zu warten.«

»Und wenn ich nicht gekommen wäre?«

Ein strahlendes Lächeln erhellte seine Züge.

»Das«, sagte er, »war nicht vorgesehen.«

8

Nachdem er einen Hamburger, eine Portion Pommes und eine große Cola hinuntergeschlungen hatte, ging Jean-François Morel nach Hause. Er hob die Wäsche auf, die am Boden verstreut lag, stopfte sie in einen Beutel und machte sich in seiner winzigen Küche einen Nescafé.

Er hatte einen Teil des Tages damit verbracht, zwei Ausstellungen zu besuchen, über die er in der Rubrik *Neues aus der Kultur* berichten würde; eine Fotoausstellung von Marc Riboud und eine andere über die ›kleinen Meister‹ der flämischen und holländischen Malerei des achtzehnten und neunzehnten Jahrhunderts.

Mit der Tasse Nescafé in der Hand dachte er nach, wie er seine Nachforschungen nun am günstigsten anstellen sollte. Er war nicht auf derlei Ermittlungen spezialisiert. Eher fatalistisch veranlagt, wartete er im Allgemeinen darauf, dass sich im Leben der nächste Schritt von selbst ergeben würde. Auch in seinen Artikeln legte er sich nicht fest; er beschränkte sich darauf zu beschreiben, einzuordnen und den Leuten einen Anreiz zu Unternehmungen zu bieten. Für Sensationsstorys und Marktschreierei legte er ebenfalls kein besonderes Geschick an den Tag. Er versteckte sich eher hinter seiner Arbeit wie eine Schnecke in ihrem Haus.

Seit dem gestrigen Tag beunruhigten ihn widersprüchliche Regungen. Er war verwirrt.

Von der chinesischen Schriftstellerin, die er attraktiv fand – er bewunderte den chinesischen Film –, aber auch von dieser Mordgeschichte. Das sollte der Anlass sein, eine grundlegende Änderung in seinem Leben herbeizuführen. Er war beunruhigt angesichts seiner eigenen Aufregung. Er setzte sich vor den Computer, stellte die Tasse neben die Tastatur und betrachtete das Foto von Hélène Wang auf dem Klappendeckel ihres Buches.

Er zündete eine Zigarette an, rauchte in raschen Zügen und starrte mit halb geschlossenen Augen auf den leeren Bildschirm. Er drückte die Zigarette in einem Aschenbecher aus, setzte seine Brille auf und wühlte in einem Stapel CDs, in dem er das Zeitungsarchiv vermutete. Die zehn letzten Jahre waren auf drei Disketten untergebracht. Er schob die erste ins Laufwerk und rief die Suchfunktion auf.

Eine Stunde später verschwammen die Zeilen vor seinen Augen, und er musste sich eingestehen, dass er nichts Erhellendes gefunden hatte. In Lyon wimmelte es nur vor Verbrechen, aber er hatte seine Nachforschungen auf die *Dombes* beschränkt, auf die Gegend also, für die sich die Schriftstellerin interessierte.

Vielleicht folgte er blindlings einer falschen Fährte. Vielleicht hatte er sich den Kopf verdrehen lassen. Vielleicht war er nur dem geheimnisvollen asiatischen Charme erlegen und vermochte Wirklichkeit und Fantasie nicht mehr klar auseinanderzuhalten.

Die Sirene eines vorbeirasenden Feuerwehrwagens riss ihn aus seinen Überlegungen. Er stand auf, um hinauszusehen, ohne recht zu wissen, was er draußen eigentlich zu entdecken hoffte.

Er ging in die Küche zurück und setzte Wasser auf.

Nicht der geringste Vorfall während der letzten zehn Jahre; also musste er die restliche Zeitspanne Ausgabe für Ausgabe in der Redaktion durchgehen. Eine Sisyphusarbeit, die mehrere Nächte in Anspruch nehmen würde – es sei denn, er hätte Glück und würde rasch auf die richtige Nummer stoßen.

Er streckte seine Muskeln und gähnte. ›Wie würde ein echter Investigationsjournalist vorgehen?‹, fragte er sich.

›Ein echter Investigationsjournalist‹, hörte er sich selbst antworten, ›würde Quellen aufspüren, würde Informanten, Spitzel, Gendarmen, Bullen oder sonst jemanden anzapfen.‹

Er ging seine Kollegen durch und überlegte, wer ihm in dieser Hinsicht gefällig sein könnte. Jemand, dem er im Gegenzug auch einen Dienst erweisen könnte.

Er drehte die Gasflamme unter dem Topf zu und gab zwei Teelöffel Nescafé in seine Tasse, bevor er sie mit dem kochend heißen Wasser füllte. Er ging an seinen Arbeitstisch zurück und schlug sein Adressbuch auf. Es war gerade einmal acht Uhr, und die Dächer der Stadt lagen noch im Schein der Abendsonne.

Ein bisschen mehr Beharrlichkeit, Jeff, verlangte er von sich selbst, allerdings nicht ohne einen Anflug aufrichtigen Selbstmitleids.

Als Hélène aus dem Café kam, ging sie nicht sofort zu ihrem Auto zurück. Die Sonnenstrahlen wärmten noch, und ein leichter Westwind war aufgekommen. Am Horizont zeichnete sich ein Dunstschleier ab, der für den morgigen Tag einen bedeckten Himmel verhieß.

Verbittert gestand sie sich, dass sie keinerlei Gespür dafür besaß, wann sich jemand an ihre Fersen heftete und sie beobachtete. Am liebsten würde sie die Beine unter den Arm nehmen und davonlaufen, aber vermutlich war es sehr dumm, sich wie ein verschrecktes Tier zu verhalten.

Sie setzte sich auf eine Bank und bemühte sich, die Situation klar zu analysieren. Was für ein seltsames Versteckspiel: Sie tastete sich im Dunkeln vorwärts, während er über ein Infrarot-Fernglas verfügte. ›Wie in *Das Schweigen der Lämmer*‹, dachte sie.

Es machte ihm Spaß, sie wie ein aufmerksamer, beinahe galanter Mentor an die Hand zu nehmen. Die Situation hatte etwas Unwirkliches. Gäbe er ihr eine winzige Chance, sein wirkliches Aussehen zu entdecken, so würde ihm nicht mehr viel Zeit bleiben. Er gierte nach der Situation, die er geschaffen hatte, die sein Werk war. Hélène sollte bei ihrer Suche nicht unnötig in die Länge ziehen, was er ihr zu entdecken vorgab: ›Vielleicht würde ihm schon bald ein anderes junges Mädchen mit schönen hellen Augen in einem anderen Wald über den Weg laufen‹, hatte er angekündigt.

Er hatte es eilig, sehr eilig, blieb dabei aber kaltblütig. Wahrscheinlich stand ihm bereits der Todeskampf seines nächsten Opfers vor Augen, und er konnte es kaum erwarten, wieder zuzuschlagen und seiner Perversion freien Lauf zu lassen.

Sein Vorgehen hatte etwas sehr Intimes. Es glich einem leise geführten Zwiegespräch, dem Aufeinanderprallen zweier Geister oder zweier Persönlichkeiten, die einander aus Spaß belauerten.

Er wusste um seine unbestreitbare Überlegenheit. Er

war brillant, kühn und scharfsinnig; er war ein verkanntes Genie, gewürdigt nur von einer höheren Macht, die weit über der armseligen menschlichen Gesellschaft stand.

Hélène Wang, diese Schriftstellerin, der der Erfolg auf so plumpe Weise zuteil geworden war, war ein Nichts gegen diesen im Schatten agierenden Meister.

Warum gab er sich solche Mühe? Spielte er dieses Spiel, um sie am Ende durch sein Auftauchen aus dem Dunkel ins Verderben zu stürzen? Will er mir, nur mir allein, seine ›Memoiren‹ vorbehalten? Oder will er mich wie eine Blinde zu dem Grab führen, das er für mich ausgehoben hat?

Sie riss sich von ihren Überlegungen los und warf einen Blick auf die Karte, die sie in der Hand hielt: ›Le Brochet bleu‹. In dem Springbrunnen gegenüber fiel von dem emporschießenden Wasserstrahl ein feiner Regen ins Becken nieder. Trotz ihrer Ratlosigkeit stand sie voller Entschlossenheit auf und warf sich den Rucksack über die Schulter. Für ein Abendessen in dem *Brochet bleu* war es noch zu früh. Es blieb noch genug Zeit, um das Vogelreservat zu besuchen.

Jeff Morel musste feststellen, dass sein Kaffee kalt geworden war. Er stützte sich auf seine Armlehne. In weniger als zwanzig Minuten, nach drei Anrufen und dank der unglaublichsten Lügenmärchen, die er je aufgetischt hatte, war er nun im Besitz eines Namens und einer Telefonnummer. Eine Kollegin, die Gerichtsreporterin Edith Jacobsen, hatte sie ihm vermittelt. Es hatte ihn zwei Karten für die letzte Vorstellung – eigentlich eine geschlossene Veranstaltung – von *Unterhaltung nach einer Beerdigung*, einem Stück von Yasmina Reza, gekostet.

Er beschloss, keine Zeit zu verlieren, und wählte die Handy-Nummer eines mittlerweile pensionierten Bullen, der früher Inspektor in Lyon gewesen war. Für seine Kollegin ein unbedeutender Name, für seine Nachforschungen jedoch ein erster Anhaltspunkt.

Der Inspektor nahm das Gespräch beim ersten Klingeln an.

»Guten Abend, Monsieur Tisserand, ich heiße Jean-François Morel und bin Journalist bei der Zeitung Progrès. Ich habe Ihre Adresse von Edith Jacobsen bekommen.«

»Von wem?«

»Jacobsen, Edith.«

»Was kann ich für Sie tun?«

»Ich brauche eine einfache Auskunft. Aber ich würde die Angelegenheit lieber nicht am Telefon besprechen. Wann können wir uns treffen?«

Er schwieg, bevor er sagte:

»Heute Abend. Das lässt sich einrichten.«

»Einverstanden. Welchen Treffpunkt schlagen Sie vor?«

»*L'Espace*. Das ist eine Brasserie an der Place Bellecour.«

Jeff warf einen Blick auf seine Armbanduhr.

»Ich kann um Viertel nach neun da sein. Wie erkennen wir uns?«

»Halten Sie ein Exemplar vom *Progrès* in der Hand. Ich gebe Ihnen dann ein Zeichen.«

Robert Tisserand hatte gefärbte Haare und einen vom Rauchen versengten Schnurrbart. Sein Gesicht war fleckig, und die Hitze machte ihm offenbar zu schaffen.

»Kann ich Ihren Presseausweis sehen?«, fragte er Morel, nachdem sich dieser auf seinen Stuhl hatte fallen lassen.

Der Kellner brachte das Bier, das der Inspektor bereits bestellt hatte.

»Für mich das Gleiche«, sagte Morel.

Tisserand wartete, bis der Kellner sich entfernt hatte, um den Ausweis, den Jeff auf den Tisch gelegt hatte, zu begutachten. Er nickte und nahm endlich einen genüsslichen, großen Schluck von seinem Bier. Mit dem Handrücken wischte er sich den Schaum vom Schnurrbart, lehnte sich auf seiner Bank zurück und schaute den Journalisten an.

»Worauf sind Sie spezialisiert?«

»Ausstellungen, Theaterstücke, Kino ... Ich arbeite für die Rubrik *Neues aus der Kultur*.«

Der ehemalige Bulle wirkte kühl und äußerst selbstbewusst.

»Von Ihnen würde ich aber gerne wissen«, sagte Morel, »ob Sie sich an Morde erinnern, die länger als zehn Jahre zurückliegen und in den *Dombes* verübt worden sind.«

Der Inspektor schien über die Frage nachzudenken. Er zog ein Päckchen Zigaretten aus der Jackentasche und zündete sich eine an; er wartete, bis der Rauch sich verzogen hatte, und fragte:

»Warum länger als zehn Jahre?«

»Für die letzten zehn Jahre gibt das Zeitungsarchiv nichts her.«

»Warum interessiert es Sie, ob es dort Verbrechen gab oder nicht?«

Er machte aus seinem Misstrauen keinen Hehl. Jeff hatte die passende Antwort bereit. Auf dem Weg zum Auto hatte er darüber nachgedacht.

»Ich schreibe gerade einen Krimi«, sagte er. »Die Handlung spielt in den *Dombes,* und ich benötige authentisches Material. Ich habe nicht genug Zeit, um alles selbst zu recherchieren. Da dachte ich, Sie könnten mir vielleicht helfen.«

Tisserand nickte.

»Das kann ich. Ich war damals bei der Polizeieinheit dort im Dienst.«

Er lachte trocken und humorlos auf.

»Welche Art von Verbrechen interessiert Sie?«

Morel machte eine unbestimmte Handbewegung.

»Solche, die Krimi-Leser gerne vorfinden – bluttriefende Geschichten zum Gruseln, unaufgeklärte Verbrechen, zwielichtige Todesfälle ...«

Der Kellner hatte Jeffs Bier gebracht. Er nahm ein paar kleine Schlucke und beobachtete dabei den Inspektor. Mit seinen nikotingelben Fingern kratzte er sich an der Schläfe. Der Mund stand leicht offen, als er den Rauch seiner Zigarette durch die Nase ausstieß. Jeff fügte sich zunächst ins Warten, entschied dann aber, den Bullen mit der Information, die die Chinesin ihm geliefert hatte, zu konfrontieren.

»Als Ort des Geschehens schwebt mir die Gegend des Vogelreservats vor, die Ecke von Villars oder Bouligneux ...«

Tisserand leerte sein Glas, dann schweifte sein Blick durch den Raum, als suchte er nach einem bekannten

Gesicht. Als seine Augen zu dem Journalisten zurückkehrten, schien er verwundert zu sein.

»Komisch, dass Sie gerade auf das Vogelreservat kommen.«

Um seine Aufregung zu verbergen, rief Morel nach dem Kellner und bestellte noch einmal Bier für beide.

»Mein Gott, seit dieser Geschichte sind mindestens fünfzehn Jahre vergangen …«

Er sprach leise, als befürchtete er, außer Morel könne noch jemand zuhören. Dann musterte er den Journalisten neugierig und versuchte seine Gedanken zu erraten. Er zog ein letztes Mal an seiner Zigarette, die bereits anfing, seinen Schnurrbart zu versengen.

»Erinnern Sie sich an irgendetwas?«

»Der Typ war reif fürs Irrenhaus, darüber war man sich damals einig«, setzte der ehemalige Inspektor hinzu.

Morel merkte an:

»Es scheint Sie immer noch ganz schön aufzuwühlen …«

»Ja, stimmt. Die Erinnerungen eines Bullen haben es in sich …«

»Würden Sie mir etwas davon erzählen? Wir könnten etwas zu essen bestellen, wenn Sie Hunger haben.«

»Gute Idee. Die *Andouillette* ist sehr gut hier.«

Als Hélène vor dem *Brochet bleu* parkte, war es fast halb neun. Das Restaurant, ein lang gestrecktes Gebäude mit schindelgedecktem Dach, lag direkt am Ortsausgang von Villars. Die Fensterläden und der Zaun waren wie auch die übrigen Teile aus Holz, blau gestrichen. Vor dem Gebäude standen viele Fahrräder, die ebenfalls blau waren. Vom Essraum blickte man auf einen von Rosenstöcken eingefassten Garten, in dem Tische und Sonnenschirme standen. Die Gäste saßen drinnen und draußen.

Hélène suchte sich einen Platz auf der Terrasse. Sie bestellte ein Hähnchen mit Steinpilzen und ein Mineralwasser. Während sie auf ihr Essen wartete, beobachtete sie die übrigen Gäste. Sie bezweifelte, dass der Mann so dreist sein würde, sich an einen der Nebentische zu setzen.

Als sie aus dem Auto ausgestiegen war, hatte sie die Festung von Bouligneux entdeckt: In der Ferne zeichneten sich ihre Umrisse ab. Trotz der lautstarken Unterhaltungen der Gäste und des Nörgelns der ungeduldig auf ihre Froschschenkel wartenden Kinder vernahm sie das Gekreische der Vögel.

Setzte man die Hinweise, die der Mörder ihr geliefert hatte, zusammen, so wies die Lage des Brochet bleu zwischen Villars und Bouligneux darauf hin, dass die Verbrechen in der Umgebung des Restaurants verübt worden waren.

Ganz hinten im Essraum thronte eine kleine blasse Frau hinter der Kasse. Sie trug ein langärmliges schwarzes Kleid, das bis zum Hals zugeknöpft war. *Mère Solange,* mutmaßte Hélène.

Sie beschloss zu warten, bis das Restaurant sich geleert hatte. Dann wollte sie versuchen, etwas in Erfahrung zu bringen.

Erschöpft, rührte sie ihr Essen kaum an. Sie nutzte die Zeit vielmehr, um die auf ihrem Handy gespeicherten Nachrichten durchzugehen. Aber nur auf den Anruf ihrer Eltern antwortete sie.

»Warum kommst du nächstes Wochenende nicht zu uns?«, fragte ihre Mutter. »Der Wetterbericht hat schönes Wetter angekündigt.«

»Ich kann im Augenblick nicht kommen. Es tut mir leid, Mama.«

»Arbeitest du immer noch so viel? Dein Vater sagt, dass er niemals jemanden so viel hat arbeiten sehen wie dich. Kommst du denn wenigstens im August?«

»Ich weiß noch nicht.«

»Was sollen wir denn tun, dein Vater und ich? Etwa den ganzen Sommer zu zweit verbringen?«

»Ich werde versuchen zu kommen, Mama. Ist Papa auch da?«

»Nein, er geht gerade spazieren. Er macht eine Diät und hat aufgehört zu rauchen. Er würde dich so gern sehen. Ich hoffe sehr, dass du bald kommen kannst.«

Dann schwieg sie einen Augenblick, und Hélène wurde klar, dass ihre Mutter nur mühsam die Tränen zurückhielt.

»Ich werde kommen, Mama. Ich verspreche es dir.«

»Hélène?«

»Ja, Mama.«

»Geht es dir wirklich gut?«

Ganz allmählich verlieh das dunstige Dämmerlicht der Landschaft ein unwirkliches Aussehen. Die Insekten schwärmten im Lichtschein der Laternen, und der Duft der Rosenstöcke, der bisher über dem Garten gelegen hatte, verflüchtigte sich. Die Nacht brach an.

Erst als Hélène aufgelegt hatte, wurde ihr klar, dass sie sich weit weg hatte treiben lassen, weit weg von diesen Morden und hin zu einer Erleichterung, die beinahe ans Vergessen grenzte. Sie schüttelte den Kopf und schaute um sich. Nur noch zwei Tische waren besetzt. Der Augenblick schien ihr nun geeignet, um von *Mère Solange* in Erfahrung zu bringen, was der Mörder sie unbedingt wissen lassen wollte.

Tisserand hatte mehrere Gläser Weißwein hintereinander getrunken und bedeutete dem Kellner nun, eine weitere Flasche zu bringen.

Morel hatte sich bisher damit bescheiden müssen, Banalitäten anzuhören; beunruhigt fragte er sich, ob er die Rechnung über seine Spesen laufen lassen könnte. Als auch die zweite Flasche Wein allmählich zur Neige ging, sagte er mit komplizenhaftem Vertrauen:

»Jetzt erzählen Sie mir mal von dem Mord, Inspektor.«

»An diese Morde ... es waren zwei ... erinnere ich mich noch sehr gut.«

Er nahm einen Schluck Wein, kratzte sich an der Augenbraue und machte eine längere Pause.

»Ich höre Ihnen zu.«

»Ich weiß nicht mehr, was diese Frau Schlimmes getan hatte, aber den zuständigen Kollegen zufolge war es kein sehr schöner Anblick. Der Mörder hatte sie aufgeschnitten wie ein Schwein.«

»Sie meinen, in zwei Stücke zerlegt?«

»Das weiß ich nicht mehr genau.«

»Und haben Sie ihn gefasst?«

»Das war gar nicht nötig. Er hatte im Nebenzimmer Harakiri gemacht. Es war der Ehemann. Dem Anschein nach ein Mann ohne Probleme, hilfsbereit, ein freundlicher Nachbar. Er hat Frau und Tochter umgebracht und sich dann selbst den Bauch aufgeschlitzt.«

»Er hatte eine Tochter?«

»Ein junges Mädchen. Ihren Körper muss er versteckt haben. Er ist nie aufgetaucht.«

Morel schenkte sich Wein nach und leerte das Glas mit einem Zug. Sein Ausflug in die Welt des Verbrechens beeindruckte ihn zutiefst.

»Seine eigene Familie zu massakrieren!«

Der Inspektor nickte zustimmend. Von einem plötzlichen Durst gepackt, genehmigte er sich ein weiteres Glas Wein. Morel glaubte sich auf dem richtigen Weg. Er fand das alles im Gegensatz zu den meisten Ausstellungen sehr aufregend.

»Ich erinnere mich nicht daran, dass man eine Erklärung gefunden hätte. Es gab die üblichen Nachforschungen: Liebhaber, Geliebte, Kreditkarten, Bankauszüge, Unterschlagungen; was man eben so untersucht. Aber was soll's, der Typ ist einfach ausgerastet, das kommt vor. Als Journalist kennen Sie das sicher ... oder?«

Morel machte eine vage Handbewegung. Hinter diesen drei Morden verbarg sich eine Familientragödie, die vielleicht den Stoff für einen Roman von Hélène Wang liefern könnte. Die Sache lag fünfzehn Jahre zurück und schützte die Schriftstellerin damit vor Kritiken, wie sie ihr letztes Buch auf den Plan gerufen hatte. Es ging um nichts Aktuelles, und genau deshalb interessierte sich die Chinesin dafür!

Morel dachte darüber nach, was er mit diesen Informationen anfangen könnte. Er wusste zu wenig über die Sache, um sich eine genaue Vorstellung zu machen; er benötigte präzisere Angaben, musste die Hintergründe recherchieren. Erst dann würde er sich ein Urteil erlauben können.

Der Wein schien Tisserand den Blick auf längst vergangene, bessere Tage eröffnet zu haben, in denen er über eine gewisse Macht und Autorität verfügte.

»Sind das die einzigen Morde, an die Sie sich erinnern?«

Der Inspektor ließ sich mit seiner Antwort ein paar Sekunden Zeit:

»Warum, reicht Ihnen das nicht?«

»Doch, doch. Wäre es möglich, dass ich eine Kopie der Akte bekomme?«

»Mal sehen.«

Tisserand musterte ihn mit dem regungslosen Misstrauen eines an Tücken gewohnten Bullen.

Sie saßen an einem Tisch, der etwas abseits in einer Nische des Essraums stand.

»Kann ich Ihnen etwas anbieten?«, fragte *Mère Solange*.

»Nein, danke«, sagte Hélène. »Es ist spät, ich muss gleich nach Lyon zurückfahren. Noch nicht einmal ein Hotelzimmer habe ich gebucht.«

»Sie können hier ein Zimmer nehmen. Ich habe noch eines frei. So könnten Sie morgen früh ausgeruht aufbrechen.«

»Kannten Sie sie gut?«

Mère Solange spielte mit dem kleinen Goldkreuz, das sie trug.

»Als Gäste schon«, präzisierte sie. »Sie kamen fast jeden Sonntag, René und Marie-Ange Ravenne. Ich erinnere mich auch an die Kleine. Sie hatte lockiges Haar, große Augen und war sehr höflich.«

»Sie hieß Lénore, da sind Sie sich ganz sicher?«

»Ja, Lénore. Nicht Elénore. Wir kannten sie gut … das arme Ding.«

»Wie sah der Vater aus?«

»An sein Gesicht erinnere ich mich nicht mehr. Ungefähr fünfzig, ein durchschnittlicher, zurückhaltender Mann; die Mutter war immer elegant gekleidet. Es war ein echter Schlag, als wir von dem Drama erfuhren.«

»Haben die Zeitungen darüber berichtet?«

»Zwei oder drei Tage lang. Der Mann muss die Tat im Wahn begangen haben, so hat es die Polizei genannt.«

»Und die ganzen fünfzehn Jahre lang ist außer mir niemand aufgetaucht, um Sie darüber auszufragen?«

»An den darauf folgenden Wochenenden kamen hin und wieder Touristen, die die Tatorte solcher Verbrechen aufsuchen … Aber es war schließlich Saisonende …«

Die alte Frau stützte ihre Ellbogen auf den Tisch und beugte sich zu Hélène:

»… Ein Polizist in Zivil ist mehrmals hier gewesen«, sagte sie in vertraulichem Ton.

Hélène verbarg ihr Erstaunen.

»Warum?«

»Er war der Meinung, dass da etwas nicht stimmte. Er suchte nach Beweisen.«

»Was für Beweise?«

Mère Solange winkte einem der Kellner zu, der damit beschäftigt war, die Tische neu zu decken.

»Soll ich Ihnen das Zimmer herrichten lassen?«

Hélène warf einen Blick auf ihre Armbanduhr.

»Einverstanden.«

»Wo war ich stehengeblieben?«, nahm die Alte das Gespräch wieder auf, nachdem sie die entsprechenden Anweisungen gegeben hatte.

»Sie sagten, dass ein Polizist auf der Suche nach Beweisen war.«

»Ja, genau. Er wollte wissen, ob der Kellner, der ihren Tisch bediente, sich daran erinnerte, worüber der Mann und die Frau gesprochen hatten.«

Mère Solange sah die junge Frau mit den schwarzen Haaren an, die sie ihrerseits mit ihren dunklen Augen beobachtete; auf der blassen Haut ihrer Schläfen zeichneten sich leichte, Schlaflosigkeit verratende Ringe ab.

»Ich für meinen Teil fand das reichlich sonderbar angesichts einer so schrecklichen Geschichte. Stellen Sie sich vor, er wollte wissen, ob dem Kellner aufgefallen war, dass in der Unterhaltung der Eheleute Ravenne von einem Raben die Rede war. Seltsam, oder?«

Das Gewitter verzog sich bereits wieder, aber der Regen prasselte weiterhin auf die alten Schindeln. Im Osten war von Zeit zu Zeit noch ein fernes Donnergrollen zu hören. Hélène dachte in ihrem Zimmer über das nach, was sie soeben gehört hatte. Mère Solange hatte versprochen, in ihren Unterlagen nach der Visitenkarte des Polizisten zu suchen, der die Schlussfolgerungen seiner Kollegen nicht teilte.

Er hatte recht. Außer dem Mörder war er der Einzige, der von dem ›Raben‹ gesprochen hatte. Ihr wichtigstes Ziel war nun, diesen Mann ausfindig zu machen.

Dass die Verbrechen vor fünfzehn Jahren geschehen

waren, gab ihr einen Einblick in die psychologische Verfassung des Täters. Der zeitliche Abstand war für ihn nicht vorhanden. Erst gestern hatte er seine Verbrechen begangen, und die Erinnerung an sie war für ihn seltsam frisch und unverbraucht.

Realistisch betrachtet war seine ›Rache‹ total. Er hatte eine ganze Familie ausgelöscht und war der Polizei entwischt. Dennoch war er dadurch nicht zur Ruhe gekommen. Ein gefährlicher Mann, vorausschauend und wendig.

Für heute hatte sie genug erlebt. Sie machte die Nachttischlampe aus und zog die Decke bis unters Kinn. Sie bemühte sich, ihre Gedanken in ruhigere Bahnen zu lenken. Ihre Lider schlossen sich, als wolle sie ihre Erinnerungen zudecken …

… Shanghai … das Ufer … die Gebäude mit ihren Neonlichtern, die sich im schwarzen Wasser des Flusses spiegelten … die dunklen und metallisch glänzenden Polizeiautos … das sich im Platzregen unablässig wie ein Stroboskop drehende Blaulicht … die Neugierigen, die doch keine Ahnung hatten, was sich dort abspielte … Wie ein Lichtstrahl unter einer Tür. Sie lauschte, vernahm aber nichts außer ihren eigenen Atemgeräuschen. Die Szene glich einer Filmbühne. Schwarze Kabel wanden sich bis zu einer Ansammlung von Projektoren; sie warfen ein gleißendes Licht auf die hin und her gehenden Personen, sodass diese vollkommen unwirklich aussahen. In Erwartung irgendeines Signals waren nur gedämpfte Geräusche zu hören. Hélène ging näher heran, achtete aber darauf, in dem schmalen erleuchteten Streifen zu bleiben. Ein paar Meter vor dem Rahmen einer Tür, die diejenigen aufgebrochen haben mussten, die wissen wollten, was sich auf der anderen Seite verbarg, blieb sie regungslos stehen. Der Blendrahmen war zersplittert, helle Holzspäne hatten sich in die schwarze Farbschicht gebohrt und sie zum Bersten gebracht. Sie hatte den Vorhang angehoben, der das Zimmer abschirmte. Auf dem Boden lag ein bläulicher Schimmer von chemisch beseitigten Blutspuren. Überall waren sie zu sehen. Der chinesische Polizist in Zivil gab ihr zu verstehen, dass sie bleiben sollte, wo sie war. Sie hatte den Augenblick genutzt, um noch einmal tief durchzuatmen und die letzten unbefleckten Sauerstoffpartikel in sich aufzunehmen. Die Stimme des Polizisten war verhallt, entschlossen hatte sie geklungen und doch zugleich rau vor Nervosität.

»Die Leute sind jetzt fertig mit ihrer Arbeit. Ich muss wissen, ob die Person hier in diesem Zimmer wirklich Zhang Ling ist.«

Hélène verharrte in der Türeinfassung. Die Wände waren dunkelrot gestrichen, die Decke schwarz. Der Betonfußboden war übersät mit Unrat, mit schwer identifizierbaren verdorbenen Lebensmitteln. Auf der linken Seite waren ein Waschbecken und ein Pissoir; die weiß gekachelte Dusche kam ihr erstaunlich sauber vor. An einer Wand lehnte ein Spiegel. Ihr gegenüber stand ein seltsames Gerät, das an ein Seitpferd erinnerte. Sie konnte ihren Blick nicht von den albtraumartigen Bildern losreißen, die sie von allen Seiten umgaben. Überall an den Wänden waren zerschnittene Fotos von jungen Mädchen aufgespießt, die offensichtlich aus Pornoheften stammten. Einige der Körper waren wieder zusammengesetzt worden. Eine disparate Sammlung von Rümpfen, Köpfen, in grotesken Positionen einander zugeordnet. Die Luft in dem Zimmer war stickig. Ein beißender Geruch breitete sich in der Hitze der Scheinwerfer gnadenlos aus. Sie bemerkte, dass der Schweiß unter ihren Kleidern an ihr hinunterlief. Sie glaubte, keine Luft mehr zu bekommen, überwand sich aber und machte einen Schritt nach vorn. Ein Tuch war aufgespannt, und sie musste bis in die Mitte des Raums gehen, um einen Blick auf die übrige Szenerie werfen zu können. Zwei blutbespritzte Holzplanken waren mit Ringen an der Wand befestigt. Sie wiesen Löcher für Arme und Beine auf. In einer Ecke standen eine Petroleumlampe und ein Benzinkanister; daneben eine Schüssel mit Wasser und eine Schale mit verschimmeltem Reis. Sie hatte sich überwunden und sich umgedreht. Etwas Ungeheures bemächtigte sich ihrer. Ein zitternder Schleier legte sich vor ihre Augen, und sie musste all ihre Geistesgegenwart zusammennehmen, um nicht ohnmächtig zu werden. Aus dem Augenwinkel hatte sie die Polizisten bemerkt; war sich jedoch nicht sicher, da sie ihre Gesichter lediglich schemenhaft, wie durch einen dichten Nebel hindurch wahrgenommen hatte. Ihre eigene Stimme hallte in ihrem Kopf wider, als würde sie sich selbst aufnehmen.

›Diese Wand ist weiß gestrichen. Das Blut breitet sich überall aus. Die Spritzer gleichen Insekten. Auch blassrote Spuren sind zu sehen; sie tropfen auf den Boden und bilden dort kleine Lachen. Der löchrige Stein hat sich vollgesogen, wie die Ufer eines ausgetrockneten Sees sich mit dem ersten Regen vollsaugen. Einige der Lachen sind noch frisch. Auseinandergerissen ist der Körper an die Wand genagelt. Auf dem Boden liegt eine Art Peitsche, mit der sie zu Tode geschlagen wurde. Klaffende Wunden an ihren Brüsten, als sei ein Tier ihrem Bauch entschlüpft. Ihr Flehen, ihr Stöhnen scheinen ihn ungerührt gelassen zu haben. Mein Gott, helfen Sie mir! Ich habe nicht den Mut, in diese Augen zu sehen. Auf den Wangen getrocknete Tränen. Zhang Ling, ja, sie ist es!‹

Der Mörder schaute sie grinsend an. Blutüberströmt stand er zwischen zwei Polizisten in einer Ecke des Zimmers. Sein Gesicht war geschminkt wie das einer Prostituierten. Plötzlich kam er auf sie zu. Die Polizisten verharrten regungslos, wie versteinert. Sie sah, wie er seine Handschellen löste.

Da ging das Licht aus. Sie sah nur noch seinen phosphoreszierenden Körper. Er kam näher. Er glitt in das Dunkel. Er tanzte …

Alles verschwand, und sie schlug die Augen auf. Sie lag im Bett eines Gästezimmers des *Brochet bleu*. Das Blut pochte in ihren Ohren wie eine afrikanische Trommel. Sie versuchte, einen klaren Kopf zu bekommen, und kämpfte mit aller Macht gegen die drohende Panik an. Der Albtraum, immer der gleiche, stürzte sie in die Angst eines hilflosen Kindes. Ihr war kalt.

Der Regen hatte aufgehört. Sie fühlte sich seltsam, als läge jemand neben ihr. Sie bewegte sich nicht und hielt den Atem an. Da war etwas! Ganz nah! Ein eisiger Atem in ihrem Nacken! Sie fühlte, wie die panische Angst sie übermannte. ›Es ist dieser Albtraum, nur dieser Albtraum. Es ist nicht das erste Mal. Beruhige dich, Hélène. Es ist niemand da. Alles ist so wie am helllichten Tag, nur das Dunkel erschreckt dich‹, sagte sie sich und legte eine Hand auf ihr Herz.

Die Leere blieb weiterhin trügerisch. Gehört hatte sie jedoch nichts. Plötzlich fühlte sie, wie ein Gewicht sie niederdrückte. Etwas drückte ihr die Kehle zu und hinderte sie daran zu schreien. Sie glaubte ohnmächtig zu werden. Der Atem war ganz nah an ihrer Schläfe, an ihrem Ohr.

»Ich hege große Sympathie für Sie, Madame Wang, aber ich kann es nicht zulassen, dass Sie schreien. Wer weiß, am Ende würde Sie sogar jemand hören!«

Die Stimme war nicht zu erkennen.

»Ich werde meine Hand wegnehmen, wenn Sie versprechen, nicht zu schreien. Sonst muss ich Sie töten.«

Es war ihr klar, dass sie sich beherrschen musste, wenn sie am Leben bleiben wollte. Sie nickte, und der Griff lockerte sich. Sie fühlte einen brennenden Schmerz unter dem Kinn und begriff, dass er sie mit der Spitze eines Messers bedrohte.

»Was wollen Sie von mir?«

Ihre eigene Stimme klang fremd.

»Setzen Sie sich auf den Bettrand … langsam«, befahl er.

Er hatte sich aufgerichtet und dirigierte sie wie ein Tier, das man mit einem Treibstachel zur Schlachtbank führt.

»Na also, Sie sind vernünftig und sehr folgsam.«

In der Dunkelheit konnte Hélène lediglich die Umrisse der Möbel ausmachen, sonst nichts. Er hielt sich immer noch dicht an sie gedrängt, streichelte ihre Schulter und flüsterte ihr ins Ohr:

»Sie sind nackt und sehr begehrenswert. Ich könnte Sie vergewaltigen, meinen Spaß mit Ihnen haben und Sie anschließend töten. Ich könnte Sie fesseln und knebeln. Die Polizei würde Sie erstickt auffinden; man würde davon ausgehen, dass es sich um die Tat eines Landstreichers handelte. Es wimmelt ja nur so von ihnen.«

Sie verschränkte die Arme fest über ihrer Brust. Er behandelte sie wie ein Kind. Sie presste die Kiefer aufeinander, damit ihre Zähne nicht klapperten. Instinktiv spürte sie, dass sie sprechen, dass sie ihn in eine Unterhaltung verwickeln musste. Das war schließlich der Grund für sein Eindringen in ihr Zimmer. Aus ihrer furchtbaren Angst heraus entwickelte sie nun einen Mut, den sie zuvor nicht für möglich gehalten hatte.

Sie fragte:

»Warum haben Sie diese Menschen umgebracht?«

Sie wartete seine Reaktion ab. Etwas verschob sich. Er war aufgestanden. Sie wagte nicht mehr zu ihm hinzusehen. Er verstärkte den Druck der Messerspitze ein wenig, um sie dazu zu zwingen aufzuschauen. Sein Atem ging rasch. Er stand ihr gegenüber; eine Gestalt ohne Körper, ein Schatten im Schatten.

»Es handelte sich um ein Versprechen. Es war mir nicht möglich, sie am Leben zu lassen. Ich bin sicher, Sie verstehen den Wert und die Bedeutung eines Versprechens.«

Sie hatte sich in ihm getäuscht. Er brauchte Bewunderung, ihre Bewunderung. Nun, da sie ihm ausgeliefert war, bot sich ihm die Gelegenheit, seine Rolle vollkommen ungestraft vor ihr zu spielen.

»Ist das Ihre Entschuldigung?«

»Sie haben den Tod kommen sehen. Aber wer sieht ihn nicht? Heute Abend kann ich Ihnen nicht mehr sagen. Im Grunde … haben Sie recht. Es ist keine Entschuldigung. Ich wusste nicht, was für einen Schatz ich vorfinden würde. Es gleicht einer Metamorphose, Hélène …«

Er atmete ihren Geruch ein. Sie hatte Angst, und das liebte er. Er war sehr erregt, seine Hand zitterte. Sie wechselte das Thema in der Hoffnung, das Aufkeimen seiner Wahnfantasien zu verhindern.

»Wie heißt die Nächste?«

Er durchschaute ihr Manöver, doch er, der die Welt so geschickt genarrt hatte, gierte nach Anerkennung, bevor er eine neue Kerbe in den Schaft seines Dolches ritzte.

»Ich bitte Sie, ich muss es wissen.«

Er brauchte mehrere Sekunden, um zu reagieren. Offenbar wägte er das Für und Wider ab. Dann sprach er, als würde er ihr ein kleines Schnäpschen anbieten. Vielleicht half ihm der Klang seiner eigenen Stimme beim Nachdenken.

»Ich kann Ihnen ihren Namen nicht nennen, aber ich habe große Pläne mit ihr. Die Inspiration ist eine Gefühlslage, die Ihnen ja vertraut ist. Ich habe vor, zwei Fliegen mit einer Klappe zu schlagen. Ihr Kommen hat mich beflügelt. Ich werde Ihnen das Thema für Ihren nächsten Roman liefern, und wenn Sie brav sind – was ich im Übrigen nicht bezweifle – verspreche ich Ihnen, sie zu verschonen. Sie sind verdorben, aber Sie haben Talent. Ich glaube, dass wir ein außergewöhnliches Buch zu Stande bringen werden; einen ›Bestseller‹, wie es im Verlagsjargon heißt.«

»Rechnen Sie nicht mit mir!«

Seine freie Hand schoss nach vorn, packte ihren Hals und drückte so fest zu, dass ihr die Worte im Halse stecken blieben. Schweigend würgte er sie, bis sie zu ersticken glaubte. Ihr Kopf wurde schwer. Die Schatten um sie herum begannen sich zu drehen. Sie versuchte nicht sich zu wehren. Er begann zu lachen, ein hässliches Lachen, als hätte er den Verstand verloren. Aber Hélène wusste, dass er nicht verrückt war.

»Hören Sie! Ein solches Werk benötigt zwei Mitstreiter. Dann wiederholt sich das Spiel immer wieder, und ich werde Ihnen sagen, wenn es zu Ende ist!«

Seine Stimme klang vollkommen anders. Er stieß sie fest, aber ohne Gewalt nach hinten. Dann herrschte Schweigen. Sie schnappte nach Luft und tastete sich zum Schalter der Nachttischlampe.

Er war fort. Der Nebel in ihrem Kopf löste sich auf. Wieder versuchte sie, ihren Herzschlag zu zählen. Tränen strömten ihr übers Gesicht. Als sie sich wieder beruhigt hatte, war ihr erster Gedanke, dass sie vergessen hatte, den ›Raben‹ zu erwähnen.

9

Auf der A 404 ging es nur im Schritttempo vorwärts. Michèle Masson schaute auf ihre Armbanduhr. Sie war spät dran und hoffte, dass Laura sich keine Sorgen machen würde. Sie hatte die Herstellung einer neuen Brillenfassung überwacht, und dieser Vorgang hatte sich in die Länge gezogen. Jetzt entlud sich auch noch dieses Gewitter, dabei wollte sie doch schnell nach Hause, um ihrer Tochter die gute Neuigkeit mitzuteilen. Nach mehreren Monaten mit vielen Überstunden und geopferten Wochenenden hatte sie endlich ihre Beförderung durchgesetzt. Vom nächsten Monat an würde sie die Abteilung für Qualitätskontrolle übernehmen; der technische Direktor hatte es ihr bestätigt.

Um Viertel vor neun kam sie in Nantua an. Sie wohnte in einem kleinen Bungalow am Rande der Altstadt. Als sie eintrat, war sie überrascht, wie still es war. Es kam ihr seltsam vor, da die Wohnung normalerweise von Lauras laut aufgedrehter Musik vibrierte.

»Laura«, rief sie. Es kam keine Antwort. Der Tisch war nicht gedeckt, und selbst in den Ferien hatte ihre Tochter die Anweisung, spätestens um acht Uhr nach Hause zu kommen und den Tisch zu decken. Sie beschloss, das Abendessen vorzubereiten. Sie setzte Wasser auf, schenkte sich ein Glas Wein aus einer angebrochenen Flasche Chardonnay ein und holte ein Paket Spinatravioli aus dem Gefrierschrank.

Gegen elf Uhr abends, nachdem sie die Freundinnen ihrer Tochter angerufen hatte, wuchs ihre Angst ins Unermessliche, und sie beschloss, die Polizei zu verständigen.

10

Ihre Haut war heiß wie nach einem Sonnenbad im Hochsommer. Diese Hitze hatte aber keinerlei äußere Ursache. Sie vernahm das Rauschen von Wellen am Strand. Sie wollte schreien, sich sträuben, sich weigern, aber sie war nicht einmal zu der geringsten Bewegung fähig. Beinahe gleichgültig bemerkte sie, dass er ihre Handgelenke gefesselt hatte. Sie sah, wie er ihr Oberteil aufknöpfte, ihr die Sandalen fortnahm und die Jeans auszog. Seine Haut glänzte, und sie nahm den Schatten seines Gesichtes wahr. Er hatte sich über sie gebeugt. Einen Augenblick lang glaubte sie sich mitten im Meer, im Kampf gegen die Wellen inmitten von schäumender, funkelnder Gischt. Sie fühlte, dass er sie um die Taille fasste und seinen Körper gegen ihren presste. Sie atmete langsam mit leicht geöffnetem Mund, dann riss sie ein dunkler Strom mit sich fort.

Die Droge hatte sie in ein folgsames Tier verwandelt, ihr gezähmter Geist war in einer Halluzination gefangen. Sie glaubte ihren Namen zu hören:

»Laura, Laura, meine Geliebte.«

Es war so einfach gewesen, sie herzulocken; sie waren jung, vertrauensvoll und ohne Fantasie. Sie war hier, lag unter ihm. Er war für seine beinahe qualvolle Ungeduld entschädigt. Er hatte das Spiel in der Tat perfektioniert, bevor er seiner Natur freien Lauf ließ. Heute besaß er die Macht. Was tat er letztlich denn schon Böses, wo doch die ganze Welt in Gewalttätigkeit versank! Wen kümmerten denn schon jene Kinder mit unaussprechlichen Namen, die in den afrikanischen Ländern zu Tausenden massakriert und dann mit Bulldozern entsorgt wurden! Kriege unter verfeindeten Stämmen, so hieß es. Über Generationen hinweg ausgetragene Fehden, die vor den gleichgültigen Augen des Fernsehzuschauers abliefen.

Es gehört zum modernen Leben dazu. Wen kümmerte der Schwertwal, der die Robbe zerfleischt, oder der Raubvogel, der die kleinen Vögelchen zerstückelt? Wen kümmerten die Massaker in Bosnien oder dem Kosovo außer denjenigen, die massakriert wurden?

Er betrachtete die zarte Gestalt, die seit einer Stunde Gegenstand seiner Umarmungen war. Das Mädchen war unendlich weit weg; beim Aufwachen würde sie sich an nichts erinnern. Ihr Körper aber würde sich an die Droge erinnern, und sie würde wieder herkommen.

Alle kamen wieder.

11

Hier sind Kopien des Vorgangs«, sagte Tisserand und zählte die Blätter, die er aus einer alten, neben seinen Füßen stehenden Schultasche gezogen hatte.

Im Fall Ravenne war keine nennenswerte Menge an Dokumenten zusammengekommen; Berichte der Polizisten vom Ort des Geschehens; Berichte der mit der Untersuchung des Falles beauftragten Inspektoren vom Morddezernat Lyon; Bericht des Gerichtsmediziners usw.

»Was eben so üblich ist«, stellte der ehemalige Bulle fest.

Der Journalist schien überrascht. Er hatte mehr erwartet, als müsse der Umfang einer Polizeiakte die den Toten beigemessene Bedeutung widerspiegeln.

Man dachte an schöne, blank geputzte Abzeichen, an heißen Kaffee, an die Disziplin und Ehrbarkeit von über jeden Zweifel erhabenen Mitbürgern. Doch Tisserand stellte ihm nur ein schmieriges, korrumpiertes Milieu vor Augen.

Auf einer Bank im Schatten aßen sie zu Mittag, Morel einen BigMac, Tisserand ein Sandwich mit Bayonner Schinken.

»Lesen Sie das hier! Es ist ein an den Justizminister gerichtetes Gesuch«, sagte Tisserand und nahm ein Dokument aus der Akte.

Morel wollte gerade in seinen BigMac beißen.

»Lesen Sie es mir doch bitte vor – meine Finger sind voller Ketchup.«

Tisserand nahm einen Schluck Bier, stellte seine Flasche auf die Bank und begann laut vorzulesen.

»Was soll das bedeuten?«, fragte Jeff.

»Dass René Ravenne nicht immer so hieß. Nach dem Krieg stellte er einen Antrag auf Namensänderung, dem stattgegeben wurde.«

Jeff stützte die Ellbogen auf die Knie und begutachtete seinen BigMac.

»Glauben Sie, das hat etwas mit der Sache zu tun?«

»Wohl kaum; die zuständigen Polizisten fanden es jedenfalls nicht verdächtig.«

Es war heiß. Morel war satt. Leicht angewidert packte er den Rest seines BigMac in eine Papiertüte. Die Pommes hatte er gar nicht angerührt. Er wischte sich die Hände ab und sah zum Fluss. Für einen Augenblick träumte er sich an einen einsamen, abgelegenen Strand, wo er einem nackten braunen Mädchen entgegenlief, das ihn mit geöffneten Armen erwartete.

Er saugte an dem aus seinem Becher ragenden Strohhalm, aber es gurgelte nur.

»Ich hole mir noch etwas zu trinken. Wollen Sie ein zweites Bier?«

Der Inspektor schüttelte den Kopf; er war damit beschäftigt, jeden Bissen seines Sandwiches gründlich zu kauen.

Morel stand auf. Er formte eine Kugel aus der Tüte mit den Überresten seines Mittagessens und warf sie in einen Mülleimer. Er ging zu einem Getränkestand auf der anderen Seite des Boulevards und kaufte ein Sodawasser.

Guillaume Desmeuraux, geboren am 27. März 1927 in Marseille, hatte also darum ersucht, seinen Namen in René Ravenne zu ändern.

Jeff zuckte die Schultern. Im Jahre 1945 hatte man einen anderen Geschmack als heute. Er hätte lieber Guillaume Desmeuraux als René Ravenne geheißen.

Er rechnete kurz nach: Ravenne hatte seine Frau am 9. September 1985 umgebracht, also war er zu diesem Zeitpunkt 58 Jahre alt.

Er war wieder bei der Bank angelangt und setzte sich. Tisserand hatte sein Sandwich aufgegessen und das Bier leer getrunken; er hatte die Beine von sich gestreckt und rauchte nun einen billigen Zigarillo. Morel verspürte ein Völlegefühl und war immer noch durstig.

»Weiß der Henker, was sie da alles hineinstopfen«, murmelte er, während er seine Wasserdose öffnete.

Er blätterte nun die Akten durch. Der Bericht des Gendarmen Bonnet, der die Leiche von Marie-Ange Ravenne gefunden hatte, jagte ihm einen Schauder über den Rücken.

›Die Schlafzimmertür war geschlossen. Der Gendarm Mangin ging seitwärts in Stellung; er griff nach dem Türknauf und drehte ihn, bis der Schlossriegel vollständig aus seiner Fassung gesprungen war. Es gab ein Knarren. Er stieß die Tür auf und ging sofort wieder in Deckung – aus Angst vor einem möglichen Angriff.

Der Gendarm Mangin drang als Erster ein und beleuchtete mit seiner Taschenlampe den Raum direkt vor ihm. Ich fand den Lichtschalter und betätigte ihn. Das Opfer, es war eine Frau, lag auf dem Bauch. Unverzüglich schickte ich den Gendarmen Mangin zum Auto, um über Funk Verstärkung und einen Krankenwagen anzufordern. Eine Blutspur ließ mich vermuten, dass sie bis zum Telefon gekrochen war, um Hilfe zu rufen; der Hörer lag neben ihr und war aus seiner Halterung gerissen. Als ich ihre Haare zur Seite schob, sah ich, dass die Nase und ein Teil der Zähne eingeschlagen waren; das Blut war bereits zu Klümpchen geronnen, aber die Verletzung nässte noch immer. Außerdem wies sie eine Verletzung auf, die vom Unterleib bis zum Magen hinaufreichte und durch ein schneidendes Instrument verursacht worden war. Als ich sie untersuchte, entdeckte ich Bläschen in ihren Mundwinkeln; deshalb fühlte ich den Puls an ihrer rechten Halsschlagader. Ein schwaches Pochen zeigte an, dass ihr Herz noch schlug. Der Gendarm Mangin war mittlerweile wieder im Zimmer und informierte mich darüber, dass Hilfe bereits unterwegs sei. Wir nahmen eine Decke vom Bett und legten sie über das Opfer. Als der Rettungsarzt eintraf, konnte er nur noch ihren Tod feststellen …‹

Morel blätterte weiter und stieß auf den Bericht über die Auffindung der Leiche von René Ravenne. Nach der Lektüre dieser makabren Beschreibungen brauchte er Zeit, um seine Fassung wiederzugewinnen. Es gelang ihm erst, nachdem er sich eine Zigarette angezündet hatte. Seine Hand zitterte so, dass es ihm schwerfiel, die Flamme ruhig zu halten. Einen Moment lang hatte er sich selbst in dem Haus und als Zeuge dieses Gemetzels gesehen.

Das Paar hatte eine fünfzehnjährige Tochter, Lénore. Sie wurde zunächst als vermisst gemeldet und nach einem Jahr ergebnisloser Nachforschungen offiziell als verschollen erklärt.

Die Inspektoren der Lyoner Polizei, denen der Fall übertragen worden war, kamen zu dem Schluss, dass auch sie Opfer der Wahnsinnstat ihres Vaters René Ravenne geworden war. In einer Aufwallung von Scham hatte er den Körper des Mädchens dann verschwinden lassen. So lautete die Einschätzung der Polizei.

Ein persönliches Detail fiel Morel auf. Im September 1985, dem Jahr des Verbrechens, besuchte Lénore Ravenne die drittletzte Klasse des Gymnasiums von Bourg-en-Bresse, wo auch er selbst zur Schule gegangen war. Dieses Zusammentreffen fand er seltsam. Er erinnerte sich nicht daran, dass Lénores Verschwinden seinerzeit ein Gesprächsthema unter den Schülern gewesen war. ›Sie war sicherlich nach den Ferien nicht mehr in die Schule gekommen‹, dachte er sich.

Er schob die Dokumente in die Mappe zurück. Nachdenklich beobachtete er eine Gruppe spielender Kinder auf dem Platz. Die Leute rutschten in ihren Badewannen aus, fielen die Treppe hinunter, wurden beim Überqueren eines Zebrastreifens überfahren, sagte er sich; Polizisten und Gerichtsmediziner können einfach nicht anders, als überall Unklarheiten zu sehen, wo keine sind. In diesem Fall aber hatte man, auch wenn es unwahrscheinlich war, zu keinem Zeitpunkt die Hypothese eines Mörders in Betracht gezogen.

Was treibt einen offenbar geistig gesunden Mann dazu, seine Tochter zu beseitigen, seine Frau aufzuschlitzen und sich selbst umzubringen, indem er sich ein Messer in die Rippen stößt, um das Herz zu treffen?

Er hatte eine Eingebung, warf seine Zigarette weg und nahm noch einmal den Bericht zur Hand, der nach der Hausdurchsuchung bei der Familie Ravenne erstellt worden war. Er suchte nach etwas ganz Bestimmtem und überflog die Zeilen, bis er es gefunden hatte:

›Im Wandschrank des Schlafzimmers: ein geladenes Jagdgewehr Kaliber 16 mit doppeltem Lauf der Marke Saint-Etienne. Eine Schachtel mit acht dicken Bleipatronen.‹

Fühlte sich Ravenne bedroht? Er ging noch einmal aufmerksam die Liste der verdächtigen Gegenstände durch. Von Jagdausrüstung keine Spur; weder Stiefel noch Jagdtasche oder Patronengürtel.

Ravenne ging nicht zur Jagd, und dennoch bewahrte er in seinem Schlafzimmer ein geladenes Gewehr auf. Warum hatte er nicht diese Waffe benutzt, um seine Frau zu töten und sein eigenes Leben auszulöschen? Warum hatte er ein Jagdmesser genommen? Und wo war das Futteral dazu? Nirgendwo wurde das Futteral des Messers erwähnt.

Die Versuche der ermittelnden Beamten, bei Ravenne vor dem Verbrechen ein auffälliges Verhalten ausfindig zu machen, waren erfolglos geblieben. Von den psychischen Störungen, die man bei Ravenne vermutete, schienen die befragten Personen nichts bemerkt zu haben.

Es kam noch dicker! Aus der Akte ging hervor, dass bei der Polizeiwache ein Anruf von René Ravenne eingegangen war, der sie darüber informierte, dass er seine Frau umgebracht hatte und nun sich selbst töten würde. Wenn Ravenne vor seinem Tod sein Gewissen durch ein Geständnis erleichtern wollte, warum hatte er dann nicht den Mord an seiner Tochter erwähnt, der ihm am schwersten gefallen sein musste und der seine größte Schuld war?

Diese Überlegungen waren so deutlich und naheliegend, dass Morel sich fragte, warum die Polizei sie außer acht gelassen hatte. Er stellte fest, dass er die Grenze von bloßer Neugier zu Faszination überschritten hatte. Damit hatte er nicht gerechnet.

Er wandte sich zu Tisserand. Der Inspektor war eingeschlafen. Morel beschloss, ihn nicht ins Vertrauen zu ziehen, was seine Überlegungen anging; schließlich hatte er sich ja als Journalist ausgegeben, der Material für einen Krimi zusammentrug.

Als er wieder zu Hause war, öffnete er auf seinem Computer eine Datei und versuchte festzuhalten, was ihm in Tisserands Akte an Ungereimtheiten aufgefallen war. Alles deutete auf einen vertuschten dreifachen Mord hin. Das Telefon klingelte, aber er nahm nicht ab.

Hier bot sich ihm die Chance, einen Fall von nationaler Bedeutung aufzudecken; er dachte an den Ruhm, zu dem ihm diese Sache verhelfen könnte, wenn sie den erhofften Ausgang nahm. Er könnte die Provinz verlassen und nach Paris gehen. Vielleicht könnte er dort sogar einen Vertrag mit einem großen Verlagshaus schließen. Als er weitertippte, fiel sein Blick auf das Foto von Hélène Wang.

›Welche Verbindung mochte zwischen der Schriftstellerin und diesen Verbrechen bestehen?‹, fragte er sich leicht beunruhigt.

12

Es war bereits nach sechs, als Hélène ihr Auto vor einem Gebäude in der Rue Pélisson in Villeurbanne parkte. Sie stieg nicht sofort aus und fragte sich, ob der Mörder ihr gefolgt war. ›Weißt du, was du geworden bist, ein armes, pathetisches Mädchen‹, sagte sie sich und befühlte mit ihren Fingern den schmerzenden Hals.

Nachdem ihr nächtlicher Besucher verschwunden war, hatte sie die Tür und das Fenster untersucht, jedoch keinerlei Spuren eines gewaltsamen Eindringens gefunden. Er war ihr um einige Längen voraus. Und der Polizei, die er genarrt hatte, ebenfalls.

Aus mehreren Gründen fühlte sie sich von einer Traurigkeit befallen, wie die von einem Schwarm schwarzer Schmetterlinge. Den ganzen Tag über war sie hin und her gerissen zwischen dem Wunsch, die Polizei zu verständigen, und der ihr eigenen Verschlossenheit. Sie rieb sich die durch Schlafmangel geröteten Augen.

»Ihr Kommen hat mich beflügelt«, hatte er ihr anvertraut.

Es war also etwas in ihm vorgegangen. Er wollte noch mehr als morden, vergewaltigen und alles genau berechnen. Ein neues Verlangen hatte ihn gepackt, noch perversere Bedürfnisse, als er sie bisher an den Tag gelegt hatte.

Sie konnte sich nicht dazu durchringen, ihm den Rücken zu kehren, zu schweigen und die Flucht zu ergreifen; sie konnte nicht zulassen, dass er aus seinen ›Metamorphosen‹ jedes Mal noch furchtbarer hervorginge.

Es war noch nicht hell gewesen, als sie am Morgen die Augen aufgeschlagen hatte. Beim Aufstehen ergriff sie ein Schwindel, sodass sie zur Wand taumelte. Dort lehnte sie sich an und wartete, bis der Sturm in ihrem Innern sich gelegt hatte. Dann riss sie sich los, als wollte die Wand sie festsaugen, und wankte um Fassung ringend ins Badezimmer.

Im Spiegel schaute ihr eine Unbekannte entgegen: eine Frau mit düsterer Miene, schweren Lidern und leeren Augen. Als sie endlich ihren Blick losreißen konnte, stellte sie sich unter den kalten Wasserstrahl, bis ihr der Atem stockte. Sie lehnte den Kopf gegen die weißen Kacheln, die an die Fliesen einer Leichenhalle erinnerten.

Während sie sich nach der Dusche abtrocknete, überfiel sie plötzlich eine Hitzewallung, die klaustrophobische Empfindungen bei ihr weckte. Sie hatte das Gefühl, die Wände würden auf sie zukommen. Der Gedanke, ein dunkler Schatten könne ins Zimmer eindringen, ließ sie nicht mehr los. Sie zog sich rasch an und verließ das Zimmer.

Dunst stieg von den Seen auf, und eine weiße Sonne drang zaghaft durch den Wolkenschleier.

Sie hatte beschlossen, *Mère Solange* nichts von dem nächtlichen Vorfall zu sagen. Nachdem sie ihre Rechnung bezahlt hatte, wartete sie geduldig im Speisesaal, bis die übrigen Gäste des *Brochet bleu* zum Frühstück erschienen. Nicht ein einziger von ihnen erweckte ihr Misstrauen.

»Ich werfe nie etwas weg«, hatte die Alte ihr am Abend anvertraut, als sie ihr die Visitenkarte des Polizisten reichte, der sie vor fünfzehn Jahren aufgesucht hatte. »Ich hoffe, er hat noch dieselbe Adresse. Er muss mittlerweile im Ruhestand sein.«

Hélène hatte von ihrem Handy aus die Nummer angewählt. Ein Anrufbeantworter bestätigte ihr, dass es sich um den Wohnsitz der Buzinskis handelte. Deshalb war sie in Richtung Lyon aufgebrochen.

Auf den Terrassen herrschte großes Gedränge, also hatte sie im Innenraum eines Cafés auf einer Bank Platz genommen. Ihr mitgenommener Hals gab ihr immer wieder das Gefühl, nur knapp dem Henker entronnen zu sein. Sie hatte einen doppelten Espresso bestellt und dann zwei Gläser Eiswasser hintereinander getrunken, als müsse sie ein in ihrem Innern loderndes Feuer ersticken.

Sie fühlte sich hier sicherer als in Villars oder Bouligneux; es war einer jener Augenblicke, in denen alles in der Schwebe ist und nichts geschieht; ein Bindeglied zwischen etwas Vergangenem und etwas Kommendem.

Sie hatte keine Wahl mehr: er oder sie. Was hatte sie schon an Beweisen in der Hand? Ein Manuskript von ein paar Seiten, eine Vorahnung, eine nächtliche Begegnung mit einem Schatten – all das würde den Behörden bloß ein mitleidiges Lächeln entlocken.

Wie jedes Gedankengebäude des menschlichen Geistes folgt die Konstruktion eines Verbrechens von Anfang bis Ende einer besonderen Geometrie. In diesem Fall waren die Einzelheiten der Situation nicht zu entschlüsseln, und sie musste sich auf ein Ratespiel einlassen oder sich auf die Oberfläche der Dinge konzentrieren. Einen Augenblick hatte sie das Verlangen gespürt, sich Léo anzuvertrauen, aber nach dem ersten Klingeln hatte sie wieder aufgelegt, denn sie war sicher, dass er ihr nicht wirklich zugehört hätte.

Sie hatte auf der Terrasse eines Cafés zu Mittag gegessen, war dann durch die Geschäfte gebummelt und wartete geduldig den späten Nachmittag ab.

Mittlerweile befand sie sich vor dem Haus, in dem Robert Buzinski wohnte. Von dem ehemaligen Bullen, der ebenfalls seine Zweifel gehabt hatte, hoffte sie mehr zu erfahren.

Sie stieg aus dem Auto und schaute sich nach allen Seiten um, gestand sich aber sogleich ein, wie unnütz ein solcher Blick war. Sie hatte schließlich keinerlei Vorstellung vom Aussehen des Mörders: hier ein Mann, der die Straße überquerte und dabei in ihre Richtung sah; dort einer, der an einer Mauer lehnte und in lässiger Haltung eine Zigarette rauchte.

Der Eingangsbereich war dunkel, und sie brauchte ein paar Sekunden, um die Treppenhausbeleuchtung zu finden. Die Buzinskis wohnten in der ersten Etage. Das verriet ein Kupferschild auf einem der Briefkästen. Sie stieg die Treppen hoch und bog in den Flur ein. Das achtlos konsumierte Koffein tat seine Wirkung, ihre Nerven lagen blank. Sie ging im Flur auf und ab, um ihr wild pochendes Herz zu beruhigen, dann warf sie einen Blick die Treppe hinunter. Es war ihr offenbar niemand gefolgt. Sie näherte sich der Tür der Buzinskis und legte ein Ohr daran. Der Fernseher lief. Es war sieben Uhr abends; der beste Zeitpunkt, um Leute zu Hause anzutreffen.

Die Reaktion auf ihr Klingeln kam so prompt, dass sie sich fragte, ob sie erwartet wurde. Eine Frau stand vor ihr; sie trug die Haare zu einem Knoten zusammengesteckt und betrachtete Hélène, als müsste sich diese in der Adresse geirrt haben.

»Guten Abend, Madame«, sagte Hélène. »Ich hoffe, dass ich Sie nicht störe. Ich würde gern Monsieur Buzinski sprechen.«

»Worum geht es?«

»Ich heiße Hélène Wang. Ich bin Schriftstellerin. Ich würde mich gerne mit ihm über einen Fall unterhalten, den er bearbeitet hat.«

»Ach«, entfuhr es der Frau.

Sie sah traurig aus und presste ihre Handtasche gegen die Brust, als wollte man sie ihr entreißen.

»Ich bin Madame Buzinski«, sagte sie. »Mein Mann ist vor fünf Jahren verstorben.«

In diesem Augenblick ging die Treppenhausbeleuchtung aus. Die Frau öffnete die Tür ganz und trat etwas widerstrebend zur Seite.

»Kommen Sie herein«, sagte sie. »Ein paar Minuten habe ich Zeit. Ich wollte zur Messe gehen.«

Sie wies Hélène den Weg ins Esszimmer. In dem stillos möblierten Raum herrschte eine beinahe krankhafte Sauberkeit, und der Geruch von Reinigungsmitteln lag in der Luft.

»Nehmen Sie Platz«, sagte die Frau.

Sie setzte sich gegenüber von Hélène auf einen Stuhl, wobei sie darauf achtete, sich nicht auf die Lehne aus Lederimitat zu stützen.

»Es tut mir sehr leid wegen Ihres Mannes«, sagte Hélène, aber es gelang ihr nur schlecht, ihre Enttäuschung zu verbergen.

»Ja«, murmelte sie, »nach 32 Jahren … Wie war Ihr Name?«

»Hélène Wang.«

»Haben Sie unsere Adresse von der Polizeiwache?«

»Nein, von Mère Solange, der Besitzerin des Brochet bleu. Das ist ein Restaurant zwischen Villars-les-Dombes und Bouligneux. Ihr Ehemann hat sie vor vielen Jahren aufgesucht, um sie zu verhören.«

»Er hat so viele Leute verhört. Er war gewissenhaft und liebte seinen Beruf«, seufzte die Frau und schüttelte den Kopf.

Sie hatte ihre Tasche auf die Knie gelegt und sich nach vorne gebeugt.

»Das habe ich auch gehört. Deshalb war es mir auch so wichtig, ihn zu treffen«, sagte Hélène.

Es trat ein längeres Schweigen ein, dann schien die Frau wieder aus ihrer Apathie aufzutauchen.

»Dieser Name, Villars … Ja, aber das ist schon so lange her … Ich erinnere mich, dass er einen Fall dort bearbeitete …«

»Hat er Ihnen davon erzählt?«, fragte Hélène, deren Herz erneut unregelmäßig zu pochen begann.

»Nein. Er erzählte mir nicht viel. Was war es noch einmal?«

Hélène seufzte.

»Eine Familie. Vater, Mutter und ihre Tochter. Ihr Mann war davon überzeugt, dass sie umgebracht worden waren. Und ich bin das ebenfalls.«

Die Frau wandte den Kopf ab. Einen Augenblick zögerte sie, dann stellte sie ihre Tasche auf den Tisch und stand auf.

»Danke, dass Sie mich empfangen haben«, sagte Hélène und stand ebenfalls auf.

»Nein, nein. Setzen Sie sich. Ich bin gleich wieder da.«

Sie verließ das Zimmer und kam kurz darauf zurück.

»Nehmen Sie das hier«, sagte sie zu Hélène und reichte ihr eine vergilbte Mappe. »Ich nehme an, das ist der besagte Fall, oder?«

Hélène nahm die Mappe. Auf dem Deckblatt war mit rotem Kugelschreiber vermerkt: *Fall Ravenne, Villars-les-Dombes, September 1985*. Die Mappe enthielt Kopien von Zeitungsartikeln und handgeschriebene Notizen.

»Ja«, sagte Hélène mit belegter Stimme. »Das ist der Fall, um den es geht.«

»Behalten Sie die Papiere«, sagte die Frau. »Ich hoffe, sie werden Ihnen nützlich sein.«

13

Er befand sich an seinem Lieblingsplatz, kauerte in seinem Auto und beobachtete die länger werdenden Schatten auf dem Gehsteig. Er überlegte, wie oft er schon so versteckt in einer Straße Stellung bezogen hatte, um zu warten und auszuspionieren. Er liebte das. Er liebte die Dämmerung und das Hereinbrechen der Nacht. Er fühlte sich wohl in der Dunkelheit. Als er gestern die Chinesin an sich presste, hatte ihn seine eigene Reaktion überrascht. Sie hatte einen zarten Hals, hübsche Brüste; ihr Geruch hatte ihn verwirrt. Er fragte sich, wie sie im Bett wäre. Er sah schon vor sich, wie er sie nahm. Natürlich musste er sie, wenn er sie vergewaltigte, danach auch umbringen. Er wägte die Möglichkeiten noch einmal gegeneinander ab und kam zu dem Schluss, dass ihm Letzteres nur ein mittelmäßiges Vergnügen verschaffen würde. Im Grunde war sie es nicht wert, dass er ein solches Risiko auf sich nahm. Er zog es vor, sie am Leben zu lassen. Bereits als junger Mann hatte er eine wesentliche Entdeckung gemacht: Das Höchste waren rein physische Empfindungen. Nicht etwa Zärtlichkeit, Zuneigung oder Liebe. Jeder für sich, für sein eigenes Vergnügen, für sein eigenes Überleben. Das war der Haupttrieb aller menschlichen Wesen. Er sah, wie die Chinesin aus dem Wohnhaus kam, in das sie vor einer Viertelstunde hineingegangen war. Er wollte schon den Autoschlüssel herumdrehen, um den Motor zu starten, als er bemerkte, dass sie nicht allein war. Eine Frau ging neben ihr her. Er sah, wie die beiden stehen blieben und sich die Hand gaben, dann ging die Chinesin zu ihrem Wagen und fuhr los. Die Frau setzte ihren Weg auf dem Gehsteig fort. Einer Eingebung folgend, stieg er aus und folgte ihr.

14

Nach dem Besuch bei den Buzinskis ließ sich Hélène von dem Verkehrsfluss leiten. Eine Stunde lang fuhr sie in der Stadt herum, schlängelte sich auf Bus- und Taxistreifen entlang und missachtete zwei rote Ampeln. Als sie glaubte, einen möglichen Verfolger mit diesen Manövern abgeschüttelt zu haben, begab sie sich zu Sofitel, überreichte dem Portier die Autoschlüssel und mietete unter falschem Namen ein Zimmer, das sie bar bezahlte.

Als sich die Fahrstuhltür schloss, sprang in letzter Sekunde noch ein Mann in die Kabine. Er hatte breite Schultern und trug einen Diplomatenkoffer bei sich. Der Fahrstuhl hielt in der dritten Etage. Hélène stieg aus und ging den Flur entlang bis zu ihrem Zimmer. Während sie den magnetischen Schlüssel in das Lesegerät schob, warf sie einen Blick zur Seite. Der Mann war hinter ihr.

»Guten Abend«, sagte er.

Seine Stimme erschreckte sie. Für einen Augenblick erwog sie, wieder in die Eingangshalle zurückzukehren, aber er ging ohne das leiseste Zögern an ihr vorüber und blieb etwas weiter entfernt vor einer anderen Tür auf dem Flur stehen. Während er sie mit seiner Karte öffnete, wendete er seinen Kopf zu ihr, und ihre Blicke kreuzten sich.

Im Zimmer stellte Hélène ihre Reisetasche aufs Bett. Ein Schauder durchlief sie. Ihre Finger zitterten, als sie die Nummer des Zimmerservice wählte, um einen Tee mit Zitrone, eine Kanne heißes Wasser und Zwieback zu bestellen. Sie fröstelte und war müde. In der letzten Zeit schlief sie ohnehin nicht viel. Sie machte sich selbst etwas vor; sie war ganz einfach von dem Schrecken erfüllt, der Mann könnte mitten in der Nacht auftauchen. Sie ging zum Fenster und schaute auf das dunkle Wasser des Flusses und die Brücken, die ihn überquerten. Draußen hielt ein Gefüge von Hierarchien und Gesetzen die gesellschaftliche Ordnung aufrecht; in der Welt, in die sie eingedrungen war, herrschte eine andere Form der Macht.

Sie löste ihr Gesicht von der Scheibe. Was würde sie in den Aufzeichnungen von Buzinski finden? Besaß sie genug Kraft und Härte, um sich vor weiteren Angriffen zu schützen oder sogar als ebenbürtiger Gegner anzutreten? Was trieb diesen Mann dazu, aus dem Dunkel aufzutauchen? Er hatte seine Rachegelüste gestillt, hatte die Polizei fünfzehn Jahre lang zum Narren gehalten und war nun bereit, sein Spiel wieder aufzunehmen.

Hatte er eine neue Verabredung mit dem Tod? War Hélènes Ankunft in Nantua, wie er es ihr gestanden hatte, der Auslöser für eine neue Triebtat? Er hatte seine Deckung verlassen, wie ein von nagendem Hunger gepeinigtes Tier.

Es klopfte an der Tür. Hélènes Gedanken waren in Regionen abgedriftet, wo Pläne gefasst werden, die einer ihr unbegreiflichen Logik unterlagen.

Bevor sie öffnete, vergewisserte sie sich, dass es sich um den Zimmerservice handelte. Nach einer Tasse Tee lehnte sie sich mit dem Rücken gegen die Kissen und nahm die Mappe mit den vor fünfzehn Jahren von Inspektor Buzinski gesammelten Informationen zur Hand.

15

Ohne Licht fuhr er die Straße entlang, die zur Müllhalde führte. Er hatte nur eine Hand am Steuer, die andere lag in dem offenen Fenster; er atmete die frische Nachtluft ein. Er konzentrierte sich darauf, das Auto zu lenken. Schwierigkeiten würden keine auftauchen. Es bestand kein Grund zur Beunruhigung. Endlich sah er die Abfallberge vor sich; eine Kette von dunklen Hügeln zeichnete sich im Mondlicht ab. Er kauerte sich noch tiefer auf seinem Sitz zusammen und warf einen Blick auf seine Armbanduhr. Ein halbe Stunde hatte er angesetzt, um das zu erledigen, was getan werden musste. Bevor die geteerte Straße endete, hielt er den Wagen an. Sonst würden die Reifen auf dem sandigen Untergrund einen Abdruck hinterlassen. Er zog ein Paar Handschuhe an und stülpte eine Schutzmaske über Mund und Nase. Er ging noch einmal in Gedanken die genaue Abfolge der Bewegungen und Vorkehrungen durch, die er treffen musste, dann stieg er aus und ließ die Tür einen Spalt offen. Er klappte den Kofferraum auf und lud die dort gelagerte Fracht auf seine Schultern. Unter ihrem Gewicht gebeugt ging er auf die Halde zu. Schon bald hatte er das riesige Abfallgelände erreicht. Dort kam er nur noch schlecht voran; der Boden gab unter seinen Stiefeln nach.

Trotz der Maske war der Gestank unerträglich. Er kletterte den ersten Hügel empor, dann den zweiten und bewegte sich schließlich auf einen dritten, größeren zu. Keuchend legte er auf dem Gipfel seine Last ab. Er war schweißgebadet. Wieder sah er auf seine Armbanduhr und zog ein Messer aus der Tasche. Er bückte sich und schnitt die schwarzen Plastiksäcke auf, in die seine Fracht eingewickelt war. Er steckte das Messer wieder weg, rollte die Müllsäcke zusammen und stopfte sie in seine Jacke. Dann hob er den Kopf und sah zu den Sternen hinauf. Vor seinen Füßen lag rücklings ein nackter Körper. Er bemerkte, dass er etwas vergessen hatte. Er holte das Messer noch einmal hervor und durchtrennte die Schnur, die um die Handgelenke des Leichnams gewickelt war. Dann stieß er den Körper mit dem Fuß den Abhang hinunter und bedeckte ihn mit Abfällen. Er ging zurück zum Auto, zog sich aus und legte seine beschmutzten Kleider neben sich. Er streifte eine saubere Hose und ein T-Shirt über und schlüpfte in Sandalen. Dann setzte er sich ans Steuer und wendete. Ohne Zwischenfälle legte er die fünfunddreißig Kilometer, die ihn von seinem Wohnsitz trennten, zurück. Zu Hause stopfte er seine Kleider in die Waschmaschine und setzte das Programm mit der höchsten Waschtemperatur in Gang. In einer Aluminiumwanne verbrannte er die Müllsäcke, die Maske und die Handschuhe. Die Asche schüttete er in die Toilette, dann betätigte er mehrmals die Spülung. Er säuberte seine Stiefel und räumte sie in einen Schrank. Unter der Dusche seifte er sich sorgfältig ein und ließ das Wasser mehrere Minuten lang laufen, um den Abfluss durchzuspülen. Anschließend legte er sich hin und schlief sofort ein.

16

Einigermaßen zufrieden verließ Jeff das Gymnasium von Bourg-en-Bresse. Sein Presseausweis und die Tatsache, dass er ein ›Ehemaliger‹ war, hatten ihm sein Anliegen erleichtert. Er hatte eine mögliche Informationsquelle über Lénore Ravenne aufgetan. Arlette Jalut, eine seiner Bekannten, war eine Klassenkameradin von Lénore gewesen. Sie leitete eine Kunstgalerie im zweiten Arrondissement.

»Natürlich erinnere ich mich an sie.« Sie hatten die letzten beiden Jahre dieselbe Klasse besucht.

Um Viertel nach zwölf kam Jeff wieder aus der Galerie. Er wusste nun etwas mehr über Lénore. Er ging zu einem Café, setzte sich draußen an einen Tisch und bestellte ein Bier. Er zündete sich eine Zigarette an, zog das Heft heraus, in dem er die von Arlette erhaltenen Informationen festgehalten hatte, und gönnte sich ein paar Minuten, um von etwas anderem zu träumen, um sich fortzuträumen.

Seit vier Jahren wohnte er nun schon in seiner kleinen, mit gebrauchten Möbeln bestückten Wohnung. Wenn ihm dieser Coup hier gelänge, käme eine Heirat in Betracht, vielleicht könnte er sich sogar einen Hund anschaffen; diese und ähnliche Wunschvorstellungen zogen vor seinem geistigen Auge vorüber. Er verschränkte die Arme.

Die Terrasse war mittlerweile voll, aber niemand kümmerte sich um ihn. Er trank sein Bier halb leer und studierte die Notizen, die er gemacht hatte:

Lénore klagte darüber, dass sie so oft die Schule wechseln musste / Folge: Sie konnte keine echten Freundinnen finden / in Bourg-en-Bresse hatte sie Angst, nicht versetzt zu werden.

Sprach davon, die Gegend von Lyon in den Ferien endgültig zu verlassen / kein Geldproblem / trug immer neue Klamotten / bewunderte ihre Eltern, fand aber, dass sie zu sehr auf sie aufpassten /

Schlussfolgerung:

1) Hypothese vom Vater, der seine Tochter und seine Frau umbringt:

absurd / inszeniert, mit an Sicherheit grenzender Wahrscheinlichkeit wurden die Verbrechen vertuscht.

2) Schulwechsel lässt auf Wohnungswechsel schließen: muss in Verbindung mit dem geladenen Gewehr im Schlafzimmer gebracht werden; verweist auf eine mögliche Bedrohung Ravennes oder eines Familienmitglieds; hängt möglicherweise mit dem Namenswechsel zusammen.

Das Unglaubliche, das Arlette ihm anvertraut hatte, kurz bevor er die Galerie verließ, hatte er mit seinem Tonband aufgezeichnet.

Wenn die einzelnen Verästelungen tatsächlich in diese Richtung liefen und er sie in den richtigen Zusammenhang bringen konnte, wäre seine Zukunft gesichert.

Auf dem Gehsteig gestikulierte ein hoch gewachsenes rothaariges Mädchen unentwegt, um ein Taxi anzuhalten. Sie schaute in seine Richtung. Er lächelte ihr zu und hob seine Hand. Warum gelang es ihm nicht, genau so eine Frau zu finden, mit endlos langen Beinen und wunderbar prallen Brüsten? Eine, mit der er fortginge? Er, Jeff Morel, würde nicht eine Sekunde lang zögern.

Nur ein paar Hundert Meter entfernt betrachtete Hélène Wang, nachdem sie sich die Zähne geputzt hatte, die Versatzstücke, die sie auf dem Teppichboden angeordnet hatte. Sie schob die Haare zurück, die ihr ins Gesicht fielen, und versuchte, sich zu konzentrieren.

Die Akte von Buzinski war mager; sie warf mehr Fragen auf, als sie Antworten bereithielt. Allerdings musste man auch bedenken, dass der Inspektor lediglich den Verdacht einer möglichen Inszenierung durch einen unbekannten Mörder hegte, während ihr dieser Mörder höchstpersönlich auf die Schulter geklopft hatte. Jedoch schien Buzinski einen vagen Hinweis auf diesen geheimnisvollen ›Raben‹ entdeckt zu haben.

Hélène wurde klar, dass sie ihren Blickwinkel verschieben musste, wenn sie überhaupt eine Chance haben wollte, die Teile dieses Puzzles zusammenzusetzen. Sie musste zeitliche und räumliche Lokalisierung hintanstellen. Diese Ordnungen spielten für den Mörder keine Rolle.

Zwei Meldungen der lokalen Presse waren ausgeschnitten und von Buzinski auf ein Blatt Papier geklebt worden.

12. Februar 1984
Es gibt immer noch nichts Neues über Flora Marchand, 38 Jahre, ledig, die unter mysteriösen Umständen am 24. Dezember 1983 aus dem Jeanne-d'Arc-Heim für psychisch Kranke verschwunden ist.

Die junge Frau litt seit vielen Jahren an einer schweren Persönlichkeitsstörung, die als Schizophrenie diagnostiziert wurde. Hinweise auf die gesuchte Person können entweder im Jeanne-d'Arc-Heim, der Polizeiwache des dritten Arrondissements oder direkt bei unserer Zeitung gegeben werden.

Im Folgenden finden Sie die entsprechenden Telefonnummern sowie eine genauere Personenbeschreibung von Flora Marchand …

14. Mai 1984
Makabrer Fund in den ›Eiskellern des Königs‹ in der Nähe von Nantua.

Am Sonntag fanden Kinder in den sogenannten ›Eiskellern des Königs‹ die Überreste eines zerstückelten Leichnams. Die Polizei von Bourg-en-Bresse gab an, dass es sich laut gerichtsmedizinischem Institut um den Körper einer dreißig- bis vierzigjährigen, weißen Frau handelte. Die Todesumstände sind noch unklar. Die Identifikation ist noch nicht geklärt.

Daneben hatte Buzinski die Bemerkung geschrieben: *Niemals identifiziert.*

Außerdem hatte er die Kopie eines an das Kommissariat des dritten Arrondissements adressierten Briefes abgeheftet. Links oben auf dem Brief war das Eingangsdatum vermerkt, 10. Dezember 1983, sowie der Hinweis ›Ablage‹.

Heute ist er gekommen. Ich habe immer Angst, wenn er da ist. Er trägt seine Verkleidung; er will nicht, dass man erkennt, wer er ist.

Er hat mir gesagt, dass in zwei Wochen Weihnachten ist und er ein Geschenk für mich hätte. Er hat sie aufgespürt. Aufgrund ihres Namens. Ich habe zu schreien begonnen, und die Schwester ist gekommen. Ich weiß, dass er sie umbringen wird;

er hat immer gesagt, dass er es tun würde, sobald er sie aufgespürt hätte. Er lauert ihnen auf; zuerst der Tochter, dann der Mutter und als Letztes dem Vater.

Ich schreibe Ihnen, um Sie zu warnen. Wenn ich zurückblicke, sehe ich nichts als Schmerz auf meinem Weg. Meinen Schmerz. Er ist meine wahre Identität, und ich weiß, wohin er mich führt. Aber er, er verändert seinen Standort immer wieder, als wäre die Zeit eine einfache, lange Straße unter seinen Füßen.

Trotz seiner Grausamkeit kann ich nicht anders, ich liebe ihn. Ich will ihn nicht verraten. Er sagt, dass er sie gefunden hat, weil der Rabe der vergangenen Zeiten würdig ist und weil seine Augen den Augen eines träumenden Dämons so sehr ähneln. Er sagte noch, dass er ihn dort wiedergefunden habe, wo die Vögel Zuflucht suchen, und dass er endlich seinen Schnabel aus seinem Herzen reißen könnte.

Wenn er sie aufspüren konnte, so können Sie das auch, da bin ich sicher. Ich bitte Sie darum, vor allem im Namen der Tochter. Die Stunde naht, wo ich endlich ins Licht gelangen werde.

Hélène sprach leise, als fürchtete sie, etwas aufzuwecken, was schon lange Ruhe gefunden hatte.

»Flora Marchand hat diesen Brief geschrieben. Sie ist aus der psychiatrischen Anstalt geflohen und nach Nantua zurückgekehrt. Wahrscheinlich wollte sie ihn treffen. Er hat Angst bekommen und sie getötet. In Nantua hat er sein schriftliches Geständnis für mich hinterlegt, er muss dort leben, arbeiten oder sich häufig dort aufhalten. Er nutzt Verbindungen, die ich nicht kenne. Er hat eine schwierige Phase überstanden, er hat mehrere Verbrechen begangen und ist ungestraft davongekommen.«

Sie fasste mit der Hand an ihren schmerzenden Hals.

»Wäre es eine Figur aus einem Roman, so würde ich sagen, dass er gut drauf ist und voller Wahnvorstellungen steckt. Er ist gebildet, besitzt naturwissenschaftliche Kenntnisse und weiß gut Bescheid über den Ablauf polizeilicher Untersuchungen. Im Grunde das Musterexemplar eines Psychopathen. Er bildet sich ein, mit etwas Zeitlosem in Verbindung zu stehen. Er hat Großes vor; eine Jagd in mehreren Abschnitten. Den ersten hat er mir gewiesen. Wie sieht der zweite aus? Ich glaube, dass der zweite Schritt …«

Hélène hielt inne und ließ ihren Satz in der Schwebe. Für einen Augenblick schweifte ihr Blick in die Ferne.

»Vor zwei Jahren wäre ich absolut nicht in der Lage gewesen, diese Frage zu beantworten«, fuhr sie fort. »Heute … Ich bin sicher, dass er nicht die geringste Absicht hat, seine Pläne aufzuschieben. Ganz gleich, was ich tue, er wird wieder anfangen.«

Schemenhafte Gestalten, versehrte Körper, der unerträgliche Gestank von Leichen und Verwesung; die zwischen Schrecken und Tod erstarrten Opfer. Hélène hatte den Tod inzwischen kennengelernt, und die Erinnerung daran ließ sich nicht auslöschen.

Sie wischte ihre feuchten Handflächen ab und las den Brief noch einmal. Der poetische Klang der Worte ging ihr nicht aus dem Sinn: … *der Rabe der vergangenen Zeiten würdig ist und weil seine Augen den Augen eines träumenden Dämons so sehr ähneln.*

War dies eine herzzerreißende und einsame Klage von Flora Marchand? Sie bezweifelte es. Eher die Wiederholung eines vielleicht sogar vom Mörder aufgeschnappten Satzes. Die Sache wurde zunehmend schwieriger.

Buzinskis handgeschriebene Aufzeichnungen über die Namensänderung von Guillaume Desmeuraux zu René Ravenne ließen sich nicht entziffern; selbst ein Arztrezept war ein Lesegenuss dagegen. Hélène kam zu dem Schluss, dass nur seine Witwe ihr weiterhelfen konnte.

Ihr Handy klingelte. Sie schreckte auf und zögerte kurz, bevor sie das Gespräch annahm.

»Hier ist Madame Buzinski. Sie waren gestern bei mir, und ich habe Ihnen Papiere überlassen … Ich habe noch etwas über Villars gefunden … Kommen Sie doch heute Morgen vorbei, ich bin zu Hause.«

»Wenn ich jetzt losgehe, kann ich in einer halben Stunde bei Ihnen sein.«

»Ich warte auf Sie.«

Hélène zog sich an, trank rasch einen Kaffee an der Hotelbar und begab sich zu ihrem Auto auf dem Parkplatz. Ein paar Augenblicke später war sie bereits in den immer noch dichten Berufsverkehr eingetaucht und bahnte sich ihren Weg. Sie parkte auf einem der reservierten Stellplätze und griff nach den Aufzeichnungen Buzinskis.

»Ich hoffe, dass sie mehr entziffern kann als ich«, murmelte sie, während sie aus dem Auto stieg, und dachte an die Frau, die sie gleich besuchen würde.

Ein Taxi bremste abrupt, und die Rothaarige drängte sich hinein. Bevor sie die Tür schloss, warf sie Morel mit gleichgültiger Miene einen Gruß zu.

Er saß noch immer auf der Terrasse, hatte ein Käsesandwich bestellt und sich auch ein zweites Bier genehmigt. Er drückte den Wiedergabeknopf auf seinem Tonbandgerät und dachte über die ganze Aufregung dieses Tages nach.

»Ihr Vater, Arlette?«, fragte Jeff.

»Was ist mit ihrem Vater? Willst du wissen, ob ich glaube, dass er die Verbrechen begangen hat?«

»Ja.«

»Da lautet meine Antwort ganz klar Nein.«

»Hat Lénore über ihre Beziehung zu ihrem Vater gesprochen?«

»Sie war stolz auf ihn. Die ganze Klasse hatte von seinen Verdiensten gehört.«

Dann folgte ein Schweigen, bevor sich erneut Jeffs Stimme vernehmen ließ. Eine heisere Stimme.

»Welche Verdienste?«

»Ach, die Résistance oder so was in dieser Richtung. Ihr Vater war von der Gestapo verhaftet worden und in ein Konzentrationslager verschickt worden. Ich glaube, es war Buchenwald. Es gelang ihm zu fliehen, indem er vom Zug sprang. Die Deutschen haben noch auf ihn geschossen, aber er ist ihnen entwischt.«

Schweigen.

»Ihr Vater war in der Résistance?«

»Ich weiß es nicht. Vielleicht war er Jude.«

»Nein, er war kein Jude.«

»Wenn er kein Jude war, muss er in der Résistance gewesen sein!«

»Du hast gerade gesagt, dass du es nicht wusstest.«

»Sie hat uns davon erzählt. Außerdem, verdammt noch mal, machst du mich ganz verrückt mit deinen Fragen! Das ist schon lange her; die armen Leute sind tot. Lass ihnen ihren Frieden!«

Schweigen.

»In Ordnung, noch eine letzte Frage.«

»Beeil dich!«

»Hat sie gesagt, wo die Gestapo ihren Vater verhaftet hat? Denk bitte gut nach!«

»Da brauche ich nicht nachzudenken. Ich weiß nicht, wo die Gestapo ihn verhaftet hat, aber ich weiß, dass der Zug von Bourg losgefahren ist. Bist zu jetzt zufrieden?«

Morel hielt das Tonband an. Ein Deportationszug, der von Bourg-en-Bresse nach Buchenwald gefahren war. Das dürfte nicht allzu schwer herauszufinden sein.

Guillaume Desmeuraux hatte den Namen René Ravenne 1945 angenommen; seine Schwierigkeiten mussten also auf diese Zeit zurückgehen. Wenn er in der Résistance gewesen war, vor wem hatte er dann noch vierzig Jahre nach dem Krieg Angst?

Hatte er seine Familie belogen? War er ein Kollaborateur, der durchs Netz gegangen war? Eine vorgetäuschte Flucht? Wer war hinter ihm her? Die Juden? Ehemalige Mitglieder der Résistance? Warum hatte man auch seine Familie ermordet?

›Wenn die Dinge sich weiter so rasant entwickelten‹, dachte Morel, ›werde ich um ein Gespräch mit meinem Chefredakteur bitten. Ich werde die Exklusivrechte fordern; es kommt nicht infrage, dass er mir eine Wühlmaus von der Zeitung aufs Auge drückt. Es ist ganz und gar meine Geschichte!‹

Hélène Wang? War sie mit dem Zug nach Paris zurückgefahren, oder trieb sie sich noch hier in der Gegend herum, um Informationen zu sammeln? Er musste sich erst einmal wieder beruhigen, bevor er weitermachte. Eine Gänsehaut überlief ihn. Mein Gott, auf was war er da gestoßen?

Vor der Eingangstür des Wohnblocks in der Rue Pélisson blieb Hélène stehen. Sie spürte, dass etwas Schreckliches in der Luft lag; eine düstere Vorahnung erfüllte sie. Plötzlich durchfuhr es sie:

Sie hatte Madame Buzinski gar nicht ihre Handynummer gegeben! Es konnte nur er gewesen sein! Er musste voller Ungeduld in ihrer Wohnung gewartet haben, um herauszufinden, was die Akten von Buzinski enthielten!

Die Fenster in der ersten Etage waren geschlossen und die Vorhänge zugezogen. Vielleicht beobachtete er sie sogar in diesem Augenblick! Sie sah auf ihre Armbanduhr, schüttelte den Kopf und ging zu ihrem Auto zurück, als hätte sie dort etwas vergessen. Im Wagen wählte sie die Nummer der Buzinskis und ließ es mehrmals klingeln. Niemand nahm ab, und der Anrufbeantworter sprang nicht an. Da rief sie den Notruf der Polizei an.

»Nummer 37 in der Rue Pélisson. Erste Etage. Madame Buzinski, eine alleinstehende ältere Frau. Es geht ihr nicht gut. Ich glaube, es ist etwas Ernstes. Ich heiße Hélène Wang und werde dort auf Sie warten.«

Als sie die Sirene hörte, stieg sie wieder aus und kehrte langsam zum Wohnblock zurück. Sie wartete noch ein paar Minuten, bevor sie sich entschloss hinaufzugehen. Schaulustige blieben auf dem Gehsteig stehen. In der ersten Etage stand die Wohnungstür offen. Hélène trat ein.

»Ich habe Sie angerufen«, erklärte Hélène einem Polizisten.

»Gehören Sie zur Familie?«, fragte der Uniformierte.

Hélène schüttelte den Kopf.

»Nein, sie hatte mich angerufen und gebeten vorbeizukommen. Wie geht es ihr?«

Der Polizist zuckte die Schultern.

»Sie wird gerade untersucht. Haben Sie einen Ausweis?«

Er nahm die Karte, die sie ihm reichte. Eine Frau in weißem Kittel und mit einem Stethoskop um den Hals kam den engen Flur entlang.

»Das ist die Dame, die angerufen hat«, sagte der Polizist und schaute in Hélènes Richtung.

»Wir können nichts mehr für sie tun. Sie hatte einen Herzanfall.«

»Mein Gott!«, entfuhr es Hélène.

Die Frau machte eine hilflose Geste, als wollte sie sagen, diese Dinge kommen immer völlig unerwartet.

Ein Mann, ebenfalls in weißem Kittel, erschien auf dem Flur. Er lehnte eine Sauerstoffflasche, die er in der Hand hielt, gegen die Wand.

»Sie war bereits tot, als wir ankamen«, sagte die Frau. »Ich glaube nicht, dass sie gelitten hat.«

Hélène hielt sich krampfhaft am Türrahmen fest. Etwas explodierte in ihr. Wie erstarrt stand sie mit aufgerissenen Augen da. Sie spürte einen metallischen Geschmack auf der Zunge. Sie glaubte ohnmächtig zu werden.

»Stimmt etwas nicht?«, fragte die Frau im weißen Kittel. »Sie sind ganz blass.«

Mit aller Anstrengung riss Hélène sich zusammen, um ihre Fassung nicht ganz zu verlieren. Sie nahm die Unordnung im Wohnzimmer wahr, als wäre nicht aufgeräumt worden.

Er hatte sie umgebracht. Er musste sich in der Wohnung verstecken.

»Wie sind Sie hereingekommen?«, fragte sie den Polizisten.

»Es war nicht abgeschlossen«, erklärte er und warf einen Blick auf Hélènes Ausweis.

»War noch jemand in der Wohnung?«

»Nein«, sagte der Polizist.

»Ist Ihnen jemand begegnet, als Sie heraufkamen?«, fragte sie weiter.

»Niemand. Warum, war denn jemand bei ihr?«, wollte der Polizist wissen und runzelte misstrauisch die Stirn.

»Nein, ich glaube nicht. Ich rede dummes Zeug ... der Schock ...«

Er ist eine Etage über uns; er wartet. Genau, dahin ist er ausgewichen, als er die Polizeisirene hörte!

»Ich parke mein Auto und komme zurück«, rief sie dem Polizisten verstört zu.

Sie rannte die Treppen hinunter und ging auf den Gehsteig hinaus. Die Neugierigen standen immer noch da. Sie fragte:

»Haben Sie jemanden aus dem Haus kommen sehen?«

»Was ist denn passiert?«, fragte jemand.

Sie schüttelte den Kopf.

»Ein alte Dame. Sie hatte einen Herzanfall. Haben Sie jemanden gesehen, der kurz vor mir hier herausgekommen ist?«

Die Leute schauten einander an, dann drängelte sich eine Frau aus der zweiten Reihe mit einem Kind auf dem Arm nach vorn.

»Ich habe jemanden herauskommen sehen«, sagte sie. »Ein Typ mit einem Spazierstock. Er ist dorthin gegangen.«

Hélène schaute in die Richtung, in die sie wies. Es war niemand zu sehen, was auch nicht weiter verwunderlich war.

Die Polizei ließ Hélène erst gehen, nachdem die Leiche abgeholt worden war. Die Familie von Madame Buzinski bestand lediglich aus einer jüngeren Schwester, die im Rathaus arbeitete. Hélène hinterließ ihr ihre Telefonnummer, denn sie wollte an der Beerdigung teilnehmen. Sie fühlte sich schuldig, den Mörder zum Wohnort dieser Frau geführt zu haben.

Sie blieb noch eine Weile in dem Viertel. Sie fragte verschiedene Geschäftsleute und behielt doch immer die Straße im Blick, als würde er sich noch dort aufhalten. Niemand erinnerte sich an einen Mann mit einem Spazierstock, der hier herumgeschlendert wäre. Es war heiß, sie war schweißgebadet, aber sie ging die Straße weiter hinauf, ohne das Brausen des Verkehrs wahrzunehmen. Immer wieder kehrte der Mord an Madame Buzinski in ihre Gedanken zurück. Einmal mehr hatte der Mörder ihr seine Überlegenheit vorgehalten; er überwachte sie, lag auf der Lauer, und sie war ungehorsam gewesen.

Licht und Schatten der sich spiegelnden Scheiben spielten auf ihrem Gesicht, während sie die Straße entlangging und die entgegenkommenden Passanten musterte.

Er trägt seine Verkleidung; er will nicht, dass man erkennt, wer er ist, hatte Flora Marchand geschrieben.

Sie betrat ein Café, setzte sich in die Nähe der Türe und bestellte ein Mineralwasser. Regungslos saß sie dort und ließ ihre Gedanken schweifen.

Sie musste nach Nantua zurück und dort Unterstützung suchen; jemanden, der ihr helfen konnte, diesen Mechanismus auseinanderzunehmen; jemanden, der ihr helfen konnte, den Mörder zu identifizieren.

Der Name von Fabienne Thomas-Blanchet kam ihr in

den Sinn. Hélène zahlte und ging zu ihrem Auto zurück. Letztendlich konnte sie nur auf sich allein zählen, um ihn zu richten – wenn sich die Gelegenheit dazu bieten sollte.

Der Weg der verlorenen Seelen

1

Der Polizeibeamte Langlois stieß einen Seufzer aus und schaute auf seine Armbanduhr. Es war drei Uhr nachmittags, die kleine Laura Masson war nun schon beinahe vierundzwanzig Stunden verschwunden.

Die Vermutung, dass sie, wie es bei vielen Scheidungskindern vorkommt, ihren Vater aufgesucht haben könnte, war von den Ermittlern bereits fallengelassen worden.

Der Vater lebte seit der Trennung auf Madagaskar; mehr war von ihm nicht bekannt. Er hatte seine Tochter seit langem nicht mehr gesehen.

Es war noch zu früh, um das Schlimmste zu befürchten, dachte Langlois, aber mit jeder Minute sanken die Chancen auf einen glücklichen Ausgang.

»Wie war Ihr Verhältnis zu Ihrer Tochter, Madame Masson?«, fragte er.

Michèle Masson dachte über die Bedeutung dieser Frage nach und presste die Lippen zusammen, als wollte sie die Worte, die ihr auf der Zunge lagen, zurückhalten. Tränen flossen über ihre Wangen. In der Hand hielt sie ein Foto von Laura.

»Wir verstanden uns gut, wir beide, das habe ich Ihren Kollegen bereits gesagt.«

Der Polizeibeamte stand auf. Das Wohnzimmer war gemütlich; ein gemauerter Kamin, gewachste Möbel, ein Kanapee mit geblümten Kissen, zwei Sessel; es gab auch einen Fernseher, und auf einem Regalbrett darunter stand ein Videorecorder.

Der Polizeibeamte ging zu Lauras Zimmer. Er kam an dem kleinen Esszimmer vorbei, wo ein paar Leute saßen; Nachbarn, Lehrer und Freundinnen von Laura wechselten sich bei Michèle Masson ab, seit die Neuigkeit sich herumgesprochen hatte.

In Lauras Zimmer durchsuchte eine junge blonde Frau den Inhalt der Schubladen, die Regale und die Bücher. Sie blickte zu Langlois hoch.

»Nichts, aber auch gar nichts«, sagte sie. »Kein Tagebuch, keine Briefe. Laut ihrer Mutter hat die Kleine nichts mitgenommen.«

Langlois nickte. Er sah aus dem Fenster. Vor dem Haus rauchten drei Polizisten schweigend eine Zigarette. Die Sonnenstrahlen verfingen sich in den Blättern der Bäume.

»Bertrand!«

Der Beamte wandte sich um. Fabienne Thomas-Blanchet schien in ihren zu weiten Kleidern förmlich zu schweben.

»Soll ich dir einen Kaffee machen?«

»Das ist eine gute Idee, aber mach ihn nicht so stark.«

»Glaubst du, dass man sie wiederfinden wird?«

Langlois sah auf seine Hände. Er war groß, brünett und hatte freundliche blaue Augen. Fabienne Thomas-Blanchet und er kannten sich schon sehr lange. Als Beamter der Polizei von Nantua war er ein regelmäßiger Besucher der Mediathek.

»Wenn sie ausgerissen ist, wird sie sich irgendwann melden, da bin ich sicher.«

»Und wenn sie sich nicht meldet?«

Langlois fasste sie am Arm und zog sie in den Flur.

»Daran sollten wir im Augenblick noch nicht denken. Wenn wir morgen noch nichts gehört haben, werden wir eine Suchaktion in die Wege leiten. In der Zwischenzeit kannst du mir eine Liste machen von allen Jungen und Mädchen, mit denen sie Umgang pflegte.«

Ein Polizeiwagen hielt vor dem Haus. Langlois ließ Fabienne stehen und ging auf die Vortreppe hinaus. Einer der Polizisten sprach mit dem Fahrer, dann hob er die Hand und winkte Langlois heran.

Dieser begriff, dass der Neuankömmling keine gute Nachricht brachte.

2

Hier und da stiegen kleine Rauchfahnen von der Müllhalde auf und dehnten sich am Himmel aus wie ein grauer Schleier. Auf einer Erdaufschüttung stand ein Lastwagen zwischen zwei Polizeifahrzeugen.

»Wo ist der Körper?«, fragte einer der Polizisten den Fahrer des Lastwagens.

»Dort!«, sagte er.

Er wies mit der Hand zu einem Abfallhügel.

»Wie haben Sie ihn gefunden?«

»Ich komme hierhin und wühle nach allem Möglichen … Ich sammle Schrott … Da bin ich auf die Leiche gestoßen: Es ist ein Mädchen … Ich glaube, sie ist …«

Das Entsetzen über seine Entdeckung stand ihm ins Gesicht geschrieben, und er schüttelte einfach nur den Kopf.

»Ich gehe hin. Der Wachtmeister wird Ihre Aussage zu Protokoll nehmen.«

Nach ein paar Schritten wandte sich der Kommissar um.

»Unterrichten Sie Langlois«, sagte er. »Ich glaube, wir müssen vom Schlimmsten ausgehen.«

In den Müllbergen kam er nur mühsam voran, mehrmals geriet er ins Straucheln und verlor beinahe das Gleichgewicht. Ätzende Dämpfe drangen gnadenlos in seine Kehle. Er kam zu dem bisher von dem Laster verdeckten Gelände und sah die himmelblauen Flecken der

Uniformen: Zwei Männer und eine Frau beugten sich über einen nackten Körper inmitten einer den Hang hinabgerutschten Ladung Schutt. Ein Fotograf der Polizei stand daneben und legte einen neuen Film in seinen Apparat.

Der Kommissar kam näher und betrachtete die Leiche genau. Der Anblick dieser unverstellten Nacktheit, dieses weggeworfenen Körpers, als handele es sich um gewöhnlichen Abfall, hatte etwas Obszönes. Das Gesicht des Mädchens war in der Armbeuge versteckt, als schämte es sich, in einem solchen Zustand entdeckt zu werden. Ihr Schädel war kahl rasiert, das Fleisch an den Handgelenken angeschwollen. Die Untersuchung vor Ort würde keine weit reichenden Erkenntnisse liefern. Man musste die Autopsie abwarten.

»Ist es die kleine Masson?«

»Ja, es besteht kein Zweifel, Herr Kommissar«, sagte einer der Polizisten und trat zur Seite, um ihm Platz zu machen.

Die blonde Frau untersuchte sorgfältig den Körper.

»Ich kann keine sichtbare Verletzung finden außer den Quetschungen an den Handgelenken. Sie war noch am Leben, als man sie gefesselt hat … und der Körper wurde hierhergeschafft.«

»Vergewaltigung?«, fragte der Kommissar.

»Das kann ich noch nicht sagen.«

Der Kommissar wies auf kleine Abdrücke am Körper.

»Was ist das?«

»Bisse«, sagte die Frau.

»Bisse?«

»Das kommt in den Müllhalden häufig vor … die Ratten.«

Der Kommissar stieß einen Seufzer aus und richtete sich wieder auf.

»Ich werde mich nie daran gewöhnen können.«

Auch achtzehn Dienstjahre bei der Polizei hatten Kommissar Berthier noch nicht unempfindlich werden lassen; die Konfrontation mit einem so brutalen Mord empörte ihn immer wieder aufs Neue.

3

Hier ist es«, sagte Fabienne. »Das sind die *Eiskeller des Königs.*«

Hélène fuhr den Wagen auf den Seitenstreifen und drehte den Motor ab. Fabienne versuchte, sich eine Zigarette anzuzünden. Da das Streichholz Funken entfachte, ohne zu entflammen, ließ sie es in den Aschenbecher fallen und behielt die Zigarette im Mund.

»Ist alles in Ordnung?«, fragte Hélène in einem Ton, aus dem Fabienne eine gewisse Sorge herauszuhören glaubte. »Lassen Sie uns ein bisschen an die frische Luft gehen.«

Sie stiegen aus dem Wagen und spazierten los.

»Warum haben Sie nicht die Polizei unterrichtet?«, fragte Fabienne und blieb stehen.

Hélène schaute sie an.

»Stellen Sie sich doch einmal vor, wie sie reagiert hätte! Ich habe nichts Konkretes in der Hand, keinen einzigen Beweis. Was hätte ich ihnen erzählen sollen? Dass er mitten in der Nacht in mein Zimmer im Brochet bleu gekommen ist? Er ist ja nicht einmal gewaltsam eingedrungen!«

»Und was ist mit Madame Buzinski?«

»Nicht einmal ihre eigene Schwester war von ihrem Tod überrascht. Sie sagte, dass sie mit einem Herzanfall oder etwas Ähnlichem gerechnet hat, da ihr Kreislauf sehr schwach war.«

Fabienne biss sich auf die Lippen.

»Warum haben Sie sich auf ein derartiges Spiel eingelassen?«, fragte sie mit gepresster Stimme.

Hélène antwortete barsch:

»Ich bin nicht darauf aus, mein Wissen über ihn zu vertiefen, um ihn zum Helden meines nächsten Romans zu machen, wenn Sie das meinen!«

Sie wollte offenbar zum Ausdruck bringen, dass sie mit derlei Dingen nicht scherzte.

»Ich habe Angst, dass er wieder anfängt. Er hat damit gedroht, wenn ich seine Bedingungen nicht akzeptiere.«

»Das ist ja nun eingetreten, oder? Sie haben es vorgezogen zu schweigen und haben damit den Tod von zwei unschuldigen Menschen verursacht!«

Zum ersten Mal, seit sie sich Fabienne anvertraut hatte, spürte Hélène die Verbitterung, die in dieser Feststellung lag.

Sie suchte Fabiennes Blick und hob die Hand, als wolle sie etwas klarstellen. Auch sie machte sich große Vorwürfe, aber deswegen durfte man nicht den eigentlichen Feind aus den Augen verlieren.

»Sie haben doch gesagt, dass die kleine Laura offenbar keine Verletzung aufwies, als man sie auf der Müllhalde fand, oder?«

Am Hals von Fabienne Thomas-Blanchet trat eine Ader hervor. Sie zündete ihre Zigarette an und antwortete vorsichtig:

»Ja, das habe ich gesagt. Aber was die Verletzungen angeht, so handelt es sich um die vertrauliche Mitteilung eines Polizisten, der mit dem Fall zu tun hat. Sie dürften eigentlich gar nichts darüber wissen.«

»Der, den ich suche, hat nichts mit dem Mord an Laura zu tun!«

»Mein Gott! Woher nehmen Sie Ihre Gewissheit?«

Die Frage überraschte Hélène nicht. Sie hatte nach dem Tod von Laura Masson lange darüber nachgedacht.

»Wir wissen nicht, wie Laura gestorben ist. Die Ravennes hingegen wurden zerstückelt, und die Polizei hatte nicht die geringste Ahnung, was dort wirklich geschehen ist. Glauben Sie, dass er diesmal, einfach so, ganz plötzlich beschlossen hat, sein Opfer auf einer Müllkippe zurückzulassen, damit die Polizei jeden verdächtigen kann? Nein! Er plant einen weiteren Mord, und den müssen wir verhindern. Ein wenig Zeit bleibt uns noch. Der Mord an Laura zieht die Aufmerksamkeit der Journalisten auf sich; er wird sich nicht rühren, solange die Kameras da sind.«

Fabienne schüttelte den Kopf, als ließen sich ihre Zweifel nicht ausräumen.

»Was ist mit Madame Buzinski, sie hat …«

»Hören Sie mir zu! Die Polizei hat ihn vor fünfzehn Jahren nicht verhaftet und wird ihn auch diesmal nicht verhaften!«

Sie machte eine Pause, bevor sie fortfuhr:

»Als ich Madame Buzinski verließ, muss er auf der Lauer gelegen haben. Er muss ihr gefolgt sein, sie dann angesprochen und dazu gebracht haben, ihm zu vertrauen. Er beherrscht die Kunst, sich zu verstellen, und versteht es, die Sympathie der Leute zu wecken. Er hat erfahren, dass sie mir eine Akte über seinen Dreifachmord gegeben hat. Am nächsten Tag hat er sie dazu gezwungen, mich anzurufen, damit ich noch einmal zu ihr komme. Dort wartete er auf mich. Es beunruhigte ihn, was Inspektor Buzinski über ihn zusammengetragen hatte; deshalb hat er dessen Witwe umgebracht. Aber auch hier ist er entwischt!«

Hélène hielt inne, ging den Abhang hinunter und starrte auf das weite, karg bewachsene Moor hinaus. Hier hatte man laut Buzinskis Angaben eine Frauenleiche gefunden, die als diejenige von Flora Marchand identifiziert wurde.

›Es gab weiß Gott genug Ansatzpunkte für weitere Überlegungen‹, dachte Hélène.

In einiger Entfernung hockten drei schwarze Vögel auf einer Art Lichtung und beobachteten sie.

»Warum nennt man diese Gegend die *Eiskeller des Königs*?«, fragte Hélène und riss sich von diesem Bild los.

Fabienne hatte sie eingeholt.

»Ach so, man holte von hier Eisblöcke, die bis nach Paris an die königliche Tafel gebracht wurden, um die Sorbets zu kühlen ... Dieser Typ kann offenbar verschwinden, ohne Spuren zu hinterlassen.«

Hélène nickte abwesend.

»Als würde es ihn gar nicht geben«, murmelte sie.

Die Frauen wechselten einen kurzen Blick. Beide schienen in diesem stillen und flüchtigen Kontakt etwas ausspähen zu wollen; erst dann war, wie das Licht am Ende eines Tunnels, wieder ein gewisses Einverständnis zu spüren. Mit einer Handbewegung schien Fabienne ihre bisherigen Vorbehalte wegzuschieben und Hélène zu signalisieren, sie könne sich auf sie verlassen.

»In Shanghai«, begann Hélène zu erzählen, »habe ich das Mädchen Zhang Ling getroffen und sie liebgewonnen. Ich bin Chinesin und habe lange gezögert, mich zu meiner Herkunft zu bekennen. Zhang Ling war schön und intelligent. Sie stammte aus einer armen Gegend und träumte davon, einmal fortzugehen und es zu etwas zu bringen, um dann später in ihr Land zurückzukehren. In meiner Freude hatte ich meinem Agenten in New York von Zhang Ling erzählt, er nahm Verbindung mit einem Journalisten von den Shanghai News auf. Das habe ich aber erst später erfahren. Der Journalist kam eines Morgens in mein Hotel; er stellte mir Fragen und machte ein Foto für seine Zeitung von uns. Die Formalitäten für Zhang Lings Pass zogen sich in die Länge, und der Artikel erschien, bevor wir das Land verlassen hatten. Es war ein ausführlicher Artikel in einer englischen und einer chinesischen Version. Plötzlich interessierte sich die ganze Welt für das Mädchen; es war wie ein Märchen. Ihr Mörder war ein jämmerlicher kleiner Angestellter. Je scheußlicher das Verbrechen, desto berühmter der Verbrecher …«

Die tragische Geschichte jagte Fabienne einen Schauer über den Rücken. Sie war verwirrt, denn in diesem Geständnis verbarg sich etwas Geheimnisvolles, Unzugängliches.

»Sie waren nicht verantwortlich dafür.«

»Einerseits nicht, irgendwie aber doch. Ich hätte meinem Agenten niemals davon erzählen sollen. Er dachte sich nichts Böses dabei. Die amerikanische Version eines meiner Bücher kam gerade auf den Markt und sollte in der *New York Times* besprochen werden. Da war ein Artikel in den *Shanghai News* über jene chinesische Schriftstellerin, die einst von einem Schiff der *boat people* gerettet worden war und nun in ihr Heimatland zurückgekehrt war, um eine Landsmännin unter ihre Fittiche zu nehmen, sehr medienwirksam.«

Sie hatte so viele Jahre auf diesen Augenblick gewartet. Das Schicksal hatte ihn ihr gegeben und wieder genommen. Sie schwieg einen Moment, bevor sie fortfuhr:

»In jener Nacht regnete es heftig; der böige Wind und die von den Bäumen herabgerissenen Blätter stellten sich feindselig zwischen Zhang Ling und mich. Die Polizei hatte einen luxuriös ausgestatteten Krankenwagen geschickt. Ich befand mich in einem anderen Auto, neben mir saß ein Polizist, der in chinesischer Sprache auf mich einredete. Ich verstand kein Wort. Die Fahrt schien kein Ende nehmen zu wollen. Shanghai hat vierzehn Millionen Einwohner ... Der Polizeispitzel hatte sich nicht getäuscht. Sie war es ... Zhang Ling ...«

Hélène legte eine Hand an die Schläfe, als würde ein alter Schmerz auflodern.

»... Man suchte bereits seit über einer Woche nach ihr.«

Alles um die beiden Gestalten herum schien wie versteinert.

»Und ihr Mörder?«, fragte Fabienne leise.

Wieder lag in Hélènes Augen jene Abwesenheit, die Fabienne schon bei ihrer ersten Begegnung so überrascht hatte.

»Die Polizisten haben ihn getötet. Sie fragten mich, ob ich einverstanden sei. Ich bejahte, ohne zu zögern.«

Die Antwort schmetterte Fabienne nieder.

»Das geht doch nicht ...«, empörte sie sich.

Fabienne war unbehaglich zu Mute. Ihr Blick hing an Hélène, und sie hatte das Gefühl, in etwas hineingezogen zu werden, was sie nicht begriff.

»›Niemand wird jemals die Wahrheit erfahren‹, haben

sie mir versichert. Der mit den Nachforschungen beauftragte Kriminalpolizist sagte zu mir: ›Dieser Typ ist kein menschliches Wesen, er ist ein Monster. Sie dürfen ihm keine Rechtfertigung für sein Verbrechen liefern. Morgen werden andere auf die Idee kommen, junge Mädchen zu zerstückeln.‹ Ich verließ den Schuppen und wartete. Ein Schuss fiel. Er hatte versucht sich loszureißen, und die Polizei musste ihn niederschießen. So lautet die Version, die sie mir mitteilten, und ich habe sie nie bestritten.«

Hélène schloss die Augen, als könnte sie ihre Erinnerungen wieder zudecken. Als sie sie wieder aufschlug, erwachten andere Empfindungen und mit ihnen eine brennende Leere.

Auf der Lichtung bewegten die drei Raben ruckartig, beinahe mechanisch ihre Köpfe hin und her.

»Haben Sie sich wegen der kleinen Ravenne in die Sache hineinziehen lassen?«, fragte Fabienne.

»Möglich.«

Das Gefieder der Vögel glänzte im Licht.

»Mein Gott, wie dumm ich bin!«, rief Hélène plötzlich. »So hat er sie ausfindig gemacht!«

»Wovon sprechen Sie?«

»Von dem Mörder! Ich hatte es von Anfang an vor Augen und habe nichts gesehen … Raven ist englisch und beudetet Rabe! Als Guillaume Desmeuraux den Namen Ravenne annahm, da war das kein Zufall! Er hat diesen Namen bewusst ausgewählt …«

»Sie denken, dass …«

»… dass er ihn an etwas erinnerte? Ich bin sogar sicher! ›Der Rabe ist tot‹, das hat der Mörder mir am Telefon mitgeteilt. Für ihn war Desmeuraux oder Ravenne der ›Rabe‹. Wahrscheinlich kannte er ihn unter diesem Namen.«

»Desmeuraux hat seinen Namen nach dem Krieg geändert. Also muss er ihn vorher …«

»Ja. Er muss ihn vor seiner Namensänderung gekannt haben. Buzinski hat dazu etwas aufgeschrieben, aber seine Schrift war kaum zu lesen. Was meinen Sie, wer könnte während des Krieges einen solchen Spitznamen gehabt haben?«

Fabienne dachte einige Augenblicke nach.

»Möglicherweise die Mitglieder der Résistance. Es sei denn, es handelt sich um eine andere Art ›Rabe‹; nämlich um den Verfasser von anonymen Briefen, die andere verraten.«

»Wen denn? Widerstandskämpfer an die Nazis? Das könnte passen. Das würde den Rachefeldzug gegen Desmeuraux erklären, aber nicht den Mord an seiner Frau und seiner Tochter. Es muss noch etwas anderes geben …«

Hélène starrte unbeirrt zu den drei Raben hinüber. ›Wie die drei Ravennes‹, dachte sie mit einem Mal. Dort hockten sie am Rande des Moores. Sie warten, dass man ihnen Gerechtigkeit widerfahren lässt.

»Ich verstehe nicht so ganz«, ließ sich Fabienne plötzlich vernehmen, »warum Sie sich an eine Frau wie mich wenden.«

Hélène drehte sich zu ihr um und schaute sie unter ihren langen Wimpern fest an.

»Ich brauche jemanden, der mir die Türen öffnet.«

Fabienne zog die Schultern hoch.

»Ich nehme an, es bleibt mir nichts anderes übrig«, stellte sie fest.

»Nein«, sagte Hélène langsam. »Es bleibt Ihnen nichts anderes mehr übrig.«

Fabienne warf einen Blick zu den Wäldern ringsum.

»Glauben Sie, dass er uns beobachtet?«

»Es würde mich nicht wundern. Ich bin schließlich ein Teil seiner Zukunft.«

»Warum bricht er sein Schweigen, wenn er sich damit in eine solche Gefahr begibt?«

»Um seine eigene Legende zu schaffen. Und mich hat er dazu ausersehen, sie aufzuschreiben. Ich vermute, dass er sich mehrere Bände vorstellt. Sie wissen, wozu er fähig ist, vertrauen Sie sich also niemandem an. Weder einem alten Freund noch einem impotenten Greis oder einem uniformierten Polizisten; bleiben Sie niemals allein in der Mediathek, empfangen Sie niemanden bei sich zu Hause, und meiden Sie romantische Abendessen.«

»Das mit den romantischen Abendessen wird schon nicht so schwierig sein ... Für Sie ist das vermutlich eher ein Problem.«

»Da besteht keine Gefahr mehr. Ich habe Léo eine Nachricht hinterlassen. Er wollte mir nachkommen.«

»Ist das sein Name?«

»Er will mich heiraten, ist aber noch nicht einmal geschieden.«

»Schreckt Sie das ab?«

»Nein. Es ist ganz einfach noch nicht passiert.«

»Was meinen Sie?«

»Es hat noch nicht gefunkt.«

»Ach so! Mit wem fangen wir an?«

»Mit Desmeuraux. Wenn wir wissen, warum er den Namen ›Rabe‹ angenommen hat, werden wir klarer sehen. Kennen Sie jemanden im Rathaus?«

»Ja.«

»Morgen werde ich mich so verhalten, dass der Mörder sich an meine Fersen heftet, dann haben Sie freie Hand.«

4

In dem Zimmer roch es nach kaltem Rauch. Ein Angestellter öffnete das Fenster, um zu lüften. Breitschultrig und gebeugt wie ein Lastenträger wandte sich Kommissar Berthier den Mitgliedern seines Teams zu und verkündete:

»In einer halben Stunde gebe ich eine Presseerklärung zum Fall Laura Masson. Fassen wir also noch einmal zusammen!«

Er hatte eine kräftige Stimme, sprach aber leise. Er wandte sich der jungen Frau vom gerichtsmedizinischen Institut zu, die Lauras Leiche auf der Müllhalde untersucht hatte.

»Die Todesursache war ein Unfall, Sabine?«

»Rein medizinisch betrachtet war sie ein Unfall, Kommissar«, antwortete sie, während sie einen Blick in die vor ihr liegende Akte warf. »Das Blut von Laura Masson enthielt Ecstasy, Kokain und Alkohol, aber alle drei Substanzen nicht in einer tödlichen Dosis. Das Mädchen litt jedoch an einem bisher nicht diagnostizierten Herzklappenfehler. Ich habe in den medizinischen Unterlagen nichts darüber gefunden. Es kam zu einem Herzstillstand.«

»Spuren von Gewaltanwendung?«

»Die Quetschungen an den Handgelenken sind nicht post mortem entstanden. Sie war am Leben, als sie gefesselt wurde. Sie hatte Geschlechtsverkehr, aber es gibt keine fremden Hautpartikel unter den Fingernägeln;

keine Prellungen, keine Spuren eines gewaltsamen Eindringens …«

»Einen Augenblick, bitte!«, fuhr Berthier dazwischen. »Wurde sie vergewaltigt?«

Sabine nahm sich Zeit zum Nachdenken.

»Schwer zu sagen. Ich weiß nicht, ob sie einverstanden war … mit dem Geschlechtsverkehr. Sie war einverstanden damit, Kokain zu schnüffeln und Alkohol zu trinken. Nichts weist darauf hin, dass man sie hierzu gezwungen hätte. Was die Einnahme der Droge Ecstasy angeht, könnte nur sie selbst uns Auskunft geben.«

»Man kann also nicht ausschließen, dass man es ihr ohne ihr Wissen gab, um sie zu vergewaltigen?«

»Nein. Aber man kann auch nicht mit Sicherheit davon ausgehen. In jedem Fall konnte derjenige oder diejenige, die ihr das Ecstasy gaben, nicht wissen, dass es zu einer derartigen Reaktion kommen würde.«

»Welche Erklärung gibt es dafür, dass sie festgebunden war?«

»Sie muss ohnmächtig gewesen sein, sonst hätten wir wohl Spuren eines Kampfes gefunden. Ich würde eher auf geheime Wünsche des Partners tippen …«

Berthier betrachtete die Fotos, die auf der Müllhalde gemacht worden waren.

»Fahren Sie fort.«

»Kein Sperma in der Vagina, aber ein Gleitmittel für Präservative. Man kann nicht sagen, ob sie mit einem oder mehreren Personen Geschlechtsverkehr hatte.«

»Gehen wir im Augenblick von einer Person aus. Der ungefähre Zeitpunkt ihres Todes?«, fragte Berthier.

»Zwischen 20 und 22 Uhr am Tag, bevor wir sie gefunden haben.«

»Das heißt Mittwochabend. Wir werden uns zunächst alle vornehmen, mit denen sie Kontakt hatte, und dann, wenn es nötig ist, den Personenkreis ausweiten. Unser Netz muss so dicht sein, dass wir alle erfassen. Die Drogen werden normalerweise in Gruppen konsumiert. Wir müssen herausfinden, woher sie kamen. Für mich ist derjenige, der sie beschafft hat, ein Mörder. Langlois, Sie übernehmen die Ermittlungen in Nantua. Gehen Sie zu den Ravern, zu den einschlägigen Treffpunkten ... ins dortige Bordell und was weiß ich wohin. Stellen Sie Fragen und halten Sie die Ohren auf. Machen Sie klar, dass es um die Sicherheit der Kinder geht. Sie müssen herauskriegen, mit wem die Kleine am Mittwochnachmittag verabredet war. Verlangen Sie eine Beschreibung der Fremden. Wir benötigen eine Liste der Entsorgungsbetriebe und die Namen der diensthabenden Fahrer. Sabine, ich möchte, dass Sie der Gruppe jetzt mitteilen, zu welchem Schluss Sie gekommen sind. Dabei weise ich ausdrücklich darauf hin, dass alles streng vertraulich ist.«

»Lauras Körper wurde mit einer Chlorlösung gewaschen, vermutlich, um Fasern und Hautpartikel zu entfernen, die uns Hinweise auf den Ort geliefert hätten, an dem sie starb. Aus den gleichen Gründen hat man ihr den Schädel rasiert. Solche Vorsichtsmaßnahmen trifft nur ein Erwachsener. Bei Jugendlichen wäre unter diesen Umständen Panik ausgebrochen.«

»Das sehe ich genauso«, pflichtete Berthier ihr bei.

5

Der See glänzte im Mondschein. Er tauchte aus der Dunkelheit auf und begann zu schwimmen. Getrieben von einer brennenden Wut, hörte er weder das Rauschen der Tannen noch das Plätschern der Wellen. Eine eiskalte Strömung sollte das Tosen in seinem Innern besänftigen. Er hielt inne und drehte sich auf den Rücken. Über ihm schob sich eine Wolke vor den Mond. Noch einmal durchlebte er den Augenblick, in dem man ihm mitgeteilt hatte, dass die Leiche von Laura Masson gefunden worden war.

Seine Laura!

Stundenlang, tagelang, monatelang, jahrelang hatte er sie beobachtet; er hatte gesehen, wie ihre Taille schmaler wurde, wie ihre Brüste erblühten, ihr Hintern sich rundete. Er sah ihr Gesicht vor sich, ihren Mund, die aufreizenden Beine, den brennenden Schoß …

Ein anderer war ihm zuvorgekommen! Er hatte sie ihm geraubt, bevor sie fünfzehn Jahre alt geworden war. Wo es doch sein Jahr war!

Er fühlte sich vernichtet. Er öffnete den Mund und stieß einen Schrei der Verzweiflung aus, den nur er allein vernahm. Es schien ihm, als würde seine Stimme die Dunkelheit der Nacht zerreißen und die ganze Welt erfüllen.

Er schloss die Augen, breitete die Arme aus und ließ sich treiben. Nach und nach verschwamm alles in der

Finsternis, und er fühlte sich vollkommen schwerelos, er fühlte nichts mehr, nicht seine Glieder, nicht die Dichte seines Körpers. Ein schmales Band verknüpfte sein Denken mit der primitiven, tief in seinem Gehirn vergrabenen Wirklichkeit.

Er hatte nichts mehr! Laura war die einzigartige Landschaft seiner Träume gewesen, endlos war er in ihr umhergestreift. Sie war seine Wiedergutmachung; mit ihr hatte er den Sommer verbringen wollen. Ein langer, feuchter und fiebriger Sommer hatte es sein sollen. Wie oft hatte er sich vorgestellt, seinen Kopf auf ihre Brust zu legen; er glaubte, ihre Wärme zu spüren und ihrem Herzschlag, einem verschreckten Vogel ähnlich, zu lauschen.

Laura! Ihre geröteten Wangen, ihre zerzausten Haare … ihre tränenverhangenen Wimpern …

Sein ganzes Leben hatte er gegen seine eigenen Bedürfnisse gekämpft, um dem Versprechen treu zu bleiben; nur deshalb hatte er sich Gewalt angetan. Lénore war eine Offenbarung; durch sie hatte er zu einer neuen Daseinsform gefunden.

Laura sollte die erste Station sein. Mit ihr hatte er vor, ein ganzes Geflecht von Emotionen zu entdecken; neue, durch Erwartung und Enttäuschung gesteigerte Emotionen. Wie viele Stunden hatte er damit verbracht, sorgsam sein Netz zu spinnen, um sie in die Falle zu locken! Bis in die kleinsten Einzelheiten hatte er überlegt, wie er die Leiche am besten verschwinden lassen würde, um dann ohne jedes Risiko wieder von vorn anfangen zu können; ohne die Gefahr einer möglichen Strafe.

Eine andere Stadt und wieder von vorn anfangen. Eine andere Stadt, wieder von vorn anfangen … ohne

Risiko … immer wieder von vorn … ohne Risiko … immer wieder …

Er fragte sich, ob ein außergewöhnliches Erbgut ganz tief in seinen Zellen ihn zu dem machte, was er war.

Laura! So frisch, so klar! Ihre seidige Haarpracht, ihr wunderschönes Profil, ihre leicht geöffneten Lippen, die Narbe über ihrem rechten Knie …

Er *musste* die Jagd wieder aufnehmen, um jeden Preis eine andere finden.

Morgen?

Sein Herz pochte. Die Kälte nicht spürend, packte ihn hier in der Dunkelheit das Verlangen, die physische Kontrolle über ein anderes Wesen auszuüben; eine gewalttätige sexuelle Kontrolle, mit dem Ziel der Wiedergutmachung, des Leidens und der Tötung.

Er durfte seinem Trieb nicht nachgeben! Es war nur eine bloße Aufwallung in seinem Gehirn. Der Befehl würde nicht weitergeleitet werden. Der von ihm entwickelte Sicherheitsmechanismus würde jedes Anzeichen davon im Keim ersticken. All die Sicherungen, die er eingerichtet hatte, um seine wahre Natur unablässig zu verbergen, waren dazu da, eine Entgleisung zu verhindern und einer verräterischen Bewegung Einhalt zu gebieten.

Die Stadt würde vor Journalisten wimmeln. Das Warten erschien ihm schrecklich. Er erwog, seine Enttäuschung an der Chinesin zu stillen. Er war ihr den Tag über eine Zeit lang gefolgt; sie war ziellos umhergeirrt, vielleicht in der Erwartung, er würde Kontakt mit ihr aufnehmen.

Seine Pläne bestanden fort. Er musste sie nur verändern. Er würde die Chinesin manipulieren; er würde sie reizen und erniedrigen; er würde sie zu seiner Sache machen. Er hatte sie seiner Landschaft einverleibt; er würde ihr helfen, diese Figur zu erschaffen, die auf der Suche nach dem Absoluten war. Niemand würde erraten, dass sich hinter der literarischen Fiktion eine Wirklichkeit verbarg, in der der Todeskampf der Opfer und seine eigene Lust eins waren.

Er sah nun wieder klarer. Die Pläne waren da. Es musste noch an ihnen gefeilt werden, aber sein überspannter Zustand hatte seine Fantasie angeregt; er fühlte das Blut in seinen Adern pochen.

Mit einem Schlag wurde ihm klar, dass er das Wichtigste vergessen hatte. Wer hatte ihn um seine Beute gebracht?

Diese Frage ließ ihn jetzt nicht mehr los. Er öffnete die Augen und begann wieder zu schwimmen. Schweigend kam er Zug um Zug voran. In den plätschernden Wellen war sein Kielwasser kaum zu sehen. Der fahle Schatten seines nackten Körpers schimmerte unter der Wasseroberfläche wie der Bauch eines Hais.

6

Das Mädchen lehnte sein Fahrrad gegen die Mauer. Mit den Schuhen in der Hand öffnete sie die Dienstbotentür und drang in das Haus ein. Sie drehte an einem Schalter, und es wurde dunkel im Zimmer.

Am Fuße einer Treppe ließ sie ihre Schuhe fallen. In der ersten Etage öffnete sie im Halbschatten des Flurs eine Tür und betrat ein Zimmer. Ein paar Sekunden später leuchtete ein Kerzenlicht auf. Das Mädchen zog seinen weißen Minirock aus und behielt sein T-Shirt an. Sie nahm eine CD und legte sie in den CD-Player. Die ersten Takte von »My lover's gone« erklangen in dem Zimmer.

Ein schwarzes Auto war in die Garage gefahren. Ein Schatten stieg aus. Nur das Knirschen seiner Sneakers auf dem Boden störte die Stille. Drinnen im Haus ging der Schatten zur Treppe. Er blieb einen Augenblick stehen, hob die Schuhe auf und stieg die Stufen hoch.

Im Schlafzimmer schnüffelte das Mädchen den letzten Rest ihrer Kokaindosis, als sie erstarrte. Sie stopfte den Plastikumschlag und den gerollten Geldschein in ein schwarzes Ledertäschchen und versteckte es unter der Matratze. Der Schatten tauchte auf dem Treppenabsatz auf. Im Schlafzimmer drehte das Mädchen langsam den Türknauf herum und trat in den Flur. Sie schlich vorsichtig zur Treppe. Plötzlich blieb sie stehen. Ein Mann stand vor ihr. Sie hob einen Finger und zielte in seine Richtung:

»Peng!«, sagte sie und lachte los. »Jetzt habe ich dich aber erwischt.«

Sie ließ den Arm sinken, fasste den Mann bei der Hand und zog ihn ins Schlafzimmer.

Der schwache Schein des Kerzenlichtes warf riesige Schatten an die Wände.

Das Mädchen streckte sich aufs Bett.

»Was ist denn in dich gefahren, einfach unangekündigt hierherzukommen?«

Sie lächelte und zog ihr T-Shirt aus. Sie trug keinen Büstenhalter.

»Schlaf mit mir!«, flüsterte sie.

Er trat zu ihr.

»Mein Gott, hör auf!«

Das Mädchen hatte sich aufs Bett gekniet und rutschte bis zum Rand.

»Du hast schon wieder etwas genommen, stimmt's? Deine Nasenlöcher sind noch ganz voll! Du bist vollkommen übergeschnappt!«, schimpfte er und packte sie bei den Schultern.

Er schaute suchend um sich, dann hob er die Matratze hoch. Er nahm das Täschchen an sich.

»Das ist von ihm, nicht wahr?«, wollte er wissen und schüttelte das Mädchen. »Du bist wieder bei ihm gewesen … Du hast nicht begriffen, dass du ihm lästig wirst und er dich loswerden will!«

Sie riss sich los.

»Du tust mir weh, du Idiot!«, schrie sie.

Er versuchte sie zu beruhigen.

»Sylvie, bitte!«

»Du hast gar nichts verstanden! Schaff dir ein Hörgerät an, du alter Esel, du wirst langsam taub!«

Sie wich bis ans andere Ende des Bettes zurück.

»Er hat sie auf den Müll geschmissen! Etwas Besseres ist ihm nicht eingefallen! Der Dreckskerl!«, schrie sie.

Sie sackte in sich zusammen und schluchzte hemmungslos. Der Mann ging um das Bett herum und setzte sich neben sie. Er legte einen Arm um ihre Schultern.

»Beruhige dich, Baby.«

Das Mädchen schaute auf, beobachtete ihn und brach dann in ein hysterisches Lachen aus. Sie warf sich auf den Rücken.

»Gib mir noch etwas!«, sagte sie.

Angewidert verzerrte sich der Mund des Mannes. Er wirkte erschöpft. Auf der Straße verbreiteten die Laternen ihr gespenstisches Licht.

7

Auf dem Friedhof hoben sich die Gestalten vor einem tiefblauen Himmel ab. Der Sarg war jetzt unter der Erde. Der Kommissar hatte in einem Fernsehinterview mitgeteilt, dass Laura vermutlich nicht vorsätzlich umgebracht worden war. Wohl eher fahrlässige Tötung durch das unglückliche Zusammentreffen eines Herzfehlers und die Einnahme von stark wirksamen halluzinogenen Drogen.

»Was Laura angeht«, räumte Fabienne ein, »glaube ich auch nicht, dass es sich um denselben Typen handelt. Sie hatten recht.«

Sie hatte Hélène begleitet und stand nun mit ihr in einiger Entfernung vom Grab, an dem immer noch viele Leute vorbeidefilierten.

»Das sind keine Vorhersagen, auf die man stolz sein könnte«, erwiderte Hélène.

Am Tag zuvor hatte sie der Beisetzung von Madame Buzinski beigewohnt. Sie hatte ein gewaltiges Schuldgefühl in sich gespürt, da der Mörder immer noch frei herumlief.

»Ich habe vorhin beim Verlassen der Kirche Melik Marmaris gesehen«, fuhr sie fort, »es schien mir …«

»Da sind Langlois und Jérôme Joffré!«, flüsterte Fabienne und senkte den Kopf.

Der Polizist und der Literaturlehrer waren ganz in ihrer Nähe aufgetaucht. Der Lehrer wackelte wieder mit dem Kopf, beinahe wie ein Plastiktier. Er trug einen grauen Anzug, darunter ein weißes Hemd und eine schwarze Krawatte. Seine Haare passten zu einem sorgfältig gepflegten, in Errol-Flynn-Manier zurechtgestutzten Schnurrbart. Langlois war in Zivil. In einem Knopfloch glänzte ein Polizei-Abzeichen.

»Sie war eine meiner besten Schülerinnen! Ich hätte wissen müssen, dass da etwas nicht in Ordnung war«, sagte Jérôme Joffré mit schmerzverzerrtem Gesicht.

»Machen Sie sich nicht zu viele Vorwürfe«, sagte Langlois. »Sie ist nicht die erste Jugendliche, die sich trotz unserer Vorkehrungen hat verführen lassen.«

Joffré zog ein makelloses Taschentuch hervor und wischte sich damit über die Stirn.

»Ich weiß«, sagte er, »aber fünfzehn Jahre ist zu jung, um zu sterben. Wenn man immer nur glaubt, nichts ausrichten zu können, kann man ebenso gut gleich aufgeben und zu Hause bleiben.«

»Fabienne hat mir von Ihnen erzählt«, sagte Langlois zu Hélène und wechselte das Thema. »Ich hätte Ihre Bekanntschaft lieber unter weniger dramatischen Umständen gemacht.«

Hélène bemerkte, dass seine Augen sie eiskalt anblickten.

»Bleibt uns nur die Hoffnung, dass Lauras Tod wenigstens anderen zur Warnung dient«, sagte Joffré.

»Was ist mit ihrem Vater?«, fragte Hélène. »Ich habe ihn weder in der Kirche noch auf dem Friedhof gesehen.«

»Ihre Eltern sind geschieden«, antwortete Fabienne. »Ihr Vater lebt im Ausland. Er kann oder will nicht nach Frankreich zurückkehren. Genaueres weiß ich nicht.«

Joffré wandte sich nach einem kurzen Schweigen an Langlois:

»Sind Sie sicher, dass es sich nicht um einen provozierten Mord handelt?«, fragte er, als habe er eine fixe Idee entwickelt.

Der Polizist machte eine abwehrende Handbewegung, als wollte er ihn davon abhalten, zu weit zu gehen.

»Alles passt zu der Annahme einer fahrlässigen Tötung. Im Augenblick habe ich keine weiteren Erkenntnisse.«

»Wollen Sie etwa sagen, dass das nur eine Annahme ist?«, empörte sich Joffré. »Wenn ihr Tod kein Unfall war … wer könnte dann Gründe gehabt haben, das Mädchen umzubringen?«

»Um offen zu sein, ich habe nicht die geringste Ahnung. Ich zähle auf Ihre Unterstützung, um dies in Erfahrung zu bringen.«

»Auf meine Unterstützung?«

»Ihre und auch die von Fabienne«, sagte Langlois in vertraulichem Ton. »Laura war Ihre Schülerin, und sie war auch eine eifrige Besucherin der Mediathek. Ich muss wissen, mit wem sie sich traf und womit sie sich beschäftigte; alles, was Sie über ihre Verabredungen, ihre Beziehungen herausfinden können, ist für uns wirklich nützlich. Ihnen werden sich die Jugendlichen viel eher anvertrauen. Stellen Sie also die Fragen; selbst das kleinste, unwichtig scheinende Detail kann uns bei der Untersuchung weiterbringen.«

Joffré begann wieder mit dem Kopf zu wackeln. Hélène schien diese nicht enden wollende Bewegung kaum noch ertragen zu können.

Als sie vorhin in das Dämmerlicht der Kirche eingetaucht war, waren die Rituale, die die Ankunft des Sarges begleiteten, bereits abgeschlossen. Die Leute saßen dicht gedrängt auf den Bänken; die Orgel spielte leise. Hélène hatte auf einer Bank nahe beim Ausgang Platz genommen. Der Priester hatte in seiner festlichen Kleidung die Kanzel bestiegen. Stille war eingetreten.

Untermalt von Orgelklängen hatte die Zeremonie ihren Lauf genommen. Lieder und Fürbitten hatten einander abgewechselt.

Yves Grandet, der Direktor des Gymnasiums, hatte eine Rede auf die Tote gehalten. Er sprach von Laura, als handele es sich um seine eigene Tochter, und beschwor die Begeisterung, die sie in ihrem jungen Leben verströmt hatte. Wie alle hier fühlte er sich in gewisser Weise verantwortlich für diesen Tod; verantwortlich dafür, dass er ihn nicht hatte verhindern können. Seine Züge verrieten, wie sehr er dagegen ankämpfte, von seinen Gefühlen übermannt zu werden. Anschließend hatte der Priester Psalmen rezitiert, dann war erneut die Orgel erklungen.

Hélène hatte nicht abgewartet, bis die Prozession auf den Kirchplatz gelangte, sondern war zum Ausgang geeilt.

Draußen fuhren im grellen Julilicht die zu dem Trauerzug gehörenden Fahrzeuge vor. Auf der anderen Seite der Straße warteten ein paar Journalisten und Kameraleute. Ein Polizeifotograf machte, auf ein Autodach gestützt, Aufnahmen von allen, die aus der Kirche herauskamen.

Bevor sie ihre Aufmerksamkeit wieder ganz auf das Geschehen um sie herum richtete, hatte Hélène eine Gestalt wahrgenommen, die ihr irgendwie bekannt vorkam. Sie hatte ein paar Sekunden gebraucht, bis sie den

Ex-Freund von Fabienne, den Türken mit den riesigen Händen, erkannt hatte. Er kam auf sie zu.

Er trug ein dunkles Hemd und eine dunkle Hose, seine Jacke hing zusammengefaltet über seinem Arm.

»Ich dachte, Sie hätten Nantua verlassen«, sagte er, als er sie erreicht hatte. »Es war eine schöne Trauerfeier. Gehen Sie mit auf den Friedhof?«

Die Stimme! Konnte es diese Stimme sein? Der Mörder war ein Meister der Verstellung.

»Ja, ich gehe mit.«

Im Schutz ihrer dunklen Sonnenbrille konnte sie es sich nicht versagen, auf die Hände des Türken zu starren. Sie stellte sich vor, dass sich diese großen, breiten Handflächen um ihren Hals schlossen, wie es in der Nacht geschehen war, als der Mörder in ihr Zimmer im *Brochet bleu* eingedrungen war.

»Kannten Sie Laura gut?«

Trotz des Verdachtes, den sie mit dieser Frage aussprach, blieb der Türke ruhig.

»Nein, aber der Tod eines jungen Menschen aus der Gegend geht uns alle an. Übrigens, ich heiße Melik Marmaris.«

Die Menge ging allmählich auseinander. Die Leute stiegen in ihre Autos. Der Trauerzug hatte sich in Bewegung gesetzt, ein Polizeiwagen fuhr voran.

Marmaris ging so dicht neben Hélène, dass er sie beinahe berührte.

»Wissen Sie, dass ich Sie bewundere? Ich bin in meinem Leben noch nicht vielen Personen begegnet, deren Schreiben mich so berührt hätte.«

Sie hatte sich damit begnügt, mit dem Kopf zu nicken. Er hatte sie mit strahlend weißen Zähnen angelächelt.

»Benutzen Sie ein anderes Parfum?«, hatte er sie gefragt.

Was hatte er im Sinn? Einen zaghaften Annäherungsversuch? Sie hatte die Schultern gezuckt und geantwortet:

»Ich habe mich für eines entschieden, das den Umständen gerecht wird.«

»Es passt gut zu Ihnen. Wie heißt es?«

»Obsession.«

Er hielt nachdenklich inne, bevor er antwortete:

»Auf ein andermal. Wenn Sie in Nantua bleiben, werden wir uns sicher wiedersehen.«

Sie sah ihm nach, wie er auf dem glühend heißen Asphalt davonging und zwischen den sich formierenden Autos verschwand. Erst jetzt wurde ihr klar, dass er eine knisternde Spannung um sich herum verbreitete.

Toussainte Leca war als Letzte herausgekommen. Sie trug einen äußerst schicken schwarzen Zweiteiler und einen Hut. Ihr Gesicht verbarg sie weitgehend hinter einer Christian-Dior-Brille.

»Ganz schön rührselig, diese Rede von Grandet«, hatte ihr Kommentar Hélène gegenüber gelautet. »Es kam mir vor, als spräche er von seiner eigenen Tochter.«

Jeff Morel saß am Steuer seines Wagens. Im Radio verschwammen die Musikklänge zu einer dumpfen Geräuschkulisse, die es ihm erlaubte, sich seinen Gedanken hinzugeben. Er hatte sich wieder auf das Frage-und-Antwort-Spiel eingelassen, das ihn in einen Zustand höchster Erregung versetzte.

›Ich muss die Informationsfetzen, die die anderen für unbedeutend halten, Stück für Stück zusammensetzen‹, sagte er sich.

Er zündete sich eine Zigarette an und nahm einen tiefen Zug. In zwanzig Minuten würde er den Friedhof erreicht haben. Er hoffte, dass er dort einer Menge Leute begegnen würde.

Die beiden letzten Tage waren sehr unruhig gewesen. Er zog ein Blatt Papier aus seiner Tasche, auf dem er das magere Ergebnis seiner Befragungen festgehalten hatte. Er setzte seine Brille auf und warf einen raschen Blick darauf.

»Du musst schnell vorankommen, Jeff«, murmelte er.

Er hatte die vergangene Nacht zum Teil in einer Bar einsamer Mädchen verbracht. In Etablissements wie diesem, wo ein Glas Whisky zwanzig Euro kostet, war Morel normalerweise nicht anzutreffen, aber diesmal hatte er sich selbst eingeladen. In Anbetracht seines schmalen Budgets war er allerdings nicht so weit gegangen, sich eine Liebesnacht zu gönnen.

Wenn er es recht bedachte, würde Jeff Morel ein bisschen Werbung für Jeff Morel nicht schaden. Es war Zeit, an eine große Karriere zu denken: an seine eigene. Die BigMacs und Cola lights setzten seinem Magen langsam zu.

Als er beim Friedhof ankam, stellte er fest, dass die Begräbnisfeierlichkeiten bereits zu Ende waren. Er parkte und schloss sein Auto ab. Auf einem Feld lief ein Pferd um einen Pflock herum.

So dramatisch der Tod von Laura Masson auch war, er nahm keinen vorrangigen Platz in Morels Überlegungen ein. Er war hergekommen, um hinter den üblichen banalen Fragen etwas über die Sache in Erfahrung zu bringen, die ihn interessierte. Er hatte die letzten achtundvierzig Stunden damit verbracht, die Archive im Zentrum für die Geschichte der Résistance und der Deportation zu durchforsten und die zuständigen Leute dort zu befragen. Er hatte den Namen eines damals nach Buchenwald Deportierten in Erfahrung gebracht, der noch am Leben war: ein Priester aus Nantua, der zu alt war, um den regelmäßigen Treffen beizuwohnen.

Auf dem Friedhof entdeckte er Fabienne Thomas-Blanchet und Hélène Wang, die an einer Reihe Grabsteine vorbeischlenderten. Seine Befürchtungen waren also berechtigt gewesen! Die Chinesin war noch hier, und zwar keineswegs als Touristin. Er musste sich von ihr fernhalten, solange er ihre wahren Beweggründe nicht kannte. Noch wusste er nicht genug. Er brauchte einfach mehr Informationen, bevor er die Geschichte seinem Chefredakteur verkaufen konnte; wenn er nicht vorwärtskäme, würde er das Ende der Ferien abwarten müssen. Morel spürte, dass die Fährte, auch wenn sie fünfzehn Jahre zurückführte, noch warm war. Er durfte nicht zulassen, dass sie erkaltete.

Während er sich den beiden heimlich näherte, warnte er sich selbst, auf der Hut zu sein: Hélène Wang verstand es, ihren Charme einzusetzen; und dann war sie zu allem Unglück auch noch Chinesin.

Von seinem Standpunkt aus konnte er sehen, dass die beiden Frauen in ein lebhaftes Gespräch vertieft waren, aber er war zu weit entfernt, um zu verstehen, worum es ging.

»Sind Sie sicher, dass das die richtige Schreibweise ist?«, fragte Hélène.

»Ich habe im Geburtenregister nachgesehen. Sie sind es wirklich«, antwortete Fabienne. »Alles passt zusammen. Schauen Sie sich die Daten an.«

Hélène trat näher an die beiden Grabsteine heran und las laut, was darauf geschrieben stand.

»Ernest Desmeuraux, gestorben 1946; Rose, seine Frau, gestorben 1950.«

»Folgen Sie mir. Ich habe noch eine Überraschung für Sie.«

Sie gingen weiter auf dem Friedhof herum. Morel hatte sich hinter einem Baum versteckt und staunte nicht schlecht über das ganze Unternehmen. Fabienne hielt ein Stück Papier in der Hand und schien eine ganz bestimmte Stelle zu suchen.

Die Blätter zitterten in der Sonne, und die Wipfel der Bäume bewegten sich leicht im sanften Windhauch des Sommers. Am Himmel stieg ein Vogel höher und höher.

»Da ist es!«, ereiferte sich Fabienne.

Hélène schüttelte ungläubig den Kopf. Das Grab vor ihr sah verwahrlost aus. Eine verwitterte Marmorplatte trug die Aufschrift: *Für unseren geliebten Sohn Guillaume Fabrice Desmeuraux, gestorben nach seiner Deportation ins Konzentrationslager Buchenwald. 1929–1947.*

»Mein Gott! Seine eigenen Eltern haben ihn für tot gehalten!«

»Nein, ich glaube, dass sie Bescheid wussten«, erwiderte Fabienne. »Dieser Grabstein wurde 1947 errichtet, also ein Jahr nach dem Tod des Vaters Desmeuraux. Die Familie Desmeuraux hatte eine Grabstätte für zwei Grabsteine gepachtet, nicht für drei. Wenn der Sohn wirklich 1947 gestorben wäre, hätte seine Mutter Rose ihn neben seinem Vater beerdigt.«

Hélène hob die Augen.

»Fabienne, Sie sind einfach genial!«

»Das war nicht sehr schwierig. Ich wusste ja, wonach ich suchte.«

Morel behielt sie weiter im Blick. Was konnten sie im Sinn haben? Warum liefen sie hier auf dem Friedhof hin und her und begutachteten verschiedene Grabsteine?

Er beschloss, sich ihnen nicht zu zeigen. Er würde Hélène zu einem späteren Zeitpunkt treffen. Er merkte sich sorgfältig die Wege, die sie entlanggegangen waren, und wartete nur auf ihr Verschwinden, um selbst nachzusehen, hinter was sie her waren.

In keinem Augenblick ahnte er, dass er selbst beobachtet wurde.

8

Fabienne lächelte verheißungsvoll. Der Wein hatte die Anspannung aus ihrem Gesicht genommen, aber irgendetwas schien sie auch jetzt noch auf dem Herzen zu haben. Hélène und sie hatten übereinstimmend abgemacht, nicht über den Fall Desmeuraux zu sprechen.

Hélène bedeutete dem Kellner, eine weitere Flasche Wein zu bringen.

»Möchten Sie uns betrunken machen?«

»Ehrlich gesagt, etwas Besseres könnten wir gar nicht tun.«

Nach den Begräbnisfeierlichkeiten war Hélène ins Hotel zurückgekehrt und hatte fast den ganzen Nachmittag geschlafen. Nach dem Aufwachen hatte sie eine Nachricht von Morel gefunden, dem Journalisten vom *Progrès,* der sie interviewt hatte. Er hatte eine Nummer hinterlassen, aber sie hatte nicht zurückgerufen.

»Der Vorteil hier in der Provinz ist, dass man die Leute nicht suchen muss, man weiß, wo man sie findet«, flüsterte Fabienne. »Raten Sie mal, wer sich gerade an die Bar gesetzt hat? Drehen Sie sich nicht um, er schaut zu uns herüber. Er scheint nicht sehr erfreut darüber zu sein, uns hier zu sehen.«

»Mir scheint, es handelt sich um Ihren türkischen Freund.«

»Ex-Freund. Er ist nicht allein.«

»Eine Frau?«

»Eher ein Mädchen.«

»Seine Tochter?«

Fabienne prustete in ihr Glas.

»Vom Alter her durchaus möglich! Sie heißt Sylvie Martin und geht in die Abschlussklasse … ein hübsches kleines Luder.«

Der Kellner war zurückgekommen. Fabienne wartete, bis er ihnen nachgeschenkt hatte, dann sagte sie:

»Ich bin vom Friedhof noch einmal ins Rathaus zurückgegangen.«

»Haben Sie etwas entdeckt?«

Melik Marmaris und das Mädchen gingen an ihrem Tisch vorbei und setzten sich in eine Ecke außerhalb ihres Blickfeldes.

»Er hält sich für Modigliani«, sagte Fabienne.

Marmaris trug einen weißen Leinenanzug, dazu Seidenschal und Panamahut. Er besaß die Ausstrahlung jener Personen, die sich zur Aperitifzeit in eleganten Cafés einfinden.

»Sind Sie immer noch in ihn verliebt?«, fragte Hélène.

»Verliebt nicht; aber ich war gern mit ihm zusammen.«

Sie schaute kurz um sich.

»Ich weiß nicht, ob es Ihnen aufgefallen ist, aber wir beide sind beinahe die Einzigen, die nicht zu einem romantischen Abendessen hierhergekommen sind.«

Sie nahm ein Stück Pizza und biss hinein.

»Auf die Kalorien kommt es jetzt auch nicht mehr an«, sagte sie.

»Möchten Sie gerne über ihn sprechen?«

»Ach, so interessant ist er auch wieder nicht. Was hatten Sie mich vorhin gefragt?«

Fabienne wischte sich die Finger an einer Papierserviette ab.

»Ob Sie im Rathaus etwas Neues ausfindig gemacht haben.«

Sie schien zu zögern.

»Es mag Ihnen an den Haaren herbeigezogen vorkommen, aber ich habe noch ein bisschen weiter spekuliert …«

Sie hielt inne.

»Ich habe vergessen, dass wir heute Abend nicht über dieses Thema sprechen wollten.«

Hélène leerte ihr Glas Wein.

»Sie haben damit angefangen. Aber die Abmachung wurde auch von nüchternen Frauen getroffen, und jetzt sind wir betrunken.«

»Also gut … Bei meinen Nachforschungen ließ ich mich von dem leiten, was Sie mir erzählt hatten, und davon, dass Sie einen weiteren Mord für wahrscheinlich hielten … Warum lachen Sie?«

»Es ist nichts, Fabienne. Ich bin nervös. Bitte sprechen Sie weiter.«

»Nehmen wir einmal an, Desmeuraux gab sich selbst als tot aus, um einer Bedrohung zu entgehen. Er hat seinen Namen in Ravenne geändert, was im Englischen ›Rabe‹ bedeutet. Ich glaube, dass er diesen Namen gewählt hat, um einem Abschnitt seiner Jugend, der ihm sehr wichtig war, die Treue zu halten. Dieser Beiname bedeutete ihm sehr viel. Kann das sein?«

»Allerdings.«

Der Lärm der übrigen Unterhaltungen war für sie zu einem fernen Rauschen geworden. Ein Duft von Gewürzen und Holzkohle erfüllte das Restaurant. Wie jeden

Freitagabend herrschte in der überfüllten *Ranch* ein lebhaftes Treiben.

Fabienne lehnte sich auf ihrem Stuhl zurück.

»Und wenn er nicht der Einzige gewesen wäre, der seinen Namen geändert hat?«

Hélène beugte sich vor.

»Gibt es noch andere?«, fragte sie leise.

Fabienne nickte.

»Ich habe noch einen gefunden. Er heißt Claude Mayeux und wurde beinahe zur gleichen Zeit ›beerdigt‹ wie Guillaume Desmeuraux. Auch er ist angeblich nach seiner Rückkehr aus Buchenwald gestorben. Ich habe einen Freund in der Nationalbibliothek angerufen und ihn gebeten, die amtlichen Bekanntmachungen des Jahres 1945 einzusehen, also dem Jahr, in dem Desmeuraux seine Namensänderung vorgenommen hat.«

Sie beobachtete Hélène, die sich nicht wohl zu fühlen schien.

»Sehen Sie nicht, worauf ich hinauswill?«

»Ehrlich gesagt, nein. Dieser Wein … mir schwirrt der Kopf.«

»Im Jahre 1945 hat auch Mayeux seinen Namen geändert. Finden Sie das nicht seltsam?«

Hélène zuckte die Schultern.

»Doch. Aber wo ist der Bezug zu Desmeuraux?«

»Mayeux hat den Namen Luc Volppes angenommen. Und wie lautete der Familienname von Laura?«

»Masson, glaube ich.«

»Masson ist der Mädchenname ihrer Mutter. Verstehen Sie immer noch nicht?«

Fabienne zündete sich eine Zigarette an, nahm einen Zug und stieß langsam den Rauch aus.

»Heißt Lauras Vater etwa Luc Volppes?«, flüsterte Hélène.

»Genau! Und fällt Ihnen etwas dazu ein?«

Wie eine Litanei murmelte Hélène mehrmals den Namen Volppes vor sich hin. Der Name sagte ihr etwas, sie kam jedoch nicht darauf, was es war. Plötzlich erstarrte sie, Verblüffung spiegelte sich in ihren Zügen:

»Volpe, das bedeutet im Italienischen Fuchs!«

»Mayeux hat die Schreibweise geändert, als er sich für diesen Namen entschied, Volpe wurde zu Volppes. Desmeuraux ist genauso vorgegangen: Das englische Raven wurde zu Ravenne. ›Der Fuchs und der Rabe‹; die beiden Burschen haben ihre Spitznamen behalten. Dahinter muss sich etwas Besonderes aus ihrer Jugendzeit verbergen ... etwas, das sie miteinander verbindet und auf das sie heute noch stolz sind.«

Fabienne legte ihre Zigarette ab, warf einen Blick um sich und beugte sich vor:

»Was Laura angeht, so ändert das nichts. Es war tatsächlich ein Unfall.«

Hélène versuchte sich im Dickicht ihrer Erinnerungen zurechtzufinden.

»Lénore wurde in dem Jahr umgebracht, in dem sie fünfzehn geworden wäre. Laura war gerade fünfzehn geworden ... Er hat von ihr gesprochen, Fabienne! Jemand hat sie ihm vor der Nase weggeschnappt!«

Hélène hatte eine trockene Kehle. Ihr war schwindlig. In einem Zug leerte sie ein Glas Mineralwasser. Fabienne hatte ihre Zigarette im Aschenbecher verglühen lassen.

»Dann war er auch bei der Beerdigung. Das konnte er sich nicht entgehen lassen«, sagte sie. »Sie müssen ihn doch gesehen haben, oder etwa nicht?«

Hélène zuckte die Schultern.

»Ich weiß nicht, wie er aussieht. Er verkleidet sich.«

Sie wühlte in ihrer Tasche und zog die Akte hervor, die Madame Buzinski ihr überlassen hatte.

»Erinnern Sie sich an jene Frau, deren Leiche man in den *Eiskellern des Königs* gefunden hat? Ich habe Ihnen schon von ihr erzählt«, sagte Hélène und zeigte ihr ein einzelnes Blatt aus der Akte.

»Die, die in einer psychiatrischen Anstalt untergebracht war? Flora … den Nachnamen weiß ich nicht mehr.«

»Flora Marchand. Sie sagte über den Mörder: *Heute ist er gekommen. Ich habe immer Angst, wenn er da ist. Er trägt seine Verkleidung; er will nicht, dass man erkennt, wer er ist.*«

»Das bringt uns auch nicht sonderlich weiter. Wenn er vorhatte, Laura umzubringen, und wenn ihm dabei jemand zuvorgekommen ist …«

»Nicht zuvorgekommen – jemand hat sie ihm gestohlen! Er hat weiß Gott wie viele Jahre auf sie gewartet und sich wahnwitzige Vorstellungen gemacht. Er muss außer sich sein.«

»Das kann ja heiter werden!«, seufzte Fabienne. »Wenn wir weiter so herumschnüffeln, kommt er uns noch auf die Schliche. Vielleicht ist es doch an der Zeit, die Polizei zu informieren.«

Über Hélènes Gesicht huschte ein Lächeln.

»Sie haben Angst?«

»Ein bisschen schon. Die Sache wird allmählich ganz schön konkret. Haben Sie denn keine Angst?«

»Doch, aber die Polizei wird ihn nicht erwischen, genauso wenig, wie sie mich schützen wird, wenn er beschließt, mich umzubringen.«

»Der Polizist Langlois ist ein Freund von mir. Ich kann mit ihm sprechen.«

»Wie alt ist er?«

»Um die vierzig. Verheiratet ist er außerdem.«

»Das tut nichts zur Sache. Vom Alter her muss man ihn zu den Verdächtigen rechnen. Es gab keine Spuren eines gewaltsamen Eindringens in meinem Zimmer im *Brochet bleu*. Und alle Bullen haben doch einen Dietrich!«

Trotz der finsteren Umstände brach Fabienne in Lachen aus.

»Sind Sie jetzt nicht ein wenig paranoid? Das hätte ich mir nicht einmal im Traum vorstellen können.«

»Dann stellen Sie es sich eben jetzt vor. Das ist schließlich kein Spiel«, sagte Hélène.

Fabienne dachte an Lénore und die Frau von Inspektor Buzinski, und ihr verging das Lachen.

»Er muss darauf brennen, Rache zu nehmen«, fuhr Hélène nach einer Weile fort. »Er wird alles daransetzen, herauszufinden, wer ihm Laura ›genommen‹ hat, und er wird die erstbeste Gelegenheit nutzen, um sie zu ersetzen … Er hat Nachholbedarf, wenn ich mich so ausdrücken darf.«

»Sie sind also wild entschlossen, den Kampf mit ihm aufzunehmen.«

Hélène nickte.

»Er hat Mühe, sich zurückzuhalten, deshalb wird er größere Risiken eingehen, ohne sich um uns zu kümmern … und so steigen unsere Chancen, ihn zu …«

Hélènes Züge waren hart geworden. Sie war vielleicht gar nicht so harmlos, wie sie bei der ersten Begegnung gewirkt hatte.

Fabienne fragte sich, ob Hélène ihr die ganze Wahrheit gesagt hatte und ob es tatsächlich die chinesischen Polizisten gewesen waren, die damals abgedrückt hatten.

»Da wir nun am Zug sind, was sollen wir tun?«, fragte sie.

»Wir müssen Kontakt mit Lauras Vater aufnehmen. Er muss wissen, wer ihm auf den Fersen ist, oder besser gesagt, wer dem Raben und dem Fuchs auf den Fersen ist.«

»Vergessen Sie Lauras Vater. Niemand hat seine Adresse auf Madagaskar.«

»Er kommt um vor Angst. Deshalb ist er auch nicht zur Beerdigung seiner Tochter gekommen. Wie lange ist er geschieden?«

»Mit Sicherheit schon ziemlich lange. Laura erinnerte sich schon nicht mehr an ihn.«

Sie bestellten Kaffee.

»Mich verwirrt, wie versessen er hinter den beiden Mädchen her war«, sagte Hélène nach einem kurzen Schweigen. »Ich kann mir nicht vorstellen, welches Vergnügen er dabei empfindet, sie zu vergewaltigen und zu quälen, aber diese beiden Mädchen waren ein Teil seines Rachefeldzuges. Seine Wahl ist nicht zufällig auf sie gefallen.«

Sie schien von einem unsichtbaren Gedankengang gefangen genommen zu sein, den sie nun Schritt für Schritt in Worte fasste; trotz der Anstrengungen gelang es ihr nicht, dem Mörder seine Maske herunterzureißen und ihm klare Konturen zu verleihen.

»Er gehört nicht zur Generation von Ravenne und Volppes. Er ist viel jünger als sie.«

»Wie viel jünger?«

»Ich denke, er ist zwischen fünfunddreißig und fünfzig. Der Fuchs und der Rabe! Was haben sie getan, dass sie die Rache eines Typen auf sich ziehen, der zu ihrer Zeit noch nicht einmal geboren war?«

Hélène nahm den letzten Schluck Kaffee.

»Ich nehme an«, grübelte sie weiter, »es gibt hier in der Gegend eine Vereinigung von Widerstandskämpfern. Im Allgemeinen haben diese Leute ein sehr gutes Gedächtnis.«

9

Jeff Morel saß vor seinem Computer und machte sich daran, seinen Tagesbericht hineinzutippen. Er nahm die Brille ab und putzte sorgfältig die Gläser. Der Rauch seiner Zigarette kräuselte sich im Licht, und die Krümel eines Schinkenbrötchens waren über seinen Schreibtisch verstreut. Auf dem Bildschirm verschwammen die Linien vor seinen Augen.

Sein Tag hatte schlecht begonnen. Was hatten Hélène Wang und Fabienne Thomas-Blanchet am Grab von Guillaume Desmeuraux zu suchen? Die Chinesin war also noch ›im Geschäft‹! Daran bestand kein Zweifel mehr; und sie wusste mehr als er.

Er hatte sich von der Geschichte mitreißen lassen. So schnell er konnte, hatte er die Fährte aufgenommen, um jetzt zu entdecken, dass man ihm zuvorgekommen war. Aus der Traum von einer glanzvollen Karriere, die ihm bereits greifbar vor Augen gestanden hatte, vielleicht war er einfach nicht für diese Art Journalismus gemacht. Er stellte normalerweise keine Nachforschungen an und war niemals etwas anderes gewesen als ein kleiner Reporter, zuständig für die Rubrik *Neues aus der Kultur*.

Das schmerzerfüllte Schweigen auf dem Friedhof hatte Morels depressive Stimmung weiter verstärkt. Alles kam ihm absurd vor, absurd, aber auch merkwürdig, seltsam, beunruhigend; genau die Art Geschichte, die die Leserschaft in ihren Bann zieht.

Je länger er darüber nachdachte, desto fester wurde seine Überzeugung, dass er nach dem Sommerloch mit dieser Geschichte eine Sensation landen könnte.

Ein aus dem Département Ain stammender Mann, Guillaume Desmeuraux, den man für tot hält, taucht inkognito in Marseille auf. Er macht sich das Chaos nach dem Zweiten Weltkrieg zu Nutze, ändert seinen Namen und kehrt in die Gegend zurück, aus der er stammt. Dort führt Ravenne – so lautet sein neuer Name – vierzig Jahre lang ein ruhiges Leben, bis ein Mörder, der aus der Vergangenheit aufgetaucht ist, Jagd auf ihn macht. Um seine Spur zu verwischen, wechselt Desmeuraux so häufig den Wohnsitz, dass seine Tochter keine Zeit hat, Freundinnen zu finden. Der Mann ist so verängstigt, dass er in seinem Schlafzimmer stets ein geladenes Gewehr in Reichweite hat. Zu keinem Zeitpunkt jedoch unterrichtet er die Polizei von der Gefahr, der er sich ausgesetzt sieht. Der Mörder ist ihm auf den Fersen. Eines Abends dringt er in das Haus von Desmeuraux ein, tötet die Frau und wartet, bis ihr Ehemann nach Hause kommt. Die Polizisten finden das Paar blutüberströmt, und alles sieht nach der Tat eines Verrückten aus. Desmeuraux hat in einem Anfall von Wahnsinn zuerst seine Frau erdolcht und dann sich selbst das Leben genommen. Ihre fünfzehnjährige Tochter Lénore wird niemals gefunden.

Der Journalist sah den fett gedruckten Titel vor sich: ›Der Fall Desmeuraux oder der Dreifachmord von Villars-les-Dombes; ein Exklusivbericht von Jean-François Morel.‹

Solche Bilder spukten ihm im Kopf herum. Aber die Geschichte war unvollständig; die Auflösung fehlte. Und zwar in dreierlei Hinsicht: Wer war Guillaume Desmeuraux? Warum hatte man Jagd auf ihn und seine Familie gemacht? Wer war der oder wer waren die Mörder?

Morel sah die Aussicht auf eine Wendung in seinem Leben, die er bereits ganz nah gespürt hatte, mit großen Flügelschlägen davonziehen; jetzt glaubte er an nichts mehr, und am wenigsten an sich selbst.

Am Tag zuvor war ihm eine Idee für sein Buch gekommen. Er würde die Geschichte in Form eines von den Protagonisten geführten Tagebuchs erzählen. So würde er, Jeff Morel, der Familie Desmeuraux wieder zu ihrer Würde verhelfen und ihr Gerechtigkeit widerfahren lassen.

Plötzlich bemerkte der Journalist, dass er nicht allein auf dem Friedhof war. Er hob die Augen. Auf dem Hauptgang kam ihm ein alter Mann entgegen. Sein schwarzes Hemd schlotterte an seinem Körper, er ging gebeugt, als trüge er die Last eines langen Lebens voller Arbeit und Entbehrungen auf seinen Schultern. Er stützte sich auf einen Stock, da er hinkte. In der Hand hielt er einen Strauß Wiesenblumen.

Als er näher kam, sah der Journalist seine Gesichtszüge – eine ausgeprägte Nase, fahle, mausgraue Augen; eng anliegende Ohren, die Haut übersät mit braunen Flecken. Die Haare waren unter einer Baskenmütze verborgen. Die Hand mit dem Blumenstrauß zitterte unablässig, und die Finger waren vom Nikotin gelb verfärbt.

Der Alte setzte seinen Weg fort und nahm ihn nicht wahr. Einer Eingebung folgend stand Morel auf.

»Entschuldigen Sie bitte!«, sagte der Journalist.

Der Alte ging unbeirrt weiter. ›Bei seinem Alter ist er möglicherweise taub‹, sagte sich Morel.

»Entschuldigen Sie bitte!«, schrie er.

Der Mann blieb stehen. Morel trat auf ihn zu.

»Guten Tag, ich heiße Jean-François Morel.«

Der Alte wurde von einem Hustenanfall geschüttelt.

»Sie brauchen nicht so zu schreien, ich bin schließlich nicht taub. Haben Sie zufällig eine Zigarette für mich?«

Wieder zu Atem gekommen, nahm er die zerknitterte Zigarette, die Morel ihm reichte, und kramte aus seinem Hemd ein Feuerzeug hervor. Er sog den Rauch ein und hustete gleichgültig.

»Jetzt lohnt es sich auch nicht mehr aufzuhören«, brummte er.

Morel pflichtete ihm bei und zündete sich selbst auch eine Zigarette an.

»Meine Frau ... es ist jetzt acht Jahre her ... heute oder morgen ... ich weiß es nicht mehr ganz genau.«

Er deutete auf den Blumenstrauß in seiner Hand.

»Ich habe sie erst heute Morgen gepflückt, aber sie sind schon ein bisschen verwelkt. Ich habe vergessen, sie ins Wasser zu stellen.«

Er sah Morel an.

»Haben Sie einen Verwandten hier?«

Morel schüttelte den Kopf.

»Nein, niemanden.«

Der Alte war weitergegangen.

»Ein so junger Mensch hat an einem solchen Platz doch nichts verloren«, murmelte er.

»Ich heiße Morel und komme aus Lyon.«

»Ich bin Henri Gorju«, sagte der Alte und wandte sich wieder zu ihm um.

»Sind Sie von hier?«, fragte Jeff.

»Ich bin hier geboren so wie mein Vater und der Vater meines Vaters auch. Und nicht erst gestern, wie man sieht …«

Er schüttelte den Kopf und schaute griesgrämig drein.

»Sie müssen jeden hier kennen«, bemerkte Jeff.

Er ließ die Worte im Raum stehen und gab ihnen Zeit, ihre Wirkung zu entfalten.

›Der Typ ist mindestens achtzig Jahre alt und macht nicht den Eindruck, verkalkt zu sein‹, sagte sich Morel. ›Vielleicht kann ich etwas in Erfahrung bringen.‹

Der Alte bog nun in einen Nebenweg ein. Morel blieb etwas zurück. Er sah, wie die schwarze Gestalt vor einem Grab stehen blieb und den Blumenstrauß vor dem Stein niederlegte. Er hatte seine Baskenmütze abgenommen und schien andächtig seiner Frau zu gedenken. Als er wieder zurückkam, fragte Morel:

»Sagt Ihnen der Name Guillaume Desmeuraux etwas?«

Gorju schien nachzudenken. Er kramte offenbar in seinem reichen, aber ungeordneten Fundus an Erinnerungen, die er nun, Jahr für Jahr, unter ihrem Staub hervorholte.

»Mag sein«, sagte er nach einer Weile. »Desmeuraux … ja, ja, das sagt mir etwas.«

Er bedachte Morel mit einem misstrauischen Blick. Der Journalist zog seine Zigaretten wieder hervor. Eine einzige steckte noch in der Schachtel. Er bot sie dem Alten an.

»Eigentlich dürfte ich keine mehr rauchen. Der Arzt hat mir nur eine einzige nach meinem Milchkaffee erlaubt.«

Gorju hatte begonnen, mit seiner Stockspitze ein Muster auf den staubigen Weg zu malen.

»Warum interessieren Sie sich dafür?«

»Ich schreibe ein Buch über Maquisarden, also junge Widerstandskämpfer hier aus der Gegend, die bei der Deportation gestorben sind. Ich will unter anderem zeigen, welches Glück wir heute haben, die wir nicht in Kriegszeiten leben.«

Der Alte zuckte die Schultern. Der Anflug eines Lächelns huschte über seine spröden Lippen.

»Die Desmeuraux hatten einen Sohn, Guillaume. Er war der Sohn von Rose, die allen Männern den Kopf verdreht hat. Ja, so war sie ...«

Er schloss die Augen, als wolle er sich ihre Gesichter noch einmal vergegenwärtigen.

»Ein großer Rothaariger ... in der Messe war er nie zu sehen. Es hieß, er sei Kommunist.«

»Ich nehme an, er war wie Sie in der Résistance«, sagte Morel und legte die ihm angebracht scheinende Bewunderung in seine Stimme.

Der Alte winkte ab, als wolle er zu verstehen geben, dass ihm das alles nichts bedeutete.

»Erinnern Sie sich an ihn?«

Mit der Spitze seines Stocks begann der Alte auf den Boden zu schreiben: BUCH.

»Buchenwald!«, ereiferte sich der Journalist. »Waren Sie in Buchenwald?«

Der Alte schwieg und schaute auf das, was er geschrieben hatte, als hätte er Morels Frage gar nicht gehört. Dieser wühlte in seiner Tasche und zog ein Blatt Papier hervor.

»In Lyon sagte man mir, dass nur noch ein einziger der damals nach Buchenwald Deportierten am Leben ist.«

»Vater Constancieux«, murmelte der Alte. »Der Schulpfarrer.«

»Genau! Vater Constancieux. Wie kommt es, dass ich Ihren Namen nicht bekommen habe?«

Der Alte zog ein letztes Mal an seiner Zigarette und drückte sie dann mit dem Stockende aus.

»Meine Frau war in Buchenwald, Monsieur«, murmelte er. »Mariette Vidal. Sie wurde damals nur Lolo gerufen.«

Der Journalist sah sich verpflichtet, seiner Betroffenheit Ausdruck zu verleihen.

»Das ist ja schrecklich!«

»Ja, ja, meine Mariette, das war schon eine! Sie ist sogar später noch einmal in das Konzentrationslager gefahren, mit einer Reisegruppe. Ich war nicht einverstanden, aber sie sagte: ›Ich muss noch einmal dorthin zurück, um die bösen Träume zu vertreiben, Henri.‹ Ach, das ist alles schon so lange her …«

»Und Desmeuraux war auch dort?«

Der Alte hob den Kopf und schaute zum Himmel. Er schien nach geheimnisvollen Zeichen zu suchen, die nur er allein mit seinen müden Augen sehen konnte.

»Ich weiß gar nichts darüber. Das waren Mariettes Geschichten; sie führte sogar eine Art Tagebuch über alles, was hier in der Gegend geschah. Eines Tages ist es zu etwas nütze«, sagte sie immer.

Morel stockte für ein paar Sekunden der Atem. Er sah wieder einen Silberstreif am Horizont. Möglicherweise lag hier die Chance, zum Kern der Sache vorzudringen.

»Nun gut, ich muss jetzt wirklich gehen«, sagte der Alte.

Morel konnte ihn auf keinen Fall einfach so gehen lassen.

»Trinken wir noch ein Glas«, sagte er und räusperte sich. »Ich werde Sie anschließend begleiten.«

Der Alte schüttelte den Kopf.

»Heute nicht. Nach dem Friedhof gehe ich immer zu unserem Platz. Dorthin, wo Mariette und ich uns zum ersten Mal begegnet sind.«

»Ich verstehe ... Aber ich würde Sie gern wiedersehen, Monsieur Gorju, wenn es Ihnen nicht unangenehm ist.«

»Wie Sie wollen.«

»Haben Sie das Tagebuch Ihrer Frau noch?«

»Ja, ich habe es noch. Warum?«

»Fänden Sie es sehr unpassend, mich einen Blick hineinwerfen zu lassen?«

Gorju zuckte die Schultern.

»Warum sollte ich das unpassend finden?«

»Gut. Wann können wir uns also treffen?«

»Ich werde Sie anrufen.«

Ich darf ihn nicht vor den Kopf stoßen, sagte sich Morel; alte Leute mögen es nicht, wenn man sie bedrängt.

»In Ordnung«, nickte Jeff.

Er zog seinen Block hervor und kritzelte rasch die Nummer seines Handys darauf, riss die Seite ab und reichte sie Gorju.

Der Alte nahm das Blatt und schob es in seine Hemdtasche, ohne es anzuschauen.

»Wann ungefähr werden Sie mich denn anrufen?«

»Ich weiß nicht, vielleicht in zwei, drei Tagen, Monsieur ...«

»Morel. Jean-François Morel.«

Gorju ging zwei Schritte, dann blieb er noch einmal stehen.

»Werden Sie meine Frau in Ihrem Buch erwähnen?«, fragte er, ohne sich umzuwenden.

»Selbstverständlich«, antwortete Morel. »Sie gehört ja dazu … wie die anderen auch.«

»Nun gut, vielleicht rufe ich Sie schon früher an.«

Als der Alte fort war, bemerkte Jeff, dass er keine einzige Zigarette mehr hatte. Dabei hätte er jetzt so dringend eine nötig, um sich zu beruhigen. Wenn die Wurzeln des Falls Desmeuraux bis in das gewaltige Durcheinander von Résistance, Kollaborateuren und Nazis zurückreichten, dann war das für ihn ein wahrer Jackpot!

Das besagte Tagebuch, ›Mariettes Tagebuch‹, wie Morel es bereits nannte, konnte zum Wendepunkt seines Lebens werden.

Wenn er erst die Rechte daran besaß, könnte er Auszüge in seinen Aufzeichnungen verwenden. Eine Maquisardin, die von ihrem Grab aus die Wahrheit enthüllt; das klang verheißungsvoll, sehr verheißungsvoll.

Den Buchumschlag hatte er auch schon im Kopf: Berge sollten ihn zieren, und im Vordergrund sollte ein Foto von Lénore Ravenne neben einem von Mariette platziert sein.

›Mariettes Tagebuch‹ – das war Jeffs Chance, Hélène Wang, die Chinesin, hinter sich zu lassen.

Bluttheater

1

Es war tief in der Nacht, aber seine Augen hatten sich an die Dunkelheit gewöhnt. Nach Mitternacht war das Dorf wie ausgestorben. Er hatte sich am Ende der kleinen Straße postiert und wartete.

Er atmete tief ein und ließ die Luft durch seine leicht geöffneten Lippen entweichen. Er liebte es, im Finstern auf der Lauer zu liegen; sein Gehirn arbeitete dann auf Hochtouren. Er wurde zu einem Schatten mit beinahe übernatürlichen Kräften. In solchen Augenblicken kam er sich anders vor als alle anderen, fühlte er sich kaum wie ein irdisches Wesen.

Seine früheste Kindheitserinnerung war ein Sommernachmittag. Er war fünf Jahre alt. Er spielte mit seiner Schwester, und derjenige, der ihm seinen schicksalhaften Weg vorgeben sollte, schnitt die Hecke mit einer Schere, einer großen Schere mit Holzgriffen. Die Frau aber saß im Schatten der Blätter. Er hatte Angst, sie anzuschauen. Ihre Augen glichen denen eines toten Tieres; und von diesen Augen konnte er sich, wenn er einmal in sie hineingeblickt hatte, nicht mehr losreißen.

Der Mann hatte ihn gerufen und ihm die Schere gegeben. Die Griffe waren feucht und warm, und er war gebannt von den tanzenden, funkelnden Flecken auf den Klingen. Sie öffneten sich, schlossen sich, öffneten sich wieder und klackten dabei.

In abgehackten Worten erklärte ihm der Mann, warum Gott ihn auf die Welt hatte kommen lassen, was er dafür von ihm erwartete und warum er ihn nicht mit den anderen Kindern spielen ließ.

»Eines Tages wirst du Macht besitzen, aber zuerst muss ich das Unkraut ausrotten, das in dir steckt«, sagte er. »Ich muss es im Keim ersticken; ich muss es jeden Tag zurückschneiden, wie du jetzt diese Zweige hier mit der Schere zurückschneidest. Niemals darfst du dein Geheimnis verraten. Verstehst du? Niemals! Wenn die anderen es erfahren, werden sie dich töten.«

Jahr für Jahr hatte der Mann ihn auf seine Auserwähltheit eingeschworen. Er musste zerstören, um nicht selbst von der Zerstörung bedroht zu werden.

Er war herangewachsen mit dem Drang, die Rechtmäßigkeit der Voraussagen zu bestätigen. Und nachdem er Lénore getötet hatte, war ihm klar geworden, dass der Mann die Wahrheit gesagt hatte.

An jenem Abend war der Himmel kohlrabenschwarz gewesen, und als Lénore geschrien hatte, hatte er eine Sternschnuppe gesehen. Ein für ihn bestimmtes Zeichen.

Er bedauerte, dass er das Messer im Bauch des Raben zurückgelassen hatte. Er hätte es gerne aufbewahrt, getränkt mit dem Blut der drei Ravennes. Aber er musste jetzt kühl und sachlich bleiben und durfte sich nicht von seinen Gefühlen hinreißen lassen.

Er hatte so viel Vergnügen mit Lénore gehabt, dass die Erinnerung daran zur Obsession geworden war; damals war er noch nicht darauf gekommen, dieses Vergnügen mit Hilfe einer Kamera zu verlängern.

Im Schlafzimmer war das Licht ausgegangen. Das dunkle Rechteck des Fensters fügte sich nun nahtlos in die Fassade des Hauses ein. Die Frau würde bald in einen künstlichen Schlaf sinken. Das wusste er, weil er ihr gefolgt war. Er hatte gesehen und gehört, wie die Apothekerin das Rezept zusammengestellt hatte:

»Eine halbe Tablette Deroxat und zwei Tabletten Mepronizin, bevor Sie abends zu Bett gehen ...«

Jetzt hatte er Zeit, er war nicht auf der Jagd. Ganz plötzlich war ihm die Idee gekommen, und er war von sich selbst überrascht gewesen. Er hätte nicht geglaubt, dass er sich an ein solches Detail erinnern könnte. Genau das aber unterschied ihn von den anderen: seine Fähigkeit, alles aufzunehmen und im richtigen Moment die entscheidende Information abzurufen.

Er strich sanft über die lauwarmen Steine der Mauer, an die er sich lehnte. Der betörende Duft der Nacht versüßte ihm diesen Augenblick.

Als er glaubte, lange genug gewartet zu haben, schaute er zweimal nach rechts und nach links: nirgends ein verspäteter Passant, nirgends ein schlafloser Hundebesitzer, der seinen kleinen Liebling spazieren führte.

Er sprang hervor und rannte bis zu der Nische, die er auf der anderen Straßenseite ausgemacht hatte. Er trug einen schwarzen Trainingsanzug, seine Sneakers machten keinerlei Geräusch auf den Pflastersteinen. Er schlich die Mauer entlang und übersprang sie an der richtigen Stelle, ohne zu zögern.

Er war im Hof. Er duckte sich und lauschte. In der Ferne schlug ein Hund an, und von der Hauptstraße klang der Lärm eines vorbeifahrenden Autos herüber. Ohne um sich zu schauen, richtete er sich auf und rannte mit eingezogenem Kopf die wenigen Meter bis zur Dienstbotentür. Er legte die Hand auf die Klinke und betätigte sie, ohne zu zaudern. Quietschend ging die Tür auf.

Im Haus war es dunkel und still, aber er entdeckte sogleich das an der Wand lehnende Fahrrad. Er strauchelte, als er darauf zuging, und verlor beinahe das Gleichgewicht. Er bückte sich, um den Boden abzutasten. Er war über ein Paar Sandalen gestolpert. Zunächst glaubte er an eine Einbildung, aber es waren tatsächlich Lauras Sandalen, die er in der Hand hielt. Zärtlich liebkoste er sie, aber dieser intime Gegenstand, der ihn noch immer mit ihr verband, verwirrte ihn zugleich. Hitzewallungen stiegen in ihm auf, und sein Herz begann so sehr zu rasen, dass ihm der Atem wegblieb. All die traumhaften Fantasien, die er sich in seiner Landschaft, jenem so paradiesischen Ort, vorgestellt hatte, stiegen noch einmal vor ihm auf. Seine Brust zog sich schmerzhaft zusammen, und seine Kehle war wie zugeschnürt, als er sich eingestehen musste, dass Laura ihm niemals würde gehören können.

Der Verlust von Laura hatte ihn in einem auch für ihn unvorhersehbaren Ausmaß verstört; das wurde ihm jetzt zunehmend klar und steigerte seine Wut ins Unermessliche. Widerstrebend stellte er die Sandalen zurück auf den Boden, beugte sich über das Fahrrad und öffnete die Satteltasche. Er durchsuchte den Inhalt. Die Kameraaufnahmen hatten ihn nicht getrogen! Das kleine Büchlein steckte immer noch darin!

Die Polizei hatte Lauras Haus durchsucht, ihr Zimmer, ihre Garderobe, ihren Schreibtisch und die Schubladen; an ihr Fahrrad jedoch hatte niemand gedacht.

Er aber hatte sie so oft belauert, so oft gefilmt, dass er Bescheid wusste. Er schloss die Satteltasche wieder und ging ebenso lautlos, wie er gekommen war. Seine Finger krallten sich um Lauras Büchlein, das ihm, wie er hoffte, den Namen ihres Verführers verraten würde. Von ihrer eigenen Hand geschrieben.

2

Als Hélène aufwachte, fühlte sie sich noch zerschlagener als zuvor. Es war acht Uhr morgens. Die Sonnenstrahlen zeichneten ein streifiges Muster auf die Fensterscheiben und marmorierten die Oberfläche des Sees. Sie war zu spät nach Hause zurückgekommen und hatte zu viel getrunken; das war nicht ihre Art, aber es war auch ein außergewöhnlicher Abend gewesen.

Sie schlug die Augen auf und sah zur Decke. Sie schob den Kissenberg zurück, in dem sie sich vergraben hatte, und ging ins Badezimmer, um sich das Gesicht zu waschen und die Zähne zu putzen. Der schlechte Schlaf hatte auf ihrem Gesicht nicht allzu viele Falten hinterlassen, wie ihr ein Blick in den Spiegel verriet.

Sie rief den Zimmerservice und bat um Eiswürfel. Diese schüttete sie in das mit Wasser gefüllte Waschbecken. Mit angehaltenem Atem tauchte sie dann ihren Kopf in das eiskalte Nass. Sie wiederholte die Aktion so lange, bis das Eis nur noch aus zahllosen weißlichen Flusen bestand, die keine Kühlung mehr verschafften.

Sie fühlte sich besser. Der dumpfe Kopfschmerz war verschwunden. Sie nahm eine Dusche, trocknete sich ab und streifte T-Shirt und Hose über. Dann kämmte sie sich und zuckte die Schultern:

»Die Neugierde wird der Katze am Ende noch zum Verhängnis, meine Liebe.«

Sie verließ das Hotel und ging am Ufer des Sees entlang. Die Bäume schützten sie vor fremden Blicken. Es war heiß. Plötzlich verspürte sie Lust, baden zu gehen. Sie zog sich aus, legte die Kleider auf einen Stein und ließ sich ins Wasser gleiten.

Sie schnappte nach Luft, schwamm ein paar Züge und legte sich auf den Rücken. Ihre Anspannung verflog. Am Himmel zogen kleine, von goldenen Fransen gesäumte Wolken vorüber.

Dank Fabienne war sie ein gutes Stück vorangekommen, aber ihr fehlte noch immer der Schlüssel zu der entscheidenden Tür am Ende des Ganges, die zum Schlupfwinkel des Mörders führte. Sie spürte seine Gegenwart, spürte, dass er irgendwo hier in ihrer Nähe war.

Vor fünfzehn Jahren hatte er die Familie Ravenne ausgelöscht. Für einen so hartnäckigen Mann wie ihn sollte es keine größere Schwierigkeit darstellen, der Spur von Luc Volppes bis nach Madagaskar zu folgen. Die Rache am ›Fuchs‹ war nicht mehr wichtig; ihn interessierte allein die Befriedigung seiner eigenen Wünsche. Er musste erneut zum Jäger werden, um den Verlust von Laura wettzumachen.

Auf welches junge Mädchen war seine Wahl gefallen? Er würde es entführen, und dann würde er Hélène erpressen. Er würde das Mädchen am Leben lassen oder wenigstens so tun, als ob es noch lebte. Er würde Hélène zur Zusammenarbeit zwingen, um ›ihren‹ gemeinsamen Bestseller zu schreiben.

Sie konnte es nicht verhindern, es sei denn, er machte einen Fehler. Aber dafür war alles zu gut durchdacht.

Sie schwamm weiter, und bald hatte die Strömung des kühlen, glitzernden Wassers ihre Gedanken davongetragen.

Wieder am Ufer, ließ sie sich in der Sonne trocknen, zog sich an und ging zum Hotel zurück. In dem klaren Licht gewannen die Konturen an Schärfe. An den Berghängen leuchteten die Tannen in einem dichten, dunklen Grün. Auf einer Bank am Ufer des Flusses saß ein junges Mädchen und las. Hélène kam näher. Das Mädchen hob den Kopf und lächelte.

»Was lesen Sie?«, fragte Hélène.

»Edgar Allan Poe.«

Sie ging weiter, blieb stehen und kehrte noch einmal zu der Bank zurück. Das junge Mädchen schloss das Buch.

»Darf ich es mir kurz ausleihen?«, fragte Hélène.

»Ja, natürlich.«

Das Buch stammte aus der Mediathek von Nantua; es war eine Novellensammlung von Edgar Allan Poe in der Übersetzung von Charles Baudelaire.

Die Morde in der Rue Morgue; Die Maske des roten Todes, Arthur Gordon Pym …

Jetzt hatte sie es gefunden. Es lag so deutlich vor ihr, dass sie sich fragte, warum sie so lange gebraucht hatte, um darauf zu kommen.

Fabienne saß an ihrem Schreibtisch und sortierte Karteikarten, als Hélène hereinplatzte. Sie warf sich auf einen Stuhl und sprudelte los:

»Guillaume Desmeuraux war ein Bewunderer von Edgar Allan Poe. Der Vorname seiner Tochter, Lénore, stammt aus einem sehr berühmten, aber heute kaum noch gelesenen Gedicht von Poe, *The Raven,* ›Der Rabe‹.«

Sie bemerkte eine Flasche Mineralwasser und eine Schachtel Aspirin auf dem Schreibtisch.

»Darf ich?«

Fabienne nickte.

»Seit ich das herausgefunden habe, habe ich schon wieder Kopfschmerzen«, sagte Hélène und schluckte drei Tabletten auf einmal.

Fabienne legte einen Packen Karteikarten vor sich auf den Tisch.

»Bringt es uns denn voran, wenn wir wissen, dass Desmeuraux ein Bewunderer von Poe war?«

Hélène nahm einen großen Schluck aus der Flasche.

»Damit wird er sich verraten«, sagte sie und wischte sich mit dem Ärmel über die Lippen. »Auch der Mörder ist ein Anhänger von Poe … Ich habe ihm vorhin eine Botschaft geschickt.«

»Sie wissen also, wer es ist!«

Hélène lächelte abwesend.

»Nein, aber mir reicht es jetzt mit diesem Hindernislauf. Da er auf solche Rätsel steht, habe ich ihm eines gestellt.«

»Ich verstehe gar nichts«, seufzte Fabienne.

»Es ist ganz einfach: Ich habe ein Mittel gefunden, an ihn heranzukommen.«

Diese Vorstellung gefiel Fabienne überhaupt nicht. Wohl wissend, dass es nichts nützen würde, sagte sie:

»Wenn ich Ihnen sage, dass das gefährlich ist und dass sich lieber die Polizei darum kümmern soll, dann werden Sie mir antworten …«

»Nein. Und zwar deshalb, weil ich jetzt alles verstanden habe. Poe hat ihm einen Hinweis geliefert, um Desmeuraux wieder aufzuspüren. Ich bin ins Hotel zurückgegangen und habe nachgeschaut, ob es im Internet einen Zirkel von Edgar-Allan-Poe-Verehrern gibt. Es gibt fast in jedem Land einen. In Frankreich heißt die entsprechende Site *Le Ravenne*, im Anklang an den englischen Titel *The Raven*.«

Sie beugte sich vor, um Fabiennes ganze Aufmerksamkeit zu fesseln.

»Das ist noch nicht alles. Ich habe die Web-Adresse desjenigen herausbekommen, der diese Site gestaltet hat.«

Sie räusperte sich und warf einen Blick über ihre Schulter, als fürchtete sie, jemand könnte hinter ihr stehen.

»Sein Pseudonym lautet RR«, murmelte sie.

Fabienne schaute sie an, als sähe sie sie heute zum ersten Mal.

»Mein Gott, Sie machen mir Angst«, flüsterte sie bebend.

»Ich habe ihm eine E-Mail geschickt. Wenn es sich so verhält, wie ich glaube, wird er mir antworten.«

Fabienne schaute skeptisch drein.

»Ich habe mich natürlich auch hinter einer Maske versteckt«, erklärte Hélène. »Ich bin Eléonore, ein junges Mädchen, gerade fünfzehn Jahre alt, schwermütig, einsam, auf der Suche nach dem Absoluten, selbst über das diesseitige Leben hinaus.«

»Glauben Sie, das reicht aus?«

»Ich hoffe es. Eléonore ist eine Beute, mit der er spielen kann. Es ist komisch, aber ich habe bemerkt, dass die Frauen im Werk von Poe oft so heißen: Lénore, Eleonora, Hélène ...«

»Vielleicht hat er Sie auch deshalb gewählt«, merkte Fabienne an.

»Möglich. Wenn er antwortet, werde ich ihm ins Netz

gehen. Ich werde ihm all die Dinge mitteilen, die ein junges Mädchen preisgibt, wenn sie auf der Suche nach einem Brieffreund ist. Ich werde es darauf anlegen, sein Begehren zu schüren – in der Hoffnung, dass er sich verrät.«

»Sind Sie sicher, dass er Ihnen nicht auf die Schliche kommt?«, fragte Fabienne besorgt.

Hélène schüttelte den Kopf.

»Nicht, wenn ich es schlau anstelle. Im Allgemeinen trägt jede Maßlosigkeit ihr eigenes Verderben in sich. Dieser Typ hält sich für einen Meister der Täuschung. Und die lassen sich selbst besonders leicht täuschen. Zumindest nehme ich das an.«

Sie hätte Fabienne gerne noch gesagt, dass er sich – mit etwas Glück – auf *Eléonore* stürzen und dafür von der bereits ausgespähten Beute ablassen würde; aber angesichts der beunruhigenden Wendung, die die Dinge genommen hatten, befürchtete sie, Fabienne könnte sich doch dazu entscheiden, die Polizei zu verständigen.

Der Mörder hatte nach dem Mord an den Ravennes fünfzehn Jahre gewartet, um sich für neue Taten bereit zu fühlen. Seine nächsten Züge waren sorgfältig geplant. Bei dem geringsten Verdacht würde er sich in seinen Schlupfwinkel zurückziehen und geduldig warten, bis sich alles wieder beruhigt hatte. Noch war sie zu weit von ihm weg, um das Risiko einzugehen, ihn durch ihr Vorgehen zu erschrecken. Denn das würde ihn nur dazu veranlassen, wieder von der Bildfläche zu verschwinden.

»Ich möchte nicht indiskret sein, aber wie lautete die Botschaft, die Sie ihm geschickt haben?«

Fabienne hatte die Karten, die sie nervös durcheinandergemischt hatte, wieder geordnet. Sie fragte sich, ob Hélène tatsächlich klar war, wie sehr sie mit dem Feuer spielte.

Am Fluss des Schweigens sitzend, betrachtete ich die frohen, farbenprächtigen Vögel, als der Finger des Todes meinen Busen anrührte. Da wusste ich, dass ich der Ephemeris gleich, nur deshalb von so vollendeter Lieblichkeit geschaffen war, um zu sterben … Wirst du mich hören, wenn ich dir deinen Namen im Abendwind zuseufzen werde? Wirst du die Luft, die ich atmete, mit Wohlgerüchen füllen aus den Weihrauchgefäßen der Engel?

»Das ist von Edgar Allan Poe, ein bisschen verändert allerdings«, sagte Hélène.

Fabienne sah sie erstaunt an.

»Ich für meinen Teil würde Ihnen antworten«, gestand sie.

Sie lachten beide los.

»Jetzt habe ich erst einmal einen leeren Magen und gehe ins Hotel zurück, um etwas zu essen«, sagte Hélène und stand auf.

»Ich begleite Sie nach draußen. Ich möchte eine Zigarette rauchen.«

Sie gingen auf den Gehsteig hinaus.

»Ich habe die Namen ehemaliger Widerstandskämpfer in Aussicht«, sagte Fabienne und reckte ihr Gesicht der Sonne entgegen. »Vielleicht erinnert sich ja einer von ihnen an den Fuchs und den Raben.«

Gedankenverloren schaute sie dem aufsteigenden und sich verziehenden Rauch ihrer Zigarette nach, bis sie sich nicht mehr zurückhalten konnte:

»Warum verbeißen Sie sich so in die Sache, Hélène?«, fragte sie.

Die Antwort überraschte sie:

»Ich weiß nicht. Ich vermute, ich versuche, etwas wiederzufinden, was ich verloren habe.«

Hélène öffnete die Tür ihres Wagens.

»Ach«, erwähnte Fabienne noch rasch, »Jérôme Joffré hat mir zwei Karten für ein Konzert heute Abend zukommen lassen, in der Abtei. Deutsche Barockmusik. Haben Sie Lust hinzugehen?«

»Benutzen Sie weder Ihren privaten Computer noch den der Mediathek, um auf die Site ›Ravenne‹ zu gehen«, warnte Hélène, »man kann nie wissen. Mit der deutschen Barockmusik bin ich einverstanden; vielleicht schätzt er diese Musikrichtung ja auch.«

3

Er zündete ein Streichholz an und hielt es an seine Zigarre. Die Wanduhr zeigte sieben Uhr abends. Lauras Porträt war wieder von den Titelseiten der Zeitungen und von den Bildschirmen verschwunden. Sie, die Schlüsselfigur seiner Zukunft, war nunmehr definitiv aus ihr verbannt. Ein Unbekannter, der darauf brannte, seinen Spaß, einfach nur seinen Spaß zu haben, hatte sein ganzes Konstrukt zu Fall gebracht.

Er erinnerte sich an die Zeit, in der er sie gefilmt hatte. Er liebte es, das Objektiv auf ihrem Hals, ihren Schultern, ihrem Rücken und ihren Beinen mit den schlanken, gespannten Muskeln ruhen zu lassen. Die Vorstellung, dass sie ihm entgehen könnte, war ihm nie in den Sinn gekommen. Er musste ganz von vorn anfangen, aber eben darin war er ja unschlagbar.

Im Zimmer war es stickig und heiß. Er setzte den Ventilator in Gang. Im Großen und Ganzen war die Situation nicht aussichtslos. Er nahm Lauras Büchlein und las noch einmal die letzte Seite. Er presste seine Kiefer aufeinander. Sylvie Martin! Sie also hatte Laura auf Abwege gebracht. Das hätte er ihr niemals zugetraut.

Er stand auf, drückte seine Zigarre aus und holte den Schlüssel für den Keller unter dem Teppich hervor. Noch nie hatte er jemanden dorthin geführt, als hätte er schon immer geahnt, was er eines Tages daraus machen würde.

Er öffnete die Tür und stieg die Stufen langsam hinunter. Mit dem Rücken glitt er die Wand entlang, um sich in der Dunkelheit zurechtzufinden, denn die Treppe besaß kein Geländer mehr.

Unten tastete er sich zum Lichtschalter. Der Keller enthielt einen ausrangierten Holzofen, mehrere aufeinander gestapelte Militärkoffer und Regale, in denen er Gartenwerkzeuge und eine Kreissäge aufbewahrte. Er rückte einen großen grünen Blumenkasten beiseite, den er vor ein paar Monaten in einem Einkaufszentrum am Stadtrand von Lyon gekauft hatte. Er schob sich durch den Spalt zwischen dem Boden und dem untersten Regalbrett. Er selbst hatte vor einigen Jahren die Trennwand eingezogen, die den Keller nun teilte.

Bis auf einen von der Straße nicht einsehbaren Luftschacht waren die Fenster vermauert. Die hohen Mauern entzogen ihn den Blicken neugieriger Nachbarn. Es war klamm und roch muffig in diesem Verschlag, deshalb öffnete er den Schacht und lüftete. Er hatte an alles gedacht. Ein großer Spiegel, Vorräte für mehrere Monate in einem Wandschrank, eine chemische Toilette, wie auf einem Schiff hinter einem Paravent versteckt. In einer Ecke stapelten sich mehrere Säcke Schnellzement.

Es gab auch eine Campingdusche samt Wasserreservoir und großer gelber Wanne. Nicht zu vergessen die Kette, die an einem in die Wand eingemauerten Ring hing.

Er zog sich aus und streckte sich auf das Feldbett. Mit hinter dem Nacken verschränkten Händen sann er darüber nach, was er mit Sylvie Martin anstellen würde.

Er hatte nicht vor, den Namen von Lauras Verführer der Polizei zu offenbaren. Die Informationen, die Sylvie ihm liefern würde, würde er allein für seine eigenen Zwecke nutzen. Sie würde reden, davon war er überzeugt. Er würde die Umstände genau analysieren und sie dann in einem ganz anderen Licht erscheinen lassen. So würde er die Polizei, wie schon bei den Ravennes, zu ihren Schlussfolgerungen leiten.

Er richtete sich auf und betrachtete sich im Spiegel. Sein Blick hatte sich nicht verändert; die Iris leuchtete immer noch auf dieselbe Art und Weise. Seine Gedanken schweiften zu Sylvie, und seine Sorgen verflogen. In dieser Hinsicht war er voller Vorfreude.

Wenn er ihrer überdrüssig wäre, würde er sie umbringen. Sie würde grotesk aussehen, mit aufgeschlitztem Unterleib und den weißlichen Eingeweiden zwischen den Schenkeln – wie eine kranke Blume, die eingeht. Er würde sie zerschneiden und die Stücke in einen der Militärkoffer verfrachten; dann würde er diesen mit Zement auffüllen und ihn vergraben.

Er hatte nichts gemein mit diesen Pädophilen oder Triebtätern, die junge Mädchen vergewaltigten. Das waren einfach nur erbärmliche Gestalten ohne jegliche Fantasie. Ihm stünde es frei, von seinen Verbrechen zu erzählen, seine Empfindungen mitzuteilen. Er könnte sogar den Vornamen seiner Opfer verraten und preisgeben, wie sie ihm ins Netz gegangen waren. Wer würde schon darauf kommen, seine Abenteuer mit der Fiktion einer Schriftstellerin wie Hélène Wang zusammenzubringen? Wer könnte das Geheimnis seiner verschlungenen Wege lüften?

Er drehte sich zu dem riesigen Poster an der Wand um. Eine Insel mit weißem Sandstrand, dunklen Grotten, roten Felsen, silberglänzenden Buchten und waldigen Tälern: Hier würde er diesen Sommer seine Ferien verbringen. Diese Landschaft bot weitaus mehr Reize als die Welt, in der er lebte; sie war der Ort seiner Liebe, seiner Lust. Draußen schwirrten so viele junge Mädchen mit seidigen Haaren herum, die nur ungeduldig darauf warteten, auf seiner Insel zu landen. Er dachte an ihre fieberheißen, zappelnden Leiber und an seinen eigenen aufgereckten Körper.

Das Begehren brannte hinter seinen Lidern. Das Begehren, Schmerz zu bereiten, die Lust, zu besitzen, das Stöhnen und das Flehen eines ihm ausgelieferten Fleisches zu vernehmen.

Er schüttelte sich, um die Fantasiebilder zu vertreiben, aber sie bestanden hartnäckig fort. Die spitzen, durchdringenden Schreie der Mädchen erregten ihn; und immer war da im Hintergrund das Brüllen der Frau, das ihn verfolgte. Die Frau mit den Augen eines toten Tieres, die mit dem Mann schlief, der ihn den Umgang mit der Gartenschere gelehrt hatte.

Die vielfältigen Bilder dieser Welt, die er nur für sich allein schuf, verschwanden wieder. Er rückte alles wieder an seinen Platz, dann verließ er seinen Schlupfwinkel. Draußen glühte der Himmel im Abendrot. Er erwog, sich noch einmal die letzte Kassette anzusehen, die er von Laura gemacht hatte, aber er war spät dran. Als er gehen wollte, fiel ihm ein, dass er vergessen hatte, auf seinem Computer nachzusehen, ob er Post hatte.

Im Internet stand es jedem frei, so viel er wollte von seinen Fantasien zu offenbaren. Jeden Tag eröffnete die Technologie neue Horizonte, und er kam zu dem Schluss, dass er nicht gern in einer anderen Zeit gelebt hätte. Er ging in sein Schlafzimmer zurück und setzte sich vor den Computer.

Als er später sein Haus verließ, schmiedete er bereits Pläne, um *Eléonore* in seinen Schlupfwinkel zu locken. Dann konnte das wirkliche Spiel beginnen.

4

Der Typ im hellen Anzug neben Langlois ist ein Untersuchungsrichter aus Bourg-en-Bresse«, flüsterte Fabienne Hélène ins Ohr. »Er hat heute Nachmittag alle Freundinnen von Laura befragt und schaut auch jetzt unentwegt in die Runde.«

In der Abtei aus dem 12. Jahrhundert spielte die Orgel die *Deutschen Barockkantaten* von Dietrich Buxtehude. Kerzen flackerten auf dem mit Leinenstickereien bedeckten Altar. Der Geruch von Weihrauch lag in der Luft und vermischte sich mit dem Duft der weißen Rosen, die entlang dem Hauptgang aufgestellt waren.

Die Orgelklänge hallten im Kirchenschiff wider. Hélène beobachtete die Anwesenden. Die mittelalterliche Atmosphäre des Ortes berührte sie nicht, denn ohne dass sie es erklären konnte, erfüllte sie die Ahnung, ja, sogar die Gewissheit, dass der Mörder hier war. Als anonymer Zuhörer saß er unter all den anderen Zuhörern in einer Bank. Welche Maske hatte er gewählt? Würde sein Gesicht ihn verraten?

Gewiss beobachtete der Mörder sie. Die meisten Stadtbewohner taten das allerdings auch, hin und wieder warfen sie einen raschen Blick in ihre Richtung.

Ein Fremder mit braunen Haaren und einem Muttermal im Nacken hatte sich zu ihr umgedreht; sein rechter Mundwinkel verzog sich in einem nervösen Zucken nach oben. Auch der Notar Max Maurice, mit dem sie am Tag ihrer Ankunft zu Abend gegessen hatte, war da. Er trug eine übereinandergeschlagene marineblaue Jacke, lächelte beflissen, fingerte unablässig am Knoten seiner geblümten Krawatte herum und tätschelte sich dabei den Kopf, sodass er wahrlich wie ein affektierter Würdenträger wirkte.

Alles was Rang und Namen hatte im Dorf und in der Umgebung, war anwesend, wie Fabienne ihr zugeflüstert hatte.

›Welche Geheimnisse verbargen die Leute hier in diesen geschichtsträchtigen Gewölben?‹, fragte sich Hélène. Sie spürte, dass alle sich gegenseitig Blicke zuwarfen wie in einem zur Gewohnheit gewordenen Spiel, und ihr scheinheiliges Lächeln ließ unschwer Gefühle erahnen, die alles andere als brüderlich waren.

Sie stellte sich vor, dass vor einem halben Jahrhundert viele deutsche Offiziere in Uniform im Publikum gesessen hatten. Mit ihren makellos gewichsten schwarzen Stiefeln und ihren dekorierten Wehrmachts- oder SS-Mützen auf den Knien. Sie waren gekommen, um die Musik eines Landsmannes zu hören und in die Zukunft eines anderen Landes unheilvoll einzugreifen.

Toussainte Leca trug einen Schal in kräftigen Sommerfarben um die Schultern und wirkte distanziert und kühl, als würde sie sich in diesem Konzert zu Tode langweilen. Ihr Blick war fest auf das Zifferblatt ihrer kostbaren Armbanduhr gerichtet, die sie am Handgelenk trug.

Jérôme Joffré, der ihnen die Plätze verschafft hatte, machte den Eindruck eines außerordentlichen Liebhabers von Orgelmusik. Versunken lauschte der Literaturlehrer mit geneigtem Kopf und geschlossenen Augen den Klängen. Von Zeit zu Zeit nickte er, als spürte er den

Widerhall der getragenen und schweren Töne tief in seinem Innern. Sein schmaler Schnurrbart erinnerte an die lässige Eleganz amerikanischer Schauspieler aus den fünfziger Jahren.

Grandet, der Direktor des Gymnasiums, saß links von Hélène und zwei Bänke vor ihr. Er schaute hin und her, ohne etwas Bestimmtes zu betrachten. In seinem Gesichtsausdruck mischten sich Schmerz und Lächeln auf seltsame Weise. Er schien einem Gedanken nachzuhängen, der ihm in den Kopf gekommen war.

Hélène fuhr mit der eingehenden Betrachtung der Gesichter all jener fort, die sie bisher kennengelernt hatte. Sie fragte sich, ob der, den sie suchte, unter ihnen war. Es überraschte sie nicht, auch die dunkle Gestalt von Melik Marmaris, dem Türken, ausfindig zu machen. Er beobachtete sie ebenfalls, aber Hélènes hinter einer dunklen Brille versteckte Augen schienen ihn in Verlegenheit zu bringen. Er grüßte sie und suchte sich einen anderen Platz, wobei er sich um Haltung bemühte.

Die Musik füllte das Gewölbe, auf den Gesichtern lag ein gespenstisches Licht. ›Was für ein einzigartiger Rahmen‹, dachte Hélène. ›Eine perfekte Bühne. Wie mochte der Mörder den Anwesenden erscheinen? Liebenswürdig, reich, wohlerzogen? Über jeden Vorwurf erhaben? Wo ist er?‹

›Ich bin da, Hélène. Ich bin da.‹

Ihr Blick wiederum hatte ihn mehrmals gestreift. Er war nicht an ihm hängen geblieben, was ihm bestätigte, dass sie keine Ahnung hatte. Heute Abend war sie ihm sehr schön vorgekommen. Das war ihm klar geworden, als sie an ihm vorbeikam und er aufgestanden war. Sie hatte ihre Brille abgenommen, und er war überrascht, wie schön ihre schwarzen Augen waren. Mit einer ganz besonderen Neugier hatte er ihren Duft wahrgenommen.

Er sah sie mit einer Kopfbewegung ihre Haare nach hinten werfen, und der Glanz ihrer Lippen bannte seine Aufmerksamkeit. Er stellte sie sich als seine Gefangene vor, gefesselt in seinem Verschlag. Würde sie auch dann noch ihr überlegenes Auftreten, ihre aus Erfolg und Schönheit geborene Selbstsicherheit besitzen, wenn er sie in seiner Gewalt hätte?

Er stellte sie sich im Kerzenschein vor; der flache Bauch, die festen Brüste, die Hüften … In seinem gut abgerichteten Gehirn schrillten die Alarmglocken. Er brauchte nur ihre schriftstellerische Begabung.

Sie würde seine Legende schaffen, ihn berühmt machen, und er würde dennoch unerkannt bleiben. Das Paradox belustigte ihn. Sie würde ihn zu einer Romanfigur machen. Im Schutz des Dunkels würde sein Licht umso heller strahlen. Niemand vor ihm hatte sich jemals an ein solches Unternehmen gewagt.

›In meinen Augenhöhlen schwelen eines Dämons Träume‹, schrieb Poe.

›Sei denn dies dein Abschiedszeichen‹, schrie ich,
›Unhold ohnegleichen!
Hebe dich hinweg und kehre stracks zurück in Plutos Sphär'!
Keiner einz'gen Feder Schwärze bleibe hier, dem finstern Scherze
Zeugnis! Lass mit meinem Schmerze mich allein! – hinweg dich scher!
Friss nicht länger mir am Leben! Pack dich! Fort! Hinweg dich scher!‹

Sprach der Rabe, ›Nimmermehr‹.

Regungslos verharrte er, während seine Gedanken umherschweiften wie ein Vogel der Nacht an einem sternenlosen Himmel. Schatten und Gesichter junger Mädchen …

5

In sorgenvolles Grübeln versunken, schlenderte Sylvie langsam vor sich hin. Sie hatte das Gefühl, etwas unternehmen zu müssen, ohne genau zu wissen, was. Am gestrigen Tag hatte man fünfzehn Mädchen in einen Klassenraum des Gymnasiums gerufen, und der Untersuchungsrichter hatte sie alle befragt. Sie grübelte darüber nach, wer den Polizisten ihren Namen gegeben hatte, denn sie war keine wirkliche Freundin von Laura gewesen. Glücklicherweise schienen die Bullen gar nichts zu wissen. Anfangs hatte sie Angst gehabt. Sie hatte gespürt, wie sich ihr Magen immer mehr zusammenkrampfte, bis er sich schwer wie ein gewaltiger, harter Klumpen anfühlte. Aber sie hatten nur vollkommen belanglose Fragen gestellt. Überall wimmelte es von Leuten – Journalisten, Verwandten, Untersuchungsbeamten – und den Übertragungswagen der Fernsehstationen.

Sylvie hatte Übung im Lügen und brauchte nur an etwas Trauriges zu denken, um derart in Tränen auszubrechen, dass sie wie unter Schock wirkte. Sie konnte ganz hervorragend den Mund halten, und ihr Gewissen plagte sie nicht sonderlich. Laura war letztlich alt genug gewesen, um zu wissen, was sie tat.

›Ich wollte ihr nur einen Dienst erweisen, als ich ihr die Adresse gab, und sie war sicherlich nicht die Erste, die Kokain zusammen mit Ecstasy nahm und mit einem alten Knacker schlief‹, sagte sie sich immer wieder. Glücklicherweise war Laura nicht auf direktem Weg zu dem Typen gegangen.

Laura war nicht mehr da, und man vermied es mit aller Entschlossenheit, auf sie zu sprechen zu kommen. Sylvie dachte nur an sie, wenn sie durch irgendetwas an die ganze Sache erinnert wurde. Natürlich schauderte es sie bei dem Bild der auf eine Müllhalde geworfenen Laura. Aber dieses Bild war harmlos im Gegensatz zu der Bedrohung, nicht mehr an die Droge zu kommen oder gar im Gefängnis zu landen.

Die anderen Mädchen waren zwar beunruhigt, aber keine von ihnen würde den Mund aufmachen. Sie waren zu schlau. Sie hatten darüber gesprochen; es war beinahe so, als sei gar nichts passiert. Es gab ja nichts, was man hätte tun können; es handelte sich um einen Unfall. Wie bei Jeanne Marie, die den Rest ihres Lebens an den Rollstuhl gefesselt sein würde. Alle im Auto waren betrunken gewesen – bis auf sie. Alle waren davongekommen – bis auf sie.

»Es tut mir leid, dass wir uns dort treffen müssen, Baby, aber im Augenblick ist es nicht gut, wenn man uns zusammen sieht.« Das hatte er ihr heute Morgen am Telefon gesagt.

Es war das erste Mal, dass sie sich heimlich trafen, noch dazu an einem so abgelegenen Winkel.

Lauras Tod habe ihn in eine heikle Situation gebracht, hatte er ihr erklärt. Die Polizei würde demjenigen, den sie jetzt dingfest machte, alle unaufgeklärten Morde der letzten fünf Jahre anlasten.

Er wirkte ein wenig fahrig am Telefon, und seine Stimme kam ihr fremd vor; sie klang gedämpft, als hätte er Angst, dass jemand mithören und ihn erkennen könnte. Auf keinen Fall sollte sie ihn anrufen.

›Er wird noch vollkommen paranoid‹, dachte sie, während sie tiefer in den Wald hineinging. Unter ihr glitzerte der See in der Sonne, und auf dem grauen Asphalt der Straße funkelten Tausende kleine Steinchen. Es war still im Wald, kein Laut war zu hören. Sylvie stieg den Weg weiter nach oben und hörte das Knistern der unter ihren Füßen brechenden Tannennadeln.

Sie blieb stehen, um Atem zu schöpfen. Sie hatte den Eindruck, sich auf unbekanntes Terrain zu wagen, dabei war sie diesen Weg schon hundertmal und zu den unterschiedlichsten Jahreszeiten entlanggegangen. Sie strich sich eine Haarlocke aus der Stirn und setzte mit schwerem Schritt ihren Aufstieg fort. Sie geriet so ins Schwitzen, dass ihre Haare feucht wurden und ihre Wangen sich röteten.

›Der blaue Himmel, die laue Luft, die Windstille: eigentlich eine ideale Gelegenheit, um sich ins Gras zu legen und einen Joint zu rauchen‹, sagte sie sich.

Sie hoffte, dass er etwas dabeihätte. Sie brauchte Stoff, um sich zu entspannen. Er würde sie ausquetschen über das Verhör vom gestrigen Tag.

»Was wollten sie wissen, Baby?«

»Nichts Besonderes. Wie lange ich sie schon kenne. Ob sie seltsame Angewohnheiten hatte. Wer ihr Freund war. Ob sie schon länger Drogen nahm. Ob ich etwas über einen Drogenhandel an der Schule weiß.«

»Und was hast du ihnen gesagt?«

»Dass ich sie, auch wenn ich sie jeden Tag sah, kaum kannte. Dass sie einen sehr verschlossenen Eindruck machte und dass wir nur ab und zu miteinander geredet haben. Über Drogen wüsste ich nichts, und niemand hat mir jemals welche angeboten.«

»Cool. Hast du Angst gehabt?«

»Nein. Ich wusste ja, was ich sagen würde.«

»Wie waren sie zu dir?«

»Freundlich. Sie sagten mir, dass ich ihnen alles sagen müsste, was mir einfiele, damit Lauras Tod wenigstens nicht umsonst wäre. Als ich zu weinen anfing, tröstete mich der Richter.«

»Haben sie dich nach Namen gefragt?«

»Was für Namen?«

»Das weißt du ganz genau!«

»Sie wissen nichts. Lauras Mutter hat meiner Mutter erzählt, dass sie ihr Zimmer durchsucht haben. Sie haben nichts gefunden.«

»Bist du sicher?«

»Ja, ganz sicher. Und jetzt ist's genug!«

Der Weg mündete in eine Lichtung. Sylvie blieb stehen. Es war niemand zu sehen. Oben im Wald war ein Grünspecht zu hören, der mit seinem Schnabel in die Rinde eines Baumstammes hackte.

Sie setzte sich auf einen Stein und zog ein Päckchen Zigaretten aus der Tasche ihrer khakifarbenen Hose. Aus einer schmalen Erdfurche kam schwarz eine Ameisenstraße hervor, die sich an einem von kleinen Sträuchern bedeckten Bächlein wieder verlor.

Sylvie rauchte ihre zweite Zigarette zu Ende, als sie ein Rascheln in den Sträuchern vernahm. Schritte waren zu hören, Äste knackten; jemand kam vom oberen Ende des Weges zu ihr herunter.

Sie war weder ängstlich noch verwirrt. Einen Augenblick herrschte Stille. Dann kamen die Schritte näher, ohne dass sie sie bemerkte, und hielten ganz nah bei ihr inne.

Sie drehte sich um und hob den Blick. Der Mann, der aufgetaucht war, war nicht der, den sie erwartete.

»Ach, Sie sind es«, sagte sie und verbarg ihre Enttäuschung.

Er war so nah, dass ihr kein Platz blieb, um aufzustehen. Er sah sie freundlich an, in seinen Händen hielt er einen blitzenden Gegenstand. Er trug Handschuhe.

Zum dritten Mal an diesem Morgen überprüfte Jeff Morel die Mailbox seines Handys. Er hatte keine einzige Nachricht, weder von dem alten Gorju noch von Hélène Wang. Es war bereits Mittagessenszeit, aber er verspürte keinen Hunger. Er war spät aufgestanden und in seiner Wohnung auf und ab gegangen. Zunächst hatte er daran gedacht, eine Waschmaschine anzustellen, dann hatte er sich damit begnügt, seine Kleider vom Vortag in den Beutel mit der Schmutzwäsche zu stopfen.

Vom Bett aus hatte er auf seinen Wecker geblickt. Der Alarmton war nicht angestellt. Schlief er länger als gewohnt, galt es zunächst einen betäubungsähnlichen Zustand zu überwinden.

Nun wurde er allerdings ungeduldig. Er hatte keine Lust mehr, den Ablauf seines persönlichen Filmes zu verlangsamen, ihn noch einmal in allen Einzelheiten durchzugehen. Er brauchte Bewegung, Tätigkeit. Er rasierte sich, nahm eine Dusche und zog sich an. Er verließ seine Wohnung und trank in einem Bistro eilig einen doppelten Espresso ohne Zucker.

Die Erde hatte nicht aufgehört, sich zu drehen. Die Leute gingen ihrer Arbeit nach. Alles war wie immer, und die Julisonne ergoss sich über die Karosserien und die Glasfassaden der Häuser.

An die Bar gelehnt, blätterte er in einer Zeitung. Nichts Aufmunterndes. Die traurige Geschichte von Laura Masson war mittlerweile auf die dritte Seite zurückgefallen. Statt ihrer zierten nun große Sprüche der Politiker und die schwulen Liebschaften eines zweitklassigen Fernsehstars die Titelseite.

Morel legte die Zeitung beiseite. Er musste vorwärtskommen, während er auf den Anruf von Gorju wartete. Es galt die Alternativen abzuwägen: Hélène Wang zu überrumpeln oder den Überlebenden von Buchenwald, Vater Constancieux, zu besuchen.

Ich habe Wasser aufgesetzt. Leider habe ich nur Nescafé«, sagte Fabienne und verzog das Gesicht, als sie aus ihrer kleinen Küche herauskam.

»Passt schon, ich mag löslichen Kaffee«, sagte Hélène. Sie trennte ihren Laptop von der Telefonleitung. Vor ihr lag eine Werkausgabe von Edgar Allan Poe.

»Hat Ihnen das Konzert gefallen?«, fragte Fabienne.

»Der Rahmen war ganz wundervoll, aber ich habe leider die ganze Zeit die Anwesenden beobachtet. Vor uns saß ein Typ mit einem Muttermal am Hals. Er ist früher gegangen. Kennen Sie ihn?«

»Oh ja. Und zwar schon lange. Er arbeitet im Rathaus.«

»Er hat immer wieder zu mir herübergeschaut.«

Hélènes dunkle Augen waren auf den Bildschirm des Computers gerichtet.

»Sie wecken die Neugier vieler Leute«, sagte Fabienne lächelnd.

Hélène zuckte die Schultern.

»Es steckt keine Absicht dahinter. Wissen Sie, ob die Polizei im Fall von Laura eine Spur hat?«

»Das würde mich wundern. Ich habe den Eindruck, dass sie auf der Stelle tritt. Langlois hat mich um eine Liste der Leute gebeten, mit denen Laura zu tun hatte. Aber ich habe so getan, als hätte ich keine Ahnung.«

»Warum?«

»Ach, ich weiß nicht so genau. Sie haben mir Angst eingejagt mit Ihren Geschichten. Ich werde langsam auch noch paranoid.«

Der Wasserkessel begann zu pfeifen. Fabienne fasste die beiden Tassen an ihren Henkeln, klemmte sie zwischen die Finger, griff nach einer Zuckerdose und ging zur Tür, blieb dort aber stehen.

»Glauben Sie, dass er auf Ihre Botschaft geantwortet hat?«, fragte sie.

Das Pfeifen des Wasserkessels steigerte sich zu einem grellen Kreischton. Fabienne verschwand. Hélène hörte, wie sie in der Küche herumhantierte.

Es waren erst vierundzwanzig Stunden vergangen, seit sie ihre E-Mail abgeschickt hatte; das war ein wenig früh, um bereits eine Antwort zu erwarten, aber bei ihm war alles anders als bei jemandem mit gesundem Menschenverstand.

Sie fragte sich, was sie tun würde, wenn es ihr nicht gelänge, ihm die Maske herunterzureißen. Sie schüttelte diesen Gedanken ab. Es war sinnlos, darüber zu grübeln.

Für diesen Fall besaß sie keine fertige Lösung. Aber sie musste sich jetzt auf die Gegenwart konzentrieren.

Bis zu jener Nacht in Shanghai, wo sie die Neutralität des Gesetzes verworfen hatte, war sie stets nur ein anonymes Opfer der bestehenden Autorität gewesen. Danach fühlte sie sich zugleich im Stich gelassen und gewappnet, als hätte sie das moralische Band zwischen ihr und der Gesellschaft gekappt.

Fabienne kam mit einem bunten Metalltablett zurück, auf dem die Tassen sowie mehrere Dosen standen.

»Tut mir leid, aber die Milch ist schlecht geworden«, verkündete sie, während sie das Tablett auf den Tisch stellte. »Aber ich habe ganz frisches Honigbrot. Ich habe es gestern Abend in der Bäckerei gekauft.«

Sie gab das Kaffeepulver in die Tassen und goss heißes Wasser darüber.

»Nehmen Sie Zucker?«

Hélène antwortete nicht. Sie starrte auf den Bildschirm. Ein seltsamer Glanz lag in ihren Augen. Fabienne stellte den Kessel vorsichtig ab. Als sie sicher war, ihre Stimme unter Kontrolle zu haben, fragte sie:

»Hat er angebissen?«

Hélène schüttelte den Kopf.

»Nein, aber er hat die Spur bereits aufgenommen«, murmelte sie. »Er muss wirklich ausgehungert sein.«

Unsichtbar und ungreifbar streifte irgendwo da draußen, einsam und allein inmitten all dieser Telefonleitungen und Glasfaserkabel, der Bewunderer von Edgar Allan Poe umher. Ein geschickter Mörder, der unter dem Deckmantel eines finsteren Rachefeldzuges einem unerhörten Ruhm nachjagte.

Auf dem Bildschirm baute sich eine fantasievoll ausgeschmückte Szenerie auf. Die Umrisse waren sehr scharf und die Zeichnung sehr genau.

»Das ist seltsam«, bemerkte Fabienne. »Eine derartig ausgefeilte Grafik habe ich noch nie gesehen. Der Typ ist kein Amateur. Ist er am anderen Ende der Leitung?«

»Nein«, antwortete Hélène.

Sie nahm ihre Kaffeetasse, trank einen Schluck und öffnete das Buch von Edgar Allan Poe.

»Ich glaube, er hat sich von der Landschaft inspirieren lassen, die Edgar Allan Poe in seiner Arabeske *Eleonora* beschreibt. Er hat mit einer Digitalkamera eine Aufnahme von einem Fluss gemacht und diese dann am Computer bearbeitet, um seine Traumlandschaft erstehen zu lassen.«

Tief unten in einem Tal wand sich verstohlen der Fluss des Schweigens dahin, wie es bei Poe hieß. Fremd funkelnde Blumen, sterngestaltig, brachen aus den Rinden der Stämme. Rubinrote Blumen schossen auf dem tief getönten grünen Teppich in die Höhe. An der Uferböschung blähte ein Flamingo sein scharlachrotes Gefieder auf; der glasklare Fluss wimmelte von Gold- und Silberfischen; eine umfängliche Wolke flutete heran und senkte sich über die Landschaft. In das Gewässer niederschauend saßen unter den Bäumen zwei Gestalten eng beieinander.

»Sie ist nicht mehr allein. Er ist ganz nah bei ihr. Es ist die Gestalt eines Mannes«, sagte Hélène.

»Ist denn jetzt eine Nachricht da?«

»Ich glaube nicht.«

Plötzlich gab der Computer einen dumpfen Signalton von sich, und Hélène sprang auf. Der Bildschirm wurde schwarz, und an die Stelle des Bildes trat nun ein leuchtendes Fantasiegebilde. Es war die Einfassung einer Pforte.

»Vermutlich soll ich auf die Türe klicken«, sagte Hélène.

Ein dunkles, beinahe leeres Zimmer tat sich auf. Von einer Lampe ging ein schwacher Lichtschein aus. In einer Zimmerecke saß ein junger, weiß gekleideter Mann auf einem Stuhl und las. Aus den Lautsprechern erklang eine metallisch verzerrte Stimme: ›*... ich vernahm Säuseln wie das Schwingen von Weihrauchgefäßen der Engel; und immer wieder flutete es gleich Strömen heil'gen Duftes durch das Tal; und in einsamen Stunden, wenn mein Herz schwerer schlug, kam ein Wind, der mir die Stirne kühlte, wie mit linden Seufzern beladen; und unentzifferbares Murmeln füllte oft die Nachtluft; ja, einmal – wehe, einmal nur! – erweckte mich aus einem Schlummer, er war wie Totenschlummer, der leichte Druck von Geisterlippen auf den meinen.*‹

Erneut tauchte der Fluss des Schweigens auf. Darauf erschienen zwei in roten Lettern geschriebene Sätze:

›Das Gefühl der Leere in meinem Herzen will sich nicht ausfüllen lassen. Ich sehne mich – wie sie, wie du, nach Liebe, *Eléonore*.‹

»Das klingt reichlich überdreht und sehr romantisch«, flüsterte Fabienne, als könnte sie jemand am anderen Ende der Leitung hören. »Wenn ich fünfzehn wäre, würde ich ihm auf den Leim gehen.«

Hélène schob den Stuhl zurück und stand auf. Sie nahm eine Scheibe Honigbrot und setzte sich auf die Fensterbank.

»Wie können wir die Gefühlswelt einer Jugendlichen nachempfinden? Beim geringsten Fehler wird er den Kontakt unverzüglich abbrechen, oder?«, vermutete Fabienne.

Hélène biss in das Honigbrot. Nachdenklich kaute sie darauf herum, bevor sie antwortete:

»Ich bin mir nicht sicher, ob er sich von derartigen Botschaften mitreißen lässt, aber er muss sich auf diese Ebene begeben. Er und ich, wir beide sind unwirkliche Personen, die über fantastische Erzählungen miteinander in Verbindung stehen. Ich habe den Ton vorgegeben; ich bin auf ihn zugegangen. Dieses Spiel verspricht ihm ein sexuelles Abenteuer, sonst würde er sich nicht darauf einlassen. Jetzt ist es an mir, ihn so richtig scharf zu machen.«

Sie stand wieder auf, ging zurück und schnitt sich eine weitere Scheibe Honigbrot ab.

»Sind da Himbeeren drin?«

»Walderdbeeren.«

Fabienne kramte ein Päckchen Zigaretten hervor, zog eine heraus und entzündete ein Streichholz.

»Wir werden ihm nicht sofort antworten«, sagte Hélène. »Er soll ruhig ein bisschen schmoren. Vielleicht geht er das nächste Mal noch weiter.«

Sie aß die Scheibe auf und leerte ihren Kaffee.

»Ich muss es schaffen, ihn so geil zu machen, dass er sich mit mir treffen will«, fuhr sie fort, »und viel Zeit bleibt uns nicht.«

Sie wandte sich Fabienne zu.

»Ich werde ihm sagen, dass ich in Lyon wohne.«

»Lyon? Wird er da nicht misstrauisch werden?«

»Ich weiß ja eigentlich gar nicht, dass er hier in der Gegend wohnt.«

»Das geht zu weit, Hélène.«

»Haben Sie eine bessere Idee?«

Fabienne nagte an ihrer Unterlippe.

»Wir könnten es mit einer Kleinstadt nahe der Grenze versuchen. In der Schweiz.«

»Nicht schlecht. Zerbrechen wir uns jetzt nicht länger den Kopf darüber, ob er anbeißt. Wir werden schon sehen. Haben Sie die Namen der damals Deportierten herausbekommen?«

Fabienne ging zu ihrem Schreibtisch. Sie öffnete eine Schublade und zog ein Heft heraus.

»Alles, was ich gefunden habe, ist der Name eines Priesters, Vater Constancieux. Er wurde genau zu dem Zeitpunkt nach Buchenwald deportiert, der uns interessiert. Ich weiß, wo er wohnt. Der Ort ist ungefähr zehn Kilometer von Nantua entfernt.«

Draußen zogen Schleier über das Aquamarinblau des Sees. Die Pappeln warfen ihre tanzenden Schatten auf die ockerfarbenen Ziegel der Dächer.

»Gehen wir etwas essen. Den Priester besuchen wir später«, schlug Hélène vor und schaltete ihren Computer aus.

Nachdem er in einen kleinen, durch den Zusammenstoß zweier Taxis verursachten Stau geraten war, fuhr Jeff Morel nun auf der Autobahn in Richtung Nantua. Er hätte sich gerne mit Hélène Wang getroffen, widerstand letztlich aber dieser Versuchung und entschied sich für einen Besuch bei Vater Constancieux.

Er hielt vor einem vom Rost zerfressenen Zaun an. Auf der anderen Seite stand in der Nähe eines kleinen Wäldchens ein Bauernhaus, dessen eine Hälfte zur Ruine zerfallen war. Hier musste Vater Constancieux leben, wie er nach stundenlangem Suchen und Fragen endlich herausgefunden hatte.

Er schaltete den Motor aus, stieg aber nicht sofort aus. Er löste den Sicherheitsgurt, streckte sich und genehmigte sich eine Zigarette. Das wäre also der vorletzte Schritt, bevor er endlich in den Besitz des berüchtigten Tagebuchs von Mariette kam, sagte er sich.

Er war bereit. Über Tisserand hatte er Kontakt mit der Kriminalpolizei von Lyon aufgenommen, ohne genauere Angaben über seine Pläne zu machen. Nach seinem ersten Artikel würde die Staatsanwaltschaft eine erneute Untersuchung der Morde in der Familie Desmeuraux beantragen; dann müsste er nur noch seinen Vorsprung gegenüber den Kollegen halten.

Er warf die Zigarette fort, stattete sein Tonbandgerät mit neuen Batterien aus und las noch einmal seine Aufzeichnungen durch.

– Vater Constancieux, ein Überlebender von Buchenwald, wie Guillaume Desmeuraux.

– Alle beide stammen aus Nantua, und alle beide wurden von Bourg-en-Bresse aus deportiert; möglicherweise im selben Zug.

– War Desmeuraux während seines Aufenthaltes im Lager in besondere Vorkommnisse verwickelt?

– Gab sein Verhalten im Lager einem Einzelnen oder einer Gruppe Anlass dazu, ihn zu hassen?

– Nach seiner Rückkehr nach Frankreich änderte Desmeuraux seinen Namen, um einer Bedrohung auszuweichen … welcher?

Morel stieg aus dem Wagen. Wahrscheinlich kam er nicht zum letzten Mal hierher. Er durfte nicht hoffen, dass die Pforten des Paradieses sich beim ersten Läuten bereits auftaten.

6

Sylvie Martin wusste nicht mehr, wo sie sich befand. Als sie gesehen hatte, was der Mann in der Hand hielt, hatte sie losgeschrien. Er hatte sie geohrfeigt, und sie hatte sich auf ihn geworfen und versucht, ihn mit den Füßen zu treten. Aber er war weitaus stärker als sie und schlug ihr auf den Hals, sodass sie kaum noch Luft bekam. Er hatte sie zu Boden geworfen, mit Plastikschnüren gefesselt, geknebelt und ihr anschließend eine Mütze über die Augen gezogen.

Er hatte sie im Wald zurückgelassen. Sie hörte immer noch den Grünspecht gegen die Baumstämme hämmern. Hoffnung keimte in ihr auf. Vielleicht hatte er es mit der Angst zu tun bekommen und war geflohen. Aber sie hatte begriffen, dass er nicht zufällig hier in dieser Lichtung aufgetaucht war. Das war einfach unmöglich. Sie war in eine Falle geraten!

Morel ging den von modrigen Blättern übersäten Steinweg entlang. Ebenso wie das Haus bot auch der Garten ein Bild der Verwahrlosung. Ungepflegte Beete säumten eine Steinmauer, pflanzliche Abfälle faulten auf dem Boden vor sich hin. Ein Weinstock mit fleckigen Blättern schlängelte sich an der Frontseite des Hauses empor. Etwas weiter entfernt ragten wie eine Handvoll Bleistifte die Stämme einiger Birken auf. Ein unbestimmter Jauchegeruch lag in der Luft.

Vor einer wuchtigen, aus dicken Holzplanken gezimmerten Tür blieb er stehen. Eine Klingel gab es nicht. Er schlug mit der Faust auf den Türflügel. Zunächst schien sich nichts zu rühren. Er wartete geduldig. Plötzlich vernahm er Geräusche hinter der Tür. Ein Baby fing an zu weinen. Eine Frauenstimme rief:

»Einen Augenblick, ich komme.«

Er hörte, wie ein Schlüssel herumgedreht wurde. In der Türöffnung erschien eine Frau mit einer Schürze. Auf dem Arm trug sie einen Säugling; ein kleines Mädchen klammerte sich an ihren Rockzipfel. Sie schaute über Morels Schulter, als rechnete sie mit einer weiteren Person hinter ihm.

»Guten Tag«, sagte Morel mit einem Lächeln. »Ich suche Vater Constancieux. Man hat mir gesagt, dass er hier wohnt.«

»Wer ist der Mann, Mama?«

Die Frau warf dem kleinen Mädchen einen Blick zu.

»Mein Name ist Jean-François Morel«, erklärte Jeff verbindlich. »Ich bin Journalist und arbeite für den *Progrès* von Lyon.«

Die Frau trat einen Schritt zur Seite.

»Treten Sie bitte ein.«

Im Haus roch es nach feuchter Wolle und Windeln. Morel folgte der Frau in die Küche. Das Mädchen hatte den Rock seiner Mutter losgelassen und sich, den Daumen im Mund, in einen kleinen Schaukelstuhl gesetzt. Die Fliesen in der Küche waren schmutzig, überall waren Spritzer. Die Wände waren von einem fettigen Film überzogen.

»Sie möchten Vater Constancieux besuchen?«, fragte sie.

»Genau«, antwortete Morel.

»Er bekommt nicht allzu viel Besuch, der Ärmste. Es geht ihm nicht besonders gut. Gestern war der Doktor da. Er sagte, dass er eigentlich ins Krankenhaus gehöre.«

»Ist er denn krank?«, erkundigte sich Morel.

»Ach nein, er ist einfach nur alt. Und in seinem Alter … da ist schon die kleinste …«

»Ich weiß«, sagte Morel. »Könnte ich ihn trotzdem sehen?«

»Natürlich. Ich werde Ihnen sein Zimmer zeigen. Ich muss sowieso hochgehen, um der Kleinen die Windel zu wechseln.«

Morel folgte ihr die dunkle Treppe hinauf. In der Küche fing das Mädchen an zu weinen.

»Jetzt reicht es aber, Justine!«, schimpfte die Frau.

Im Flur des oberen Stockwerkes war es ruhig. Die Frau straffte ihre Schultern und seufzte. Sie wies Morel auf eine geöffnete Tür hin.

»Da ist es. Achten Sie nicht darauf, was er erzählt, er ist nicht mehr ganz richtig im Kopf, der Ärmste.«

Die Hoffnungen des Journalisten stürzten zusammen wie ein Kartenhaus. Er bedankte sich und ging auf die Tür zu.

Das Zimmer roch nach billigem Kölnisch Wasser. Mit aschfahlem Gesicht saß Vater Constancieux in einem Sessel. Er trug eine Baskenmütze auf dem Kopf und einen wollenen Morgenmantel über einem Flanellschlafanzug.

Morel trat zu ihm und nannte seinen Namen. Der

Greis ließ seinen Kopf weiter an der Rückenlehne des Sessels ruhen und schaute regungslos aus dem Fenster.

»Ach, Sie sind es«, sagte er, ohne sich zu rühren.

Er hatte deutliche Mühe zu sprechen, außerdem bewegte er die Lippen kaum. Der Journalist zog einen Stuhl heran und setzte sich.

»Ich heiße Morel, Vater Constancieux. Ich bin Journalist beim *Progrès* von Lyon.«

Er musste seine Taktik ändern. An einen Monolog nach der Art ›Ich erinnere mich noch, wie damals ...‹ war bei Vater Constancieux nicht zu denken. Es ging vielmehr darum, die richtigen Fragen aufeinanderfolgen zu lassen, die jeweils nur mit einem Ja oder Nein beantwortet werden konnten. Er stellte sein Tonbandgerät auf die Armlehne des Sessels. ›Es lohnt nicht, wenn ich meine Zeit mit übertriebenen Höflichkeitsfloskeln vertue‹, sagte er sich. ›Wenn er völlig verkalkt ist, verschwinde ich einfach wieder.‹

»Buchenwald. Sagt Ihnen dieser Name etwas?«

Morel hatte sich bemüht, sehr deutlich zu reden. Der Priester schaute nicht mehr aus dem Fenster, sondern auf den Fußboden. Jeff beugte sich zu ihm und legte dem Greis eine Hand auf die Schulter.

»Sagen Sie mir bitte, ob Sie sich noch daran erinnern.«

Der Alte nickte mit dem Kopf.

»Was war Buchenwald, mein Vater?«

Er starrte den Journalisten an. Seine geröteten Augen schimmerten feucht.

»Das Konzentrationslager«, seufzte der Greis.

›Immerhin‹, dachte Jeff erleichtert.

»Genau. Erinnern Sie sich daran, in welchem Land das Konzentrationslager lag?«

Die Hände des Alten ruhten weiterhin auf seinen Knien.

»In Deutschland.«

Das Herz des Journalisten machte einen Sprung. Der Alte wurde von einem Hustenanfall geschüttelt. Er zog ein Taschentuch aus seinem Morgenmantel hervor und spuckte hinein.

»Desmeuraux«, warf Morel ihm nun hin. »Guillaume Desmeuraux war mit Ihnen in Buchenwald. Erinnern Sie sich an ihn?«

Der Greis bekam eine Art Schluckauf und bedeutete Morel, näher zu ihm zu kommen. Der Journalist rückte seinen Stuhl heran. Vielleicht hatte er sich ja doch nicht umsonst hierherbemüht.

»Erinnern Sie sich an Desmeuraux, Vater?«

In diesem Augenblick bestand Morels Welt aus diesen paar Quadratmetern, aus diesem Zimmer mit seinen gräulichen Wänden, in dem sich nun allmählich der undurchdringliche Nebel der Zeit lichtete.

»Ja, ich erinnere mich. Der Rabe«, murmelte er.

Morel atmete schwer ein. Vielleicht hatte er nicht deutlich genug gesprochen.

»Nein, nicht der Rabe. Des-meu-raux! Guillaume Desmeu-raux!«

Vater Constancieux schüttelte den Kopf.

»Bitte denken Sie noch einmal nach, mein Vater. Es ist wichtig.«

Der Greis schlug die Augen nieder.

»Er ist mit dem anderen abgehauen«, sagte er mit erstickter Stimme.

»Welchem anderen, mein Vater?«

»Dem Fuchs.«

Morels Blick schweifte zu seinem Tonbandgerät und blieb dort hängen. Er hielt es an und steckte es zurück in seine Tasche. Er begriff, dass er gescheitert war. Es machte keinen Sinn, den Alten weiter zu bedrängen. Er wollte aufstehen. Vater Constancieux fasste seine Hand; er drückte sie so fest, als wollte er ihn zurückhalten.

»Der Rabe, das ist der, der …«

»Ja, der Rabe. Ich verstehe. Ruhen Sie sich jetzt aus.«

›Er bekommt nicht mehr viel Besuch. Er ist nicht mehr ganz richtig im Kopf‹, hatte die Frau gesagt.

Vorsichtig löste Morel seine Hand aus der des Priesters. Er glaubte so etwas wie Überraschung in den Augen des alten Mannes wahrzunehmen. Er schob den Stuhl zurück, stand auf und ging zur Tür.

»Ich komme wieder«, sagte er.

Er verließ das Haus, nachdem er der Frau seine Visitenkarte gegeben hatte.

»Falls es einmal nötig sein sollte.«

Er ging nicht sofort zu seinem Auto zurück, sondern schlenderte zu einem nahen Steinmäuerchen. Dort stützte er sich auf seine Ellbogen und dachte nach. Er hatte es nicht für notwendig erachtet, Vater Constancieux von Mariette zu erzählen. Der Alte brachte alles durcheinander; er war kindisch geworden. Um sein Gewissen zu beruhigen, sah der Journalist in seiner Mailbox nach. Keine Nachricht von Gorju.

›Ich lasse mich nicht unterkriegen!‹, schwor er sich.

Er überließ sich der Betrachtung eines vernachlässigten Gemüsegartens. Ein Hund rannte über eine vertrocknete Wiese. Morel pfiff. Der Hund blieb stehen und hob den Kopf. Morel pfiff noch einmal. Der Hund jagte mit aufgestellten Ohren weiter.

Der Journalist zuckte die Schultern, zündete sich eine Zigarette an und ging zum Zaun zurück. Er war niedergeschlagen von der mageren Ausbeute seines Besuches.

Hinter der Abzweigung brachte Hélène den Wagen zum Stehen.

»Sind Sie sicher, dass dies der richtige Weg ist?«, fragte sie.

»Ja«, antwortete Fabienne. »Eine Witwe, die in der Kirche nach dem Rechten sieht, hat ihn zu sich genommen. Sie lebt mit ihren zwei Kindern auf einem mehr oder weniger verfallenen Bauernhof.«

»Wir hätten etwas für die Kinder kaufen können, oder?«

»Wir können ihnen etwas von der Schokolade abgeben. Machen Sie sich darüber keine Sorgen.«

Hélène fuhr weiter. Ein Bauer brannte mit in den Nacken geschobener Mütze auf einem Feld Unkraut ab.

Plötzlich tauchte ein Auto auf. Es fuhr so schnell, dass es eine Staubwolke hinter sich aufwirbelte. Hélène schlug das Lenkrad ein und fuhr auf die Seite.

Ohne zu bremsen, raste das Auto an ihnen vorüber. Fabienne hatte sich umgedreht und rief:

»Haben Sie gesehen, wer das war?«

»Nein.«

»Jean-François Morel, der Journalist vom *Progrès*. Er war im Hotel, um ein Interview mit Ihnen zu führen.«

»Er spinnt wohl, hier so zu rasen«, empörte sich Hélène.

»Ich frage mich, was er hier verloren hat.«

Ein paar Minuten später öffnete ihnen die Frau, die Vater Constancieux bei sich aufgenommen hatte, die Tür.

»Mein Gott«, sagte sie, »heute hat er ja einen richtigen Besuchstag.«

»War Morel hier?«, fragte Fabienne.

»Der Journalist? Ja, aber er ist nicht lange geblieben. Der Vater ist ein bisschen erschöpft.«

»Können wir ihn trotzdem sehen?«, bat Hélène.

»Ja, natürlich.«

Morel bremste abrupt. Die kleine Straße führte ausschließlich zu dem Bauernhof. Also wollten Hélène Wang und Fabienne Thomas-Blanchet Vater Constancieux treffen, das stand fest.

Die Chinesin war umsonst hier. Auch bei genauer Betrachtung fiel Jeff nichts ein, was Hélène aus dem Alten herausbekommen könnte. Es bestand doch nicht die geringste Hoffnung auf einen hellen Moment im Kopf dieses Priesters.

›Sie scheint der gleichen Fährte zu folgen wie ich‹, grübelte er.

Dieser Gedanke löste bei ihm Alarm aus. Morel glaubte an schicksalhafte Zeichen. Das war der Moment für eine Kehrtwendung; er wollte herausfinden, was genau er von der Schriftstellerin zu befürchten hatte.

Er wendete und fuhr die Straße zurück.

Fabienne war in der Küche geblieben, um der Frau Gesellschaft zu leisten. Als Hélène vor Vater Constancieux stand, wusste sie nicht, wie sie das Thema anschneiden sollte, das sie interessierte. Der Greis schien ihr in keiner guten Verfassung zu sein, und sein Blick war getrübt.

Sie stellte die Schachtel mit den extra gekauften Pralinen auf die Knie des Priesters und öffnete sie.

»Das ist für Sie«, sagte sie.

Vater Constancieux ließ seine Augen zuerst auf ihr, dann auf den Pralinen ruhen. Er nahm eine heraus, steckte sie in den Mund und kaute sie langsam. Ein zuckriger Geruch breitete sich aus. Als er fertig war, fragte Hélène:

»Sind sie gut?«

Der alte Mann nickte.

»Mein Vater«, sagte sie, »ich bin auf der Suche nach Informationen über zwei Männer, die Sie vielleicht während des Krieges gekannt haben. Sie nannten sich der Fuchs und der Rabe, genau wie in der Fabel. Ich glaube, dass sie der Résistance angehörten. Sagen Ihnen die Namen etwas?«

Der Priester schnalzte zufrieden mit der Zunge. Nach einem kurzen Schweigen kam Leben in den Greis, als hätte er schon lange auf diesen Augenblick gewartet.

»Die Gestapo und die deutschen Soldaten hatten ›Totenköpfe‹ auf ihren Helmen. Wir mussten uns an der Wand aufstellen. Sie suchten nach Terroristen. So nannten sie es … Ein Offizier schrie, dass er über den Fuchs und den Raben Bescheid wisse, dass es sich um zwei Schüler aus dem Gymnasium handle …«

Vater Constancieux hielt einen Augenblick inne, bevor er fortfuhr:

»... Ich erinnere mich an das Lager ›Charles‹. Es waren junge Freiwillige für den Widerstand. Der Rabe ... stand ganz in der Nähe. Niemand sah ihn an. Die Deutschen drohten uns. Später haben sie uns zum Bahnhof geführt. Wir sind bei der Kirche vorbeigekommen. Es war Mittag. Ich habe den Fuchs gesehen. Auch ihn hatte man verhaftet.«

Der Greis stieß einen Seufzer aus. Er deutete mit dem Kopf auf eine Wasserflasche und ein Glas auf dem Nachttisch. Als Hélène aufstand, folgte er ihr mit den Augen. Langsam trank er ein halbes Glas.

»›*Raus! Raus! Schnell! Schnell!*‹, schrien sie, um uns möglichst schnell aus den Waggons zu treiben.«

Seine Hände verkrampften sich.

»Diese Deutschen! Eine Frau sagte, dass wir eine sehr lange Reise vor uns hätten. Der Fuchs und der Rabe sind zu mir gekommen, und wir haben gebetet. Wir bekamen Brot und Sardinen mit auf den Weg.«

»Sind Sie von Bourg-en-Bresse aufgebrochen?«, unterbrach ihn Hélène.

»Wir sind nachts mit dem Zug losgefahren, in das Konzentrationslager.«

»Mein Vater, erinnern Sie sich an die richtigen Namen von dem Fuchs und dem Raben?«

Der alte Mann lächelte betreten.

»Das ist schwierig.«

»Claude Mayeux – könnte einer von ihnen so geheißen haben?«

Der Priester dachte einige Sekunden angestrengt nach.

»Ich bin sicher, dass es Ihnen einfällt«, ermutigte Hélène ihn.

»Das war der Fuchs«, sagte Vater Constancieux und hob befriedigt den Kopf.

»Genau, Vater. So hieß er. Und der Rabe?«

Der Alte nahm eine Praline aus der Schachtel.

»Der junge Mann hat mir seinen Namen vorhin gesagt.«

Er räusperte sich und spuckte in sein Taschentuch. Er sah Hélène mit angsterfülltem Blick an.

»Desmeuraux?«, hauchte er.

»Sehen Sie, Sie erinnern sich an alles. Darf ich mir eine Praline nehmen?«

Der Alte lächelte entschuldigend und nickte. Als sie fertig waren, fragte Hélène:

»Was ist dann geschehen? Der Fuchs und der Rabe – waren Sie während der Fahrt ins Konzentrationslager bei Ihnen im Waggon?«

»Der Rabe sagte, man habe sie verraten und wisse, wer er sei. Ich wollte sie daran hindern, vom Zug zu springen; es waren viele Frauen und Kinder bei uns, und wir fürchteten die Vergeltungsaktionen. Aber sie sind gesprungen. Ich bin geblieben, wegen der anderen.«

Hélène überließ sich ein paar Minuten ihren Gedanken.

»Dann waren die beiden also niemals in Buchenwald?«

»Wie?«

»Der Fuchs und der Rabe sind niemals in Buchenwald eingetroffen?«

»Ich habe Ihnen doch gesagt, dass sie gesprungen sind!«

Er warf ihr einen vorwurfsvollen Blick zu. Sie lächelte ihn an. Sie hatte genug erfahren. Vater Constancieux war völlig außer Stande, über Dinge Auskunft zu geben, die er nicht unmittelbar miterlebt hatte.

Sie füllte sein Glas noch einmal nach und stellte es in seine Reichweite.

»Ich danke Ihnen«, sagte sie.

Der Greis war in einen apathischen Zustand gesunken. Tränen liefen ihm über die Wangen. Er wirkte erschöpft.

Hélène verließ das Zimmer. Bewegt blieb sie auf dem Treppenabsatz stehen. Sie war nicht hergekommen, um den alten Mann so in die Enge zu treiben.

Sie ging hinunter. Stimmen klangen ihr entgegen. Als sie in die Küche kam, saß Fabienne auf einem Hocker, ihr gegenüber stand der Journalist vom *Progrès*, Morel, und putzte seine Brille mit einem Zipfel seines Hemdes. Seine feinen, wirren Haare hatten die Farbe von verbranntem Brot.

»Hélène«, sagte Fabienne, »erinnern Sie sich an Jean-François Morel?«

Morel hatte seine Brille wieder aufgesetzt.

»Jeff«, sagte er. »Jeff ist mir lieber.«

Vor einer halben Stunde war dieser Jeff noch im Zimmer von Vater Constancieux gewesen und hatte versucht, ihm bei seinen Erinnerungen auf die Sprünge zu helfen, dachte Hélène.

»Ich habe Jeff gesagt, dass wir vorbeigekommen sind, um den Kindern Schokolade zu bringen«, warf Fabienne ein.

Hélène zwang sich zu einem Lächeln.

»Jeff«, sagte sie, »wenn Sie möchten, dass wir über Guillaume Desmeuraux reden, sollten wir in mein Hotel gehen.«

7

Als Hélène aus der Dusche kam, betonten der weiße Bademantel und ihre streng nach hinten gekämmten schwarzen Haare ihre Blässe. Zum ersten Mal nahm Morel ihren Blick wahr, es war ein eindringlicher und rätselhafter Blick.

»Er ist uns mehrere Längen voraus«, sagte sie und öffnete das Fenster ein wenig. »Er ist vorausschauend und wendig. All das sind wir nicht.«

Draußen wurden die Schatten langsam länger. Sie lehnte sich an die Wand. Der Journalist und Fabienne saßen auf dem Bett.

Sie hatten ihre Informationen ausgetauscht, und Morel fragte sich, ob Hélène alles preisgegeben hatte, was sie wusste. Er für seinen Teil hatte nicht alles offengelegt; einen Trumpf – seinen einzigen im Übrigen – hatte er für sich behalten: Henri Gorju.

Im Augenblick weigerte sich die Schriftstellerin, über das Thema zu sprechen, das Morel vor allem interessierte: ob sie vorhatte, nach der Auflösung des Falles eine Geschichte daraus zu machen. Sie hatte bestätigt, dass sie gezwungen war, sich auf das Spiel einzulassen, weil er es so beschlossen hatte. Dabei hatte sie es jedoch belassen.

»Haben Sie überhaupt keinen Verdacht?«, fragte Morel.

Hélène schüttelte den Kopf.

»Wir können nicht warten, bis er sich zeigt, und ich glaube, dass uns nicht mehr viel Zeit bleibt.«

»Wie kommen Sie darauf?«, wollte Morel wissen.

»Laura ist ihm entgangen. Diese Enttäuschung wird er nicht einfach so hinnehmen.«

»Ich bin immer noch der Meinung, dass wir die Polizei verständigen sollten«, warf Fabienne ein.

Hélène hatte sich auf den Teppichboden gesetzt. Morel wandte sich an sie.

»Was sagen Sie dazu?«

Sie zog ihren Morgenmantel eng um sich und wich seinem Blick aus.

»Ich halte das für keine gute Idee. Wir sind nicht sehr dicht an ihm dran, im Gegenteil«, gab sie zu bedenken. »Im Grunde können wir der Polizei nur Vermutungen auftischen, und es wird mehrere Wochen dauern, bis sie überprüft hat, ob und wie viel Wahres an diesen Vermutungen ist.«

»Das stimmt. Wir sind nicht einmal in der Lage, ein Motiv für den ›Mord‹ an den Ravennes zu liefern«, stellte Fabienne fest.

Morel nahm sich Zeit zum Nachdenken.

»Vielleicht war es ein Racheakt derer, die in das Konzentrationslager deportiert wurden. Der Priester hat Ihnen ja gesagt, dass die Deutschen wegen des Raben eine Razzia durchgeführt haben; diejenigen, die im Zug waren, mussten Schlimmes über sich ergehen lassen. Das wäre vielleicht ein Motiv.«

Der Journalist sah erst Hélène, dann Fabienne und schließlich wieder Hélène an.

»Die Deutschen haben wegen der Résistance Tausende von Geiseln erschossen, und die Familien trachteten nicht danach, sich an Résistancemitgliedern zu rächen«, warf Hélène ein. »Ich erinnere Sie daran, dass sie zu zweit waren, Desmeuraux *und* Mayeux. Alle beide wurden denunziert.«

Morel fuhr sich mit der Hand durch die Haare und seufzte. Mit ihrem Einwand hatte sie etwas angeschnitten, was er am liebsten beiseite gelassen hätte. Für ihn begann und endete die Angelegenheit mit dem Mord an der Familie Ravenne.

»Das ist ganz schön verzwickt«, sagte er.

Fabienne ließ ein Gähnen hören.

»Entschuldigen Sie mich bitte, ich bin hundemüde ... Hélène, sollen wir ihm ein Foto von mir schicken, als Köder gewissermaßen?«

»Eher als Lockvogel«, sagte Morel.

Fabienne wies mit erhobenem Zeigefinger auf den Journalisten.

»Also wirklich! Am Ende werde ich noch wegen sexueller Belästigung angeklagt!«

Alle drei lachten, um ihre Anspannung etwas abzuschütteln.

Hélène schien den Lockvogel-Vorschlag ernsthaft in Erwägung zu ziehen.

»Er wird uns keine zweite Chance geben, wenn wir ihm nicht die richtige Botschaft schicken«, sagte sie schließlich ernst. »Wir müssen dem Geist Edgar Allan Poes entsprechen und uns in ein romantisches junges Mädchen versetzen, das verträumt und unverstanden auf der Suche nach dem einen, seelenverwandten Geschöpf ist.«

»Ganz schön klischeehaft«, gab Fabienne ihren Kommentar dazu ab.

»Wenn man fünfzehn Jahre alt ist, kommt einem so etwas sehr außergewöhnlich vor.«

Fabienne erhob sich.

»In der Zwischenzeit gehe ich nach Hause und nehme eine Dusche.«

Sie sah auf ihre Uhr, dann wandte sie sich an Hélène:

»Geben Sie mir eine Stunde. Wir treffen uns bei mir wieder. Bis dahin kann jeder für sich nachdenken.«

»Ich begleite Sie«, sagte Morel.

Hélène war aufgestanden.

»Sie sehen müde aus«, bemerkte Morel. »Ist es Ihnen lieber, wenn wir alles auf morgen verschieben?«

»Kommt nicht in Frage!«, entgegnete sie lebhaft.

Der Tonfall überraschte den Journalisten. Er ging im Zimmer auf und ab.

»Sind Sie sicher, dass Sie mir alles über den Typen erzählt haben?«

Er blieb stehen, um seiner Frage Nachdruck zu verleihen.

»Entschuldigen Sie«, sagte Hélène. »Ich vergesse manchmal, dass die anderen nicht wissen, wozu er in der Lage ist.«

Morel schwieg einen Augenblick. Die Antwort schien ihn nicht zu überzeugen.

»Gehen wir«, murmelte er.

In diesem Augenblick klingelte Fabiennes Handy. Sie nahm das Gespräch an.

»Ja, ich bin dran«, antwortete sie.

»...«

»Ich habe sie heute nicht gesehen. Nein, die Mediathek ist geschlossen.«

»...«

»Nein, ich habe sie nicht gesehen«, wiederholte sie zögernd. »Ich verstehe, Madame Martin … ja, sicher … Ich werde nachfragen und rufe Sie dann wieder an.«

Fabienne beendete das Gespräch. Sie drehte sich zu Hélène und Morel um. Ihre Lippen bewegten sich, ohne einen Laut hervorzubringen. Einen Moment später flüsterte sie:

»Mein Gott!«

»Was ist los?«

»Sylvie Martin. Ihre Mutter hat sie seit heute Morgen nicht mehr gesehen und nichts von ihr gehört.«

»Ist das die Kleine, die mit Marmaris auf der *Ranch* war?«, fragte Hélène.

Fabienne nickte. Sie klimperte mit den Lidern, als müsste sie Tränen zurückhalten. Morel sah die beiden Frauen an.

»Wer ist dieser … Tamaris …«

»Marmaris«, verbesserte Hélène mit ernstem, versteinertem Gesicht. »Er ist Bildhauer. Fabienne und ich haben ihn in einem Restaurant mit diesem Mädchen, mit Sylvie Martin, getroffen. Sie geht noch zur Schule, in die Abschlussklasse.«

Fabienne wühlte in ihrer Tasche. Sie holte ein Adressbüchlein hervor und durchblätterte es mit zittrigen Fingern. Sie musste zweimal neu ansetzen, bis sie die richtige Nummer gewählt hatte.

»Ich rufe Melik an«, sagte sie. »Ich hoffe, dass Sylvie bei ihm ist.«

Morel hatte mit besorgter Miene die Hände in die rückwärtigen Taschen seiner Jeans gesteckt.

»Es nimmt niemand ab«, murmelte Fabienne. »Ich versuche es auf seinem Handy.«

Sie bekam einen gequälten Gesichtsausdruck.
»Ich bekomme keine Verbindung.«
»Gehen Sie bei ihm vorbei, und rufen Sie mich von dort aus an«, sagte Hélène.

Nachdem Fabienne und Morel gegangen waren, öffnete Hélène das Fenster weit, um das Zimmer zu lüften. Vor ihr lag der See in der stillen Dämmerung. Mit der immer gleichen Bewegung schob sie eine in die Stirn fallende Haarsträhne zurück.

Sie ahnte, dass das Verschwinden von Sylvie Martin kein falscher Alarm war. Sie glaubte nicht an einen bloßen Zufall: Zwischen Lauras Tod und Sylvies Verschwinden bestand eine Verbindung. Auch wenn es ein verzwickter Fall war, wie Morel vorhin gesagt hatte, folgte der Mörder einer genauen Logik. Es ging nicht darum, sich harmlose Deutungen zurechtzulegen, sondern darum, die Motive herauszufinden, die ihn dazu getrieben hatten, Sylvie als Opfer auszuwählen.

›Worin bestanden die Gemeinsamkeiten von Lénore, Laura und Sylvie?‹, fragte sich Hélène. Abgesehen davon, dass die beiden ersten die Töchter des Fuchs und des Raben waren, besaßen sie auch eine Unschuld und eine Frische, die Sylvie Martin nicht mehr hatte. Sie war siebzehn und gab sich mit älteren Leuten ab; sie gehörte zu den Mädchen – *ein kleines Flittchen,* hatte Fabienne gesagt –, die über Männer schon ganz gut Bescheid wussten. Das passte nicht zusammen. Wenn der Mörder Sylvie entführt hatte, so nicht, um die *gleiche* Lust zu befriedigen, die er mit Lénore erlebt und sich von Laura erhofft hatte. Sie waren Mädchen, bei denen er jemand anders sein konnte, als er tatsächlich war. Die Störung, die ihn daran hinderte, eine normale Beziehung zu einer Frau zu haben, trieb ihn zu sehr jungen Mädchen. Er herrschte über sie und berauschte sich an seiner eigenen Macht; vielleicht glaubte er sogar, er könne ihnen Lust bereiten. Schönheit und Unschuld – sie waren der Auslöser für seine Gewalt. Sylvie war für ihn lediglich abgegriffenes Fleisch.

›Mich hätte er auch vergewaltigen können‹, dachte Hélène, ›er hätte mich sogar töten können an dem Abend, als er in mein Zimmer kam. Er hat es aber nicht getan. Zugegeben, er braucht mich noch, andererseits ist er jedoch auch unfähig, seinen Trieb zu unterdrücken. Also interessiere ich ihn nicht. Mit Sylvies Entführung ist er ein zusätzliches Risiko eingegangen, trotz der Anspannung, unter der er seit Lauras Tod steht. Dieses Risiko wird wettgemacht durch das zu Grunde liegende Motiv: entweder das Bedürfnis, seine Wahnvorstellungen zu befriedigen, oder die Notwendigkeit, diejenigen zu bestrafen, die sich ihm in den Weg stellen. Sylvie passt nicht in die erste Kategorie.‹

Hélène ging in ihrem Zimmer auf und ab; sie dachte so angestrengt nach, dass sich ihre Stirn in Falten legte.

›Warum diese Eile? Warum hatte er Sylvie gewählt? Welcher Logik folgt er? Ist es ein sorgfältig geplanter und ausgeführter Racheakt? Wer sollte gerächt werden? Die Rache gehört nicht zu seinem Repertoire; der Fuchs selbst und seine Ex-Frau, Lauras Mutter, interessieren ihn nicht.

Laura? Und wenn die kleine Martin nun etwas über Lauras Tod wusste?‹ Sie blieb abrupt stehen. ›Ich habe recht‹, dachte sie. ›Er kann Lauras Tod nicht vergessen.

Er ist aus dem Gleichgewicht geraten, wie ich es Fabienne gesagt habe. Seine an dieses Mädchen geknüpften Fantasien müssen ihn bis zum Wahnsinn getrieben haben. Wenn er nun Sylvie entführt hat, so aus einem ganz bestimmten Grund; er ist überzeugt, dass sie etwas über Lauras Tod weiß, was sie zweifellos auch der Polizei hätte erzählen können. Wenn aber Sylvie der Polizei nichts gesagt hat, wen will sie decken? Melik Marmaris?‹

Hélène legte sich auf das Bett. Jetzt übermannte sie die Müdigkeit, ihre Wachsamkeit schwand dahin, und alles versank in einem strahlenden, beruhigenden Blau. Ihre Gedanken wurden leicht, und ein Leuchten umgab sie, wie es der Oberfläche des Sees eigen ist, in dessen Tiefen man hinuntergleitet.

Das Dunkel der Dämmerung senkte sich über das Tal und verschmolz die Tannen allmählich zu einer dunklen, einheitlichen Masse.

»Kennen Sie diesen … Marmaris gut?«, fragte Morel.

Fabienne zuckte die Schultern.

»Ist es Ihr Ex-Freund?«

»Könnte man so sagen.«

Der Journalist drehte sich zu ihr um.

»Haben Sie jetzt einen anderen?«

»Nein. Ich bin auch nicht auf der Suche. An der nächsten Ampel nach rechts, bitte.«

»Ist er denn so schwer zu ersetzen, dieser Herr?«

Fabienne hatte nicht die geringste Lust, sich auf dieses Thema einzulassen. Morel gefiel ihr, aber die Umstände waren ungünstig.

»Finden Sie nicht, dass der Zeitpunkt etwas unpassend ist für solche Überlegungen?«

Dem Journalisten war das Zittern in Fabiennes Stimme nicht entgangen.

»Beruhigen Sie sich! Es besteht kein Grund, sich aufzuregen. Wir werden Ihre Sylvie schon wiederfinden. Sie werden doch nicht in das paranoide Szenario von Hélène Wang eintauchen!«

Sie fuhren eine ruhige, menschenleere Straße entlang.

»Was wollen Sie damit sagen?«

»Hören Sie, ich bin der Erste, der überzeugt ist, dass die Ravennes ermordet wurden und dass es sich um einen Racheakt handelt, der auf die Zeit des Zweiten Weltkrieges zurückgeht. Aber für mich ist der Fall damit auch beendet. Schluss, aus! Diese ganzen Hirngespinste über Laura, über einen Mörder, der nicht mehr von Rachegelüsten getrieben wird, sondern auf irgendetwas anderes aus ist ... Das ist doch der reine Wahnsinn!«

»Sie sind wütend, weil sie Ihnen keine Aufmerksamkeit schenkt.«

»Wie bitte?«

»Man muss nur darauf achten, wie Sie sie ansehen.«

»Alle Typen sehen sie auf die gleiche Weise an, oder etwa nicht?«

»Ich weiß nicht, ob alle Typen. Sie glauben also nicht, was sie Ihnen erzählt hat. Der Telefonanruf im Zug; das für sie bestimmte, in der Mediathek hinterlegte Geständnis; der nächtliche Besuch in ihrem Zimmer im *Brochet bleu;* ganz zu schweigen von der Frau des Inspektors Buzinski ..., Laura ... und nun Sylvie ...«

Der Journalist schüttelte den Kopf.

»Nein, aber warten Sie!«

»Fahren Sie um den Kreisverkehr und dann verbotenerweise in die Einbahnstraße.«

»Regen Sie sich nicht auf! Ich habe Ihnen gesagt, was ich denke. Ihre Freundin Hélène ist Schriftstellerin; sie ist auf einen ungesühnten Mordfall gestoßen, und sie hat sich von ihrer Fantasie mitreißen lassen. Sie entwirft einen Roman, in dem sie die Heldin ist. Na! Schauen Sie mich nicht so an! Warum weigert sie sich, die Polizei zu verständigen? Macht Sie das nicht hellhörig?«

»Sie sind sicher ein guter Journalist, Jeff Morel, und ein guter Journalist besitzt eine gute Urteilskraft. Aber ich glaube, in diesem Fall liegen Sie falsch. Parken Sie auf dem Gehweg!«

8

Er war zurückgekommen. Sylvie wusste nicht, wie viele Stunden vergangen waren. Er hatte ihre Knöchel losgebunden und sie zum Aufstehen gezwungen. Seine Hand hatte sich um ihren Ellbogen geschlossen wie ein Schraubstock, dann hatte er sie vorwärtsgetrieben. Der Weg war lang. Die Tannennadeln knisterten unter ihren Schritten. Sie gingen wieder zur Straße hinab.

Er hatte sie auf die Rückbank eines Autos geworfen. Es war Nacht. Sie hatte ihn fluchen hören, als ein anderer Autofahrer ihn mit seinem Fernlicht geblendet hatte.

Jetzt lag sie auf einer Strohmatratze, den rechten Knöchel umschloss ein Ring, die Hände waren zusammengebunden. Wenn sie das Bein bewegte, vernahm sie das Klirren einer Kette. Er hatte den Knebel herausgenommen, aber die Augenbinde hatte er nicht entfernt. Er hatte sie entkleidet und sie dabei auf abscheuliche Weise berührt. Beinahe verrückt vor Angst, hatte sie um Hilfe geschrien. Aber als ihr klar geworden war, dass ihre Schreie seine Brutalität und seine Wut nur noch steigerten, hatte sie geschwiegen. Sein Stöhnen klang rau und hektisch wie das eines Asthmatikers.

Dann blieb sie starr vor Schreck in der feuchten Stille zurück. Die Kälte sickerte von den Wänden herab.

›Ich will nicht sterben. Ich will nicht sterben‹, wiederholte sie immer wieder. ›Ich bin zu schwach, um mich zu wehren. Ich werde tun, was er verlangt. Was wird mit mir geschehen? Oh, mein Gott, lass mich nicht sterben.‹

Sie hörte ihn. Sie fühlte, wie er näher kam. Sie zog die Beine zur Brust und kauerte sich zusammen. Er musste vollkommen ausgerastet sein, dass er so etwas tat; er, der sonst so freundlich zu ihr gewesen war. Vielleicht konnte sie ihn erweichen, ihm gut zureden.

›Ich höre sein Atmen. Ich darf nicht jammern oder versuchen zu fliehen. Mama! Ich will ihn nicht sehen!‹

Er hatte ihr die Binde abgenommen. Sie weigerte sich, die Augen zu öffnen, und schlug die Hände vors Gesicht. Er beugte sich zu ihr und riss die Hände weg.

»Öffne die Augen!«, hatte er befohlen.

Seine Stimme klang nicht eigentlich gewalttätig. Sie hatte sich dazu durchgerungen, ihn anzusehen. Er reichte ihr ein feuchtes Handtuch, und sie fuhr sich damit über das Gesicht.

»Wenn du tust, was ich dir sage, wird dir nichts geschehen. Du brauchst gar nicht um Hilfe zu rufen, denn es wird dich niemand hören. Es ist niemand da.«

Sie hatte sich den Körper und das Gesicht mit dem Handtuch bedeckt. Sie wollte nicht, dass er sie nackt sah. Unter anderen Umständen wäre ihr das gleich gewesen; aber hier verstärkte die Nacktheit ihr Gefühl, ihm ganz und gar ausgeliefert zu sein.

»Ich nenne dir jetzt meine Bedingungen«, sagte er. »Ich will wissen, wem du Laura vorgestellt hast. Ich will auch, dass du einen Brief an deine Mutter schreibst. Ich werde dir den Text diktieren. Wenn die Zeit gekommen ist, kannst du verschwinden.«

Sie hatte angefangen zu weinen. Er riss ihr grob das Handtuch fort.

»Du zählst nicht für mich«, schleuderte er ihr entgegen.

Sie hörte auf zu weinen.

»Wenn Sie mich gehen lassen, schwöre ich, dass ich Sie nicht verrate«, sagte sie.

»Wenn du nicht tust, was ich dir sage, werde ich dich in Stücke zerlegen. Du hast also die Wahl!«

In der Hand hielt er ein Messer. Ein Jagdmesser mit einer geriffelten Klinge. Er hatte ihr bereits im Wald damit gedroht.

»Also?«, fragte er. »Entscheide dich, oder ich schneide dir den Bauch auf!«

Seine Stimme hatte sich verändert. Jetzt klang sie gewalttätig und unkontrolliert, als sei er außer sich.

Der Verschlag war lediglich durch eine an der Decke angebrachte Lampe erhellt. Sylvie konnte sich nicht bewegen, ihre Augen hingen starr an der Klinge. Ihr Herz klopfte zum Zerspringen; ihre Zunge klebte an ihrem Gaumen. Die Klinge bewegte sich geradewegs auf sie zu.

»Nein«, schrie sie, »nein!«

Die Klinge war jetzt an ihrer Wange. Sie gab ein Stöhnen von sich.

»Ich flehe Sie an, tun Sie mir nicht weh, bitte!«

»Wenn du mir hilfst, werde ich dir nicht wehtun. Wirst du die Wahrheit sagen?«

Sie versuchte zu schlucken und nickte.

»Ich werde dir einige Fragen stellen.«

Es fiel ihm schwer, seinen Hass zu unterdrücken. Wegen dieses Mädchens hatte er Laura verloren.

»Leg dich hin«, befahl er.

Er hatte Lust, ihr die Klinge in den Bauch zu stoßen,

aber er durfte es nicht tun, noch nicht. Sie war keine unschuldige Zeugin; sie war am Tod Lauras mitschuldig. Er musste die Auskünfte, die sie ihm liefern würde, überprüfen.

Er setzte sich neben sie auf den Rand der Strohmatte und hielt die Klinge an ihren Bauch. Sie wagte weder zu schreien noch zu schluchzen oder zu stöhnen, aus Angst, er könne sie beim geringsten Seufzer erdolchen. Er drückte mit der Spitze des Messers zu und schlug sie mit der anderen Hand.

»Wem hast du Laura vorgestellt?«

Er wiederholte seine Frage und verstärkte den Druck auf die Klinge. Auf Sylvies Bauch zeigte sich ein Blutstropfen. Er beugte sich über sie, bis sein Gesicht dem ihren ganz nahe war. Er hasste sie für alles, was sie ihm angetan hatte.

»Du kleine Nutte! Ich höre!«

Sie begann zu sprechen, lieferte abgehackte Erklärungen. Jedes Wort kostete sie ungeheure Anstrengung. Er fühlte, wie eine seltsame Regung ihn ergriff. Ein animalischer Geruch stieg ihm in die Nase; zum ersten Mal seit ewigen Zeiten. Zunächst vermochte er ihn nicht einzuordnen. Er wühlte in seinen Erinnerungen und begriff, dass dieser Geruch eng mit seinen Begierden verknüpft war; es war der Geruch der Angst. Zwar ließ ihn der Anblick dieses anmutigen Körpers, dieser schlanken Beine, dieser kleinen, prallen Brüste kalt, dennoch war der Schatz, der sich ihm hier bot, nicht zu verachten.

9

Meliks Wagen steht auf der Straße«, erklärte Fabienne. »Ich habe mehrmals geklingelt, aber es macht niemand auf. Was sollen wir tun?«

»Einen Augenblick«, sagte Hélène.

Sie legte ihr Handy kurz aufs Bett und rieb sich die Schläfen. In ihrem Kopf überschlugen sich die Vermutungen. ›Wenn Marmaris Sylvie in seiner Gewalt hat, müssen wir die Polizei alarmieren‹, dachte sie; ›aber wenn der Türke unschuldig ist, müssen wir Zeit gewinnen und den Mörder von der Kleinen ablenken, vorausgesetzt, sie ist noch am Leben.‹

Sie griff wieder nach ihrem Handy.

»Benachrichtigen Sie die Polizeiwache von Bourg-en-Bresse, und sagen Sie, dass Lauras Mutter Sie angerufen hat. Erzählen Sie von Marmaris und von der Kleinen. Die Polizei soll schauen, wie sie bei ihm ins Haus kommt, und dort alles durchsuchen. Sie soll außerdem überprüfen, ob Marmaris noch einen weiteren Wohnsitz hat. Seien Sie möglichst überzeugend – lieber ein falscher Alarm als eine Leiche. Gehen Sie dann bei Lauras Mutter vorbei, und bitten Sie sie um Fotos von ihrer Tochter, die vor nicht allzu langer Zeit aufgenommen wurden. Keine Dias, sondern Papierabzüge. Denken Sie, dass das möglich ist?«

»Ja. Ich rufe sofort den Hauptwachtmeister an.«

»Kann Morel Sie zu Lauras Mutter begleiten?«

Am anderen Ende der Leitung herrschte Schweigen, dann ließ sich erneut Fabiennes Stimme vernehmen:

»Er hat keine andere Wahl.«

»Ich werde vor Ihrer Wohnung auf Sie warten. Und … kein Wort mehr als nötig! Nehmen Sie Morel in die Pflicht!«

Der Mörder war greifbar nahe. Während sie sich anzog, fragte Hélène sich, ob sie es schaffen würde, ihn aus seinem Versteck hervorzulocken. Beim Verlassen ihres Hotelzimmers warf sie einen Blick in den Flur, als fürchtete sie, es könne dort jemand auftauchen. Sie hatte immer noch nicht die geringste Vorstellung davon, was sie tun würde, wenn sie sich von Angesicht zu Angesicht gegenüberstanden.

Er saß in seinem alten Sessel und gestattete sich ein paar Minuten Entspannung. Er hatte die gewünschte Information erhalten – vorausgesetzt, Sylvie hatte nicht gelogen. Sie hatte auf seine Fragen geantwortet, wie er es erwartet hatte. Er hatte keinen Grund, die Befragung weiter fortzusetzen.

Er erhob sich und schenkte sich einen Cognac ein, den er in kleinen Schlucken zu sich nahm. ›Wie die Zeit die Menschen verändert‹, dachte er. Er war heute frei von jenen Rachegedanken, die sein Mentor, der ihn und seine Schwester erzogen hatte, ihm einst eingeimpft hatte. Jetzt dachte er nur noch an sich, an seine Begierden und an die Mittel, um sie zu befriedigen.

Er fühlte sich gut. Am Abend würde er sich auf die

Lauer legen. Lautlos umherkreisen wie ein Raubvogel in der Nacht. Auf dem Tisch lag der Brief, den Sylvie an ihre Mutter geschrieben hatte; der Brief, den er ihr diktiert hatte. Morgen würde er ihn einwerfen. Der Brief würde die Mutter beruhigen und eine Untersuchung der Polizei fürs Erste verhindern. Letztlich konnte ein unabhängiges Mädchen von siebzehn Jahren wie Sylvie beschließen, nach dem tragischen Tod einer Mitschülerin ans Meer zu fahren, um zu trauern, um abzuschalten und um schließlich auf andere Gedanken zu kommen.

Der Brief würde ihm ein paar Tage Ruhe verschaffen. Er würde Zeit haben, um sich mit Sylvie zu vergnügen. Er würde eine Stellvertreterin für Laura finden und seine Abmachung mit Hélène Wang erzielen.

Lauras Stellvertreterin! Wie würde er sie auswählen? Es sollte jedenfalls kein Mädchen von hier sein. Das war ein Risiko, das er nicht mehr eingehen durfte. Er sah sich von einer unsäglichen Lust ergriffen, gierig wie eine fleischfressende Pflanze.

Was für ein überwältigender Fund war ihm zuteil geworden: ›Der Freundeskreis Edgar Allan Poe‹! Die Aussicht, sein nächstes Opfer im Internet zu finden und dort seine Fallen zu stellen, erregte ihn. Voller Hoffnung setzte er sich an seinen Computer, um nachzusehen, ob Eléonore ihm geantwortet hatte. Er hatte keine einzige Nachricht!

Was für eine böse Überraschung. Seine gute Stimmung verflog. Er war verärgert.

Hatte er sie zu sehr bedrängt? Vielleicht hatte sie nicht in ihre Mailbox geschaut? Hatte seine Botschaft sie überhaupt erreicht?

Auf die leuchtenden Zeichen und Felder des Bildschirms starrend, erinnerte er sich daran, dass er noch andere Eisen im Feuer hatte. Heute Abend würde jemand sterben. Heute Abend würde er einmal mehr ein minderwertiges Leben auslöschen. Dieser Gedanke brachte ihm seine gute Stimmung zurück.

10

Nachdem Fabienne Hélène einen Schuhkarton mit Fotos von Laura übergeben hatte, war sie mit Morel wieder aufgebrochen.

»Kommissar Berthier hat versprochen, mich anzurufen, sobald es etwas Neues gibt«, hatte sie gesagt. »Ich lasse Ihnen die Fotos hier. Ich werde mit Jeff nachsehen, ob Sylvie nicht an einem der Treffpunkte herumhängt, wo man die Jugendlichen normalerweise findet.«

Beim Durchschauen der Fotos von Laura spürte Hélène, wie sie ein tiefes Schuldgefühl überkam. Aber dieses Gefühl hatte in dem Spiel, das sie hier spielte, nichts zu suchen. Nicht um Laura, sondern um Sylvie musste es ihr jetzt gehen.

Würde der Mörder sie bis zu ihr führen? Sie spürte, dass Sylvie noch lebte. Sie war beinahe sicher. Aber wie lange noch?

In ihren Schläfen hämmerte es, und ein vertrauter Schmerz krampfte ihre Brust zusammen, während die Zeit verstrich. Welches Foto sollte sie auswählen? Es waren so viele.

Sie hatten die *Ranch* wieder verlassen. Weder Sylvie noch Marmaris waren dort aufgetaucht. Mit mehr als 150 Sachen fuhren sie nach Nantua zurück. Morel starrte vor sich hin. Nachdem er sich eine Zigarette angezündet hatte, fragte er:

»Sie ziehen vielleicht ein Gesicht. Gehe ich Ihnen auf die Nerven?«

»Die Geschwindigkeit geht mir auf die Nerven.«

Morel nahm den Fuß vom Gaspedal.

»Was sollen wir tun? Gibt es noch einen weiteren Treffpunkt?«

Fabienne überlegte:

»Wir könnten es bei Toussainte Leca versuchen. Sylvie ging in ihre Klasse. Vielleicht weiß sie etwas.«

Während der restlichen Fahrt herrschte Schweigen. Fabiennes Unruhe wuchs ständig, denn sie war mittlerweile überzeugt, dass Sylvie etwas zugestoßen war.

»Da ist die Wohnung«, sagte sie und wies auf ein luxuriöses Apartmenthaus.

Sie betraten den Eingangsbereich. Toussainte Leca wohnte in der zweiten Etage.

»Ich hoffe, sie ist zu Hause«, äußerte Fabienne im Fahrstuhl. »Ich habe ihr Auto draußen nicht gesehen.«

»Hübsche Bleibe«, stellte Morel fest. »Das Lehrerdasein scheint ja ganz schön etwas einzubringen. Kein Wunder, dass die Steuern einem kaum etwas übrig lassen!«

Toussainte öffnete beim ersten Klingeln die Tür. Sie trug eine schwarze Hose und ein weißes, ärmelloses Oberteil. Ihre Augen verrieten ihren Ärger über diese Störung.

»Das ist Jeff Morel«, stellte Fabienne vor. »Er ist Journalist beim *Progrès*. Wir würden Sie gerne sprechen. Es geht um Sylvie Martin.«

Der Blick von Toussainte verfinsterte sich.

»Ich weiß nicht, was ich Ihnen über sie sagen könnte. Aber … kommen Sie doch herein.«

Sie trat zur Seite und ließ sie hineingehen. Während sie die beiden ins Wohnzimmer führte, warf Morel einen prüfenden Blick auf die Einrichtung. Die luxuriöse Ausstattung der Wohnung überraschte ihn; Lithografien, hochwertige Wollteppiche, Gemälde, weiche Sofas; alles in lebhaften, aufeinander abgestimmten Farben. Auch die Möbel schienen nicht gerade von Ikea zu stammen. Trotz der Jahreszeit brannten Tannenzweige im Kamin. Der Journalist ließ seinen Blick die Buchsammlung in der Bibliothek entlangwandern; Romane aus der Klassik, moderne Schriftsteller, literaturkritische Werke in französischer und englischer Sprache.

Vor einem der Regale lag ein einzelnes Buch; es war der Roman von Hélène Wang. Diese Kleinigkeit rief ein Lächeln bei ihm hervor.

»Setzen Sie sich«, bat Toussainte. »Kann ich Ihnen etwas zu trinken anbieten?«

Sie lehnten ab. Fabienne nahm auf einem der Sofas Platz, Morel wählte einen Sessel gegenüber der Fensterfront.

»Wenn Sie gestatten«, sagte Toussainte, »nehme ich mir einen Scotch.«

Sie verließ das Zimmer.

»Klasse Wohnung«, flüsterte Morel. »Nicht gerade so eingerichtet, wie man es von einer Studienrätin erwartet. Ist sie vermögend?«

Fabienne zuckte die Schultern.

»An Liebhabern mangelt es nicht, heißt es zumindest.«

Toussainte kam zurück, ein Schälchen mit Eiswürfeln

in der Hand. Sie ging zu einem Schrank, öffnete seine Tür und holte eine zu drei Vierteln gefüllte Karaffe hervor. Sie drehte ihnen den Rücken zu und bereitete ihren Drink zu. Morel hatte den Eindruck, dass sie Zeit gewinnen wollte, um sich mögliche Antworten zurechtzulegen.

»Kennen Sie die kleine Martin gut?«, fragte er.

Toussainte drehte sich zu ihnen um. Morel schaltete sein Tonbandgerät ein.

»Lassen Sie das! Wenn es für ein Interview sein soll, möchte ich zuerst einmal das Thema wissen.«

Der Journalist fügte sich.

»Sylvie Martin ist verschwunden. Wir versuchen herauszufinden, bei wem sie gewesen ist«, erklärte Fabienne.

Toussainte ging zum Kamin. Sie warf einen Holzspan ins Feuer, bevor sie die beiden anblickte, nahm einen Schluck aus ihrem Glas und unterdrückte ein Frösteln.

»Wie lange ist sie schon verschwunden?«, fragte sie.

Fabienne warf Morel einen Blick zu und ergriff als Erste das Wort:

»Seit heute Morgen.«

Toussainte wirkte überrascht.

»Bei Sylvie kann man nach – sie sah auf ihre Armbanduhr – ein paar Stunden noch nicht von Verschwinden sprechen, glaube ich. Sie ist ein recht selbstständiges Mädchen.«

Sie nahm wieder einen Schluck aus ihrem Glas und sah Fabienne an.

»Haben Sie es bei Melik Marmaris versucht? Ich habe die beiden mehrere Male zusammen gesehen. Sie wirkten sehr verliebt.«

Die Anspielung schien Fabienne sehr zu treffen.

»Die Polizei ist bereits bei ihm, Madame Leca«, mischte sich Morel ein. »Es scheint, dass es einen Zusammenhang zwischen Sylvies Verschwinden und Lauras Tod gibt.«

Er hatte es einfach so dahingesagt, um zu sehen, wie sie reagieren würde. Er hatte sie einer genauen Musterung unterzogen, diese Toussainte; die Wohnung, die Bulgari-Armbanduhr, die Ringe, die Ohrringe: Ihre Liebhaber gehörten offensichtlich zu der freigebigen Sorte.

Toussainte hielt das Glas ungewöhnlich fest umklammert; ihre Knöchel traten weiß hervor.

»Ich sehe keinerlei Verbindung zu Laura«, stellte sie in einem Tonfall fest, der Morel an seine Schulzeit erinnerte. »Ich habe Ihnen bereits gesagt, dass ein Mädchen wie Sylvie Martin …«

»Ja?«, hakte Morel nach.

Sie zuckte die Schultern. Das Übrige ist unwichtig, schien sie bedeuten zu wollen.

»Haben Sie überhaupt keine Idee, wo sie sich aufhalten könnte?«, fragte Fabienne. »Sie kennen sie besser als ich, immerhin ist sie Ihre Schülerin.«

Toussainte leerte ihr Glas und stellte es auf dem Kaminsims ab. Ihre Hand zitterte dabei.

»Ich muss Sie bitten, jetzt zu gehen«, sagte sie und wies zur Tür. »Ich erwarte Gäste.«

Fabienne stand auf, aber Morel bedeutete ihr, sich wieder zu setzen.

»Für Sie besteht also überhaupt keine Verbindung zwischen Laura und Sylvie?«

»Überhaupt keine. Und ich möchte meine Zeit nicht mit Ihren dummen Fragen vergeuden.«

Morel stieg das Blut in den Kopf. Er hielt sich für einen guten Beobachter. Diese Frau verbarg etwas, sonst wäre sie nicht so aggressiv. Außerdem machte sie ihn wütend mit ihrem mondänen Gehabe und der Art, sie vor die Tür zu setzen.

»Die Polizei ist davon überzeugt, dass es eine Verbindung gibt«, schleuderte er ihr entgegen.

Toussainte ging nicht auf die Äußerung ein. Morel musste sich eingestehen, dass er sie nicht so getroffen hatte, wie er es beabsichtigt hatte.

»Sie führen ein luxuriöses Leben, Madame Leca«, fuhr er fort. »Bezahlen Sie das alles von Ihrem Lehrergehalt?«

»Armer Irrer!«, erwiderte Toussainte.

Morel musste ganz schön einstecken. Er seufzte und stand auf. Mit gleichmütiger Miene musterte er noch einmal gründlich das Zimmer.

»Meine Leser werden sicher ein großes Interesse für Ihre Lebensumstände haben. Das Finanzamt sicher auch, im Übrigen.«

Toussainte ging zwei Schritte auf ihn zu, als wollte sie ihn ohrfeigen.

»Sie jämmerlicher Winzling ... In Ihrem Metier gibt es doch nur Einfaltspinsel! Verschwinden Sie aus meiner Wohnung! Und Sie auch!«, schrie sie, Fabienne zugewandt.

»So nervös, wie Sie sind, Madame Leca, ist selbst einem Einfaltspinsel klar, dass Sie etwas verbergen. Und da selbst die Einfaltspinsel in unserem Metier eine gewisse Macht haben, wären Sie nicht die Erste, deren Leben durch den Artikel eines Winzlings wie mir ruiniert wird.«

Ein Zittern lief über das Gesicht von Toussainte. Sie senkte den Blick.

»Hören Sie zu, Toussainte«, sagte Fabienne. »Nehmen wir an …«

Morel gebot ihr mit einer Handbewegung Einhalt. Er hatte in der letzten Zeit gelernt, dass Schweigen manchmal wirkungsvoller war als weiteres Fragen.

Warum fürchtete Toussainte Leca, dass man eine Verbindung zwischen Laura Masson, Sylvie Martin und … ihr selbst herstellte?

Hélène tat sich schwer mit der Entscheidung, welches Foto von Laura sie ins Netz stellen und an die Adresse RR vom französischen ›Freundeskreis Edgar Allan Poe‹ schicken sollte.

Sie hatte drei Fotos in die engere Auswahl gezogen und diese mithilfe von Fabiennes Scanner in ihren Laptop eingelesen. Dort hatte sie sie mit entsprechender Software bearbeitet, sodass man sich der Illusion hingeben konnte, es handle sich um ein Phantom, ein Double des jungen Mädchens.

Sie musste nur noch das richtige Bild auswählen. Welches würde den Empfänger erregen, ohne dabei sein Misstrauen zu wecken? Sie musste vorsichtig sein, denn eine zweite Chance würde sie in diesem Spiel nicht erhalten. Mit dem ausgeworfenen Köder verfolgte sie ein doppeltes Ziel: Sie wollte den Mörder von Sylvie ablenken und ihn zwingen, sein Versteck zu verlassen. ›Wird es mir gelingen, ihn in eine solche Erregung zu versetzen, dass er jede Vorsichtsmaßnahme vergisst?‹, fragte sie sich, des ungewissen Ausgangs sehr wohl bewusst.

Sekundenlang herrschte Stille. Morel wartete.

»Sonst noch irgendwelche Drohungen?«, fragte Toussainte den Journalisten und strich eine Falte in ihrer Hose glatt.

Sie glaubte, als Sieger aus diesem Scharmützel hervorgegangen zu sein.

»Im Augenblick nicht«, sagte Morel.

Mit einer leichten Kopfbewegung signalisierte er Fabienne den Aufbruch. Toussainte begleitete sie zur Wohnungstür. In dem Moment wurde es Fabienne blitzartig klar: Toussaintes aufwändiger Lebensstil ging nicht auf großzügige Liebhaber zurück; warum hätte sie sich sonst zu einem solchen Wortgefecht hinreißen lassen? Warum weigerte sie sich, obwohl die Umstände doch so dramatisch waren, von Sylvie zu sprechen? Auf der einen Seite waren Laura und Sylvie, zwei heranwachsende Mädchen; auf der anderen Seite reife, sehr wohlhabende Männer … und in der Mitte?

›Jetzt ist es so weit, ich fange auch schon an, wie Hélène zu denken‹, ging es Fabienne durch den Kopf.

Um ihre Erwägungen zu überprüfen, stellte sie Toussainte eine letzte Frage.

Der Mond war eine schmale Sichel. Er war den See am Waldsaum entlanggegangen. Hoch über ihm erhob sich das von Tannen umgebene Haus. Sein einsames Licht ließ sich in dem dunklen Meer der Nacht gut ausmachen. Es war ein hervorragender Aussichtspunkt, um die jungen Badenden im See zu beobachten.

Er begann hinaufzuklettern. Er war großartig in Form;

das war er immer gewesen. Sein Atem war kaum zu hören. Er machte ein paar Sätze und blieb dann instinktiv immer wieder stehen, um eine mögliche Gefahr auszuspähen. Ab und zu streiften ihn schwere Äste, als wollte irgendetwas oder irgendjemand ihn zurückhalten. Seine Fantasievorstellungen machten ihn keineswegs handlungsunfähig. Im Übrigen ließen ihn immer mehr Dinge kalt, vollkommen kalt. Für gewöhnliche Empfindungen wurde er unempfänglich.

Die Angst war seinem Denken durchaus nicht fremd, denn die Angst war ein für seine Verbissenheit unabkömmlicher Mechanismus. Die Angst, keine Stellvertreterin für Laura zu finden; die Angst, dass im Haus dort oben jemand sein könnte …

Er befand sich am Fuße des Überhangs. Er kundschaftete die Stelle genau aus, bevor er sich entschloss, über den Vorsprung zu klettern. Er ging die stützende Mauer entlang, bis sie nur noch so hoch war, dass er sie überwinden konnte.

Im Park führte eine Allee zum hinteren Eingang des Hauses. Er hatte vor, diesen Nebeneingang zu benutzen, schlug dann aber einen anderen Weg ein. Er bog zur Frontseite des Hauses, kam an einer Reihe wunderbar gepflegter Beete vorbei, bevor er eine leise Musik hinter den Glasscheiben vernahm. Er presste seine Kiefer aufeinander. Er schwitzte unter seiner Skimütze. Geduckt näherte er sich der Terrasse. Er überprüfte seine Sohlen: Sie wiesen nicht die geringsten Erdspuren auf. Der Boden war trocken. Wieder einmal fügten sich die äußeren Bedingungen zu seinen Gunsten. Er würde keinerlei Fußabdruck hinterlassen.

Er ging weiter. Die Vorhänge hingen glatt herunter

und bewegten sich nicht. Kein Hauch, kein Laut ließ sich vernehmen, bis auf die Musik, die sich in der Tiefe der Nacht verlor.

Der Augenblick war nun ganz nah. Er gestattete sich ein paar Sekunden, um die Situation auszukosten. Er dachte an all die Jahre des Verzichts, die sein Mentor ihm auferlegt hatte; an die Lust, auf die er auch lange nach seiner Pubertät kein Recht gehabt hatte. Diese Entbehrung hatte einen ungeheuren Druck in ihm erzeugt. Er hatte lange gebraucht, um sich von dem Versprechen zu befreien und seine eigenen Gelüste auszuleben, ohne eine Strafe zu fürchten. Er besaß den glühenden Eifer eines Evangelisten; ein Evangelist, dessen Botschaft nicht an die Außenwelt gerichtet war, sondern an etwas tief drinnen in seinem eigenen Gehirn.

Er hatte beschlossen, mit diesem hier genauso zu verfahren wie mit dem Raben. Ein weiteres Verbrechen würde den Spannungsbogen steigern; der Verdacht war nicht gut für sein Vorhaben. All das wich von seinem ursprünglichen Plan ab, aber die Umstände hatten es erforderlich gemacht. Niemand durfte sich ihm in den Weg stellen und dann unbeschadet davonkommen. Seine eigene, halbirre Schwester hatte diese Erfahrung gemacht. Er wollte ihr nichts Böses tun, aber sie hatte sich in seine Angelegenheiten eingemischt; sie hatte sogar damit gedroht, ihn zu verraten. Sie wollte ihn daran hindern, den Raben zu töten, nachdem er so viele Jahre gebraucht hatte, um dessen Geheimnis zu lüften.

Dennoch hing er – auf seine Art – an seiner Schwester. Aber sie war tot und ihr Körper in den *Eiskellern des*

Königs verwest. Sie war dort oft gewesen, als sie jung war; die Gegend gefiel ihr. Er vernahm den Klang ihrer Stimme in seinem Kopf … Er strich die Erinnerung aus seinem Gedächtnis und beugte sich vor, um einen Blick in das Zimmer zu werfen.

Ein retuschiertes Foto von Laura war im Internet auf dem Weg zum Herrn des Freundeskreises von Edgar Allan Poe, jenem mysteriösen RR.

»Poe in Cyber Space Version. Beim gegenwärtigen Stand der Dinge ist das alles, was ich tun kann«, murmelte Hélène.

Auf den ersten Blick glaubte man Laura auf dem Foto wiederzuerkennen; von nahem entdeckte man, dass es sich nur um eine Ähnlichkeit handelte: gleicher Wuchs, gleiche Haare, gleiche Kopfhaltung. Würde der Mörder sich täuschen lassen? Hélène hoffte es. Wenn er verzweifelt nach einem Ersatz für Laura suchte, dann musste *Eléonore*, seine E-Mail-Bekanntschaft, mit ihrer vertrauten Gestalt seinen Trieb unweigerlich anstacheln. Er würde nicht mehr rasten und ruhen, bis er alles aus dem Weg geräumt hätte, damit sie schnellstmöglich sein wäre. Darauf verstand er sich. Und eines war gewiss: Er würde seine Zeit nicht mit einer Antwort verschwenden, wenn er die Falle witterte.

Sie räumte die Fotos von Laura beiseite und ging dann in die Küche, um Wasser aufzusetzen. Die Nacht versprach lang zu werden, und eine Tasse Kaffee würde gut tun.

Sie machte es sich auf dem Sofa bequem. Draußen

zeichneten sich wie ein schwerer Schleier die Umrisse der Tannen ab. Sie musste nur noch warten, ob er das Spiel mitspielte.

Sie haben eine seltsame Art, sich mit dem Verschwinden einer Ihrer Anvertrauten zu beschäftigen, Toussainte. Ich würde Ihr Verhalten besser verstehen, wenn Sie als Kupplerin fungiert hätten …«

Toussaintes Gesicht färbte sich scharlachrot, was nicht zu dem eleganten Kupferton ihrer Haare passte.

»… Das ist es, stimmt's? Sie fungieren als Kupplerin zwischen den Mädchen und Ihren stinkreichen Bekannten«, fuhr Fabienne unverfroren fort.

»Idiotin!«, erwiderte Toussainte, deren Finger sich um den Türknauf gekrallt hatten. »Leider kann ich nichts für Sie tun. Meine Bekannten können mit solchen Trampeln wie Ihnen nichts anfangen!«

Fabienne fuhr sich mit der Zunge über die Lippen wie eine Katze, wenn sie eine Maus in die Enge getrieben hat.

»Mädchen wie Laura und Sylvie sind Ihnen wohl lieber, nicht wahr?«

»Das reicht!«, schrie Toussainte.

Darauf hatte Morel nur gewartet. Er zog seinen Notizblock hervor und blätterte darin, als wollte er das dramatische Potenzial der Situation noch steigern.

»Das sind genau die Informationen, auf die die Polizisten warten«, sagte er. »Und die Drogen, Madame Leca, erzählen Sie mir etwas über die Drogenszene in der Schule, in der Sie unterrichten? Sind Sie den Schülern behilflich, in den Besitz von Drogen zu gelangen? Die Bullen und meine Leser fänden das sicher außerordentlich spannend.«

Toussainte schüttelte angewidert den Kopf.

»Was wollen Sie eigentlich von mir?«

»Gar nichts. Wir versuchen nur, mehr über Sylvie Martin herauszufinden ... und über Laura.«

»Ich habe Ihnen bereits gesagt, dass ...«

»Sie haben uns gar nichts gesagt!«, schnitt Fabienne ihr das Wort ab.

»Wenn Sie glauben, dass ich etwas mit dem Tod dieses kleinen Flittchens zu tun habe ...«

»Wem haben Sie Laura und Sylvie vorgestellt?«, fragte Morel.

»Ich werde veranlassen, dass man Sie bei Ihrer Scheißzeitung vor die Tür setzt!«

»Ein Unschuldiger braucht weder die Polizei noch die Presse zu fürchten, Madame Leca.«

»Wenn er wirklich unschuldig ist«, ergänzte Fabienne, »wenn er nichts zu verbergen hat; und wenn er eine Erklärung liefern kann für einen Lebensstil, der ganz und gar nicht zu dem Gehalt eines kleinen, belanglosen Lehrers passt!«

Sie blickte zu der Valentino-Tasche auf der Konsole.

Toussainte stand der Schweiß auf der Stirn, ihre Haarsträhnen klebten aneinander.

»Sie werden mit hineingezogen werden, und ich denke, dass Sie das vermeiden wollen«, ergriff Morel wieder das Wort, diesmal ganz diplomatisch.

Toussainte hatte die Wohnungstür bereits geöffnet. Jetzt schien sie zu zögern.

»Mein Name wird nicht genannt?«

»Nein«, versicherte Morel. »Als Journalist garantiere ich Ihnen Anonymität. Wenn Sie etwas wissen, so sagen Sie es uns. Ich bitte Sie inständig darum! Möglicherweise steht das Leben der kleinen Martin auf dem Spiel!«

Toussainte wandte sich an Fabienne.

»Und Sie? Werden auch Sie den Mund halten?«

Fabienne nickte.

»Mit dem Tod von Laura Masson habe ich nichts zu tun, und zwar in keiner Hinsicht. Und wenn ich sage, nichts, dann heißt das auch nichts. Was Sylvie betrifft, so stimmt es, dass sie mich gebeten hat, ihr meine Freunde vorzustellen. Sie steht auf ältere Männer; sie schätzt es, vornehm auszugehen. Das allein ist nichts Schlechtes. Zuerst habe mich geweigert, aber sie hat so gedrängt, dass ich sie schließlich einem Freund vorstellte, dem sie sehr gut gefiel.«

»Wer war das?«

Morel hatte seinen Notizblock weggesteckt. Er fasste Fabienne am Arm und zog sie zum Treppenabsatz. Seinen Fuß ließ er in der geöffneten Tür stehen, falls Toussainte ihre Meinung ändern sollte.

»Es handelt sich um …«

Der Journalist beugte sich zu Toussainte vor.

»Können Sie es bitte noch einmal wiederholen?«

Mit gespitzten Ohren wartete er ab, bis er sicher war, dass niemand sich im Zimmer befand, dann schob er die Vorhänge beiseite und schlüpfte hinein.

Er befand sich im Wohnzimmer. Der Teppich dämpfte das Geräusch seiner Schritte. Die Musik kam aus einer Stereoanlage, deren zahlreiche Lichter wie die Leuchtsignale eines Frachtflugzeuges blinkten. Das spärliche Licht einer niedrigen Lampe ließ ihm ausreichend dunkle Ecken für sein Vorhaben. Zielstrebig ging er zu einem Wandschrank im Eingangsbereich. Sylvie hatte ihm die Aufteilung der Räume beschrieben. Er fühlte sich um viele Jahre zurückversetzt, denn er erinnerte sich daran, wie er ins Haus von Desmeuraux-Ravenne, dem Raben, eingedrungen war.

Auch jetzt war er gekommen, um Rache zu nehmen. Diese Rache war rein persönlich, und er musste sie so schnell wie möglich ausführen, damit sie seine weiteren Pläne nicht behinderte.

Leichtfüßig trat er zu dem Garderobenschrank und öffnete seine Türen. Ein perfekter Beobachtungsposten. Er zwängte sich zwischen die Kleiderbügel, auf denen Regenbekleidung hing. Das Messer steckte in einer Scheide an seiner linken Hüfte.

An einer Wand entdeckte er den mit Intarsien aus Perlmutt und Ebenholz gearbeiteten Schreibtisch. Dort befanden sich die Drogen, wie Sylvie ihm gestanden hatte. Sie lagen in einer Schublade mit einem eigenen Schließmechanismus. Er zog die Mütze vom Kopf und wischte sich den brennenden Schweiß aus den Augen.

Er vernahm das Geräusch von Schritten. Entspannte Schritte, die Schritte eines Mannes, der sich in Sicherheit wähnte, im Schutz der luxuriösen Welt, die er sich geschaffen hatte.

Eine Gestalt betrat das Wohnzimmer. Der Mann trug einen leichten Morgenmantel, seine Füße steckten in Lederhausschuhen. In der Hand hielt er eine Champagnerflöte. Er ging zu der offenen Fensterfront, die den freien Blick über den See bot.

Dieser Mann hatte sich in sein Hoheitsgebiet gewagt und etwas gestohlen, das ihm gehörte. Ein Knurren entrang sich seiner Kehle; Wut verfinsterte seinen Blick. Hier, genau hier, hatte er Laura missbraucht, in diesem Zimmer, auf diesen Sofas. Jetzt war der Augenblick gekommen, um ihm zu zeigen, dass der Albtraum aus einem finsteren Winkel auftauchen konnte. Er zog die Klinge aus ihrer Scheide und trat aus dem Wandschrank.

11

Ich hätte niemals geglaubt, dass Sie so biestig sein können«, sagte Morel.

»Ich? Ich habe doch gar nichts getan.«

Der Journalist schaltete angesichts einer Kurve in den dritten Gang zurück.

»Meine Güte! So sieht also Unterricht im 21. Jahrhundert aus! Man sucht zahlende Kunden für seine Schülerinnen, die es nicht mehr abwarten können!«

»Ich glaube nicht, dass sie ein richtiges Netz von Prostituierten leitet«, antwortete Fabienne. »Ich bin sogar davon überzeugt, dass ihr nicht einmal klar ist, was sie da treibt. Was für eine Idiotin!«

Sie wählte eine Nummer auf ihrem Handy.

»Ich gebe Hélène Bescheid. Wir fahren bei ihr vorbei und holen sie ab, bevor wir zu unserem kleinen Besuch aufbrechen.«

Morel fuhr zusammen.

»Warum? Können wir denn nicht ohne sie dorthin gehen?«

»Was haben Sie vor? Träumen Sie wie alle Journalisten von der Story Ihres Lebens? Wollen Sie allein im Rennen bleiben?«

Morel zuckte die Schultern, als bedauerte er, dass man ihm auf die Schliche gekommen war.

»Das ist ihr vollkommen egal, Jeff. Sie hat ganz einfach eine Rechnung zu begleichen.«

»Hoffentlich nicht mit mir!«

»Haben Sie denn noch immer nichts begriffen? Sie haben doch ihr Buch gelesen!«

»Um ehrlich zu sein«, gestand Morel betreten, »habe ich es noch nicht gelesen.«

Fabienne verzog das Gesicht. Sie redete kurz mit Hélène, beendete dann das Gespräch und wandte sich Morel zu.

»Sie hat ihre Botschaft an den ›Freundeskreis von Edgar Allan Poe‹ geschickt. Es ist ihr lieber, bei mir zu Hause auf uns zu warten – für den Fall, dass er antwortet. Da haben Sie's! Sie sind auch schon paranoid!«

»Es besteht offenbar Ansteckungsgefahr! In Ordnung, schauen wir also bei diesem Typen vorbei. Wissen Sie, wo er wohnt?«

»Wir müssen die Passstraße nehmen. Fahren Sie am See entlang, ich werde es Ihnen dann zeigen.«

Beim Fahren überdachte Morel die Situation. ›Am Ende hat Fabienne vielleicht sogar recht, was Hélène angeht. Möglicherweise hat sie uns tatsächlich die wahren Gründe für ihr Interesse an dem Fall genannt. Aber ich werde so lange auf der Hut sein, bis ich einen guten Grund habe, sie in Ruhe zu lassen.‹

Gorju hatte sich unterdessen immer noch nicht gemeldet, und so war Morel unmerklich in einen anderen Fall hineingeraten. Weniger einträglich als der erste, aber dennoch einträglich genug. Nicht gerade genug Stoff für ein Buch, aber drei oder vier gute Artikel sprangen sicher dabei heraus.

›Toussainte Leca, die Heidi Fleiss [Anmerkung: die berühmte Kupplerin von Hollywood] der nationalen Erziehung.‹ Scharfe Gymnasiastinnen, Kokain, ›politisch korrekte‹, ältere Herren; Laster, Zaster und Orgien; das war zwar nichts Neues, aber ein Thema, das immer wieder Empörung hervorrief. Da fiel ihm ein, dass er Toussainte versprochen hatte, ihren Namen nicht zu erwähnen.

Er war immer noch auf der Suche nach einem neuen Titel für seinen Artikel, als Fabiennes Handy klingelte. Es war Kommissar Berthier. Morel hielt auf dem Seitenstreifen an. Fabiennes Gesichtsausdruck änderte sich, je nachdem, was Berthier ihr gerade sagte.

Als sie endlich auflegte, fragte Jeff:

»Gibt's etwas Neues?«

Sie nickte.

»Sylvie?«

Fabienne schluckte:

»Sie werden Haftbefehl gegen Melik beantragen.«

»Was ist denn geschehen?«

»Sein Keller ist vollgestopft mit gestohlenen Kunstgegenständen.«

»Scheiße! Hier hat wohl jeder Dreck am Stecken! Und was ist mit Sylvie?«

»Sie ist nicht bei ihm.«

Sie schwiegen. Morel zündete sich eine Zigarette an.

»Machen Sie sich keine Vorwürfe wegen Marmaris«, knüpfte er an ihre Mitteilungen an und stieß eine dicke Rauchwolke aus. »Am Ende hängen sie Ihnen auch noch etwas an, wenn Sie dumm herumquatschen.«

Fabienne knipste das Licht im Auto an. Sie hatte ihr Adressbüchlein offen auf ihre Knie gelegt.

»Wen rufen Sie an?«, fragte Morel.

»Melik. Ich werde es auf seinem Handy versuchen. Ich möchte nicht, dass er wegen mir ins Gefängnis geht.«

»Warten Sie!«

Morel hatte ihr Handgelenk ergriffen.

»Die Bullen werden seine Anrufe abhören. Sie werden sehen, dass Sie versucht haben, ihn *nach* dem Gespräch mit Berthier zu erreichen.«

Gebieterisch klappte Morel das Adressbüchlein zu und steckte es in ihre Tasche. Fabienne wollte sich nicht von den schockierenden Neuigkeiten unterkriegen lassen. Sie konnte einfach nicht glauben, dass ein so intelligenter Mensch wie der Türke sich in eine so ausweglose Lage bringen konnte.

»Wir können nichts für ihn tun. Kümmern wir uns also um Sylvie.«

Morel startete den Wagen wieder.

»Deshalb wollte er nicht, dass ich einen Blick in seinen Keller werfe«, murmelte Fabienne.

»Wie bitte?«

»Nichts. Biegen Sie rechts ab, und fahren Sie die Straße hoch.«

Morel drückte seine Zigarette in dem beinahe vollen Aschenbecher aus.

»In der Politik nennt man so etwas Dominoeffekt. Ein kleiner Fehltritt, und schon folgt ein Unheil auf das nächste, und man steht ratlos daneben, ohne dass sich noch irgendetwas aufhalten ließe.«

»Kann ich eine Zigarette haben?«

»Bedienen Sie sich.«

Morel reichte ihr sein Päckchen.

»Ich bin froh, dass Sie da sind«, sagte Fabienne.

Dem Journalisten wurde warm ums Herz, auch wenn ihre Worte nur darauf zurückzuführen waren, dass sie sich im Augenblick haltlos fühlte.

12

Als Melik Marmaris sah, dass sein Haus von der Polizei umstellt war, trat er unauffällig den Rückzug an, um keinesfalls die Aufmerksamkeit der Wachposten auf sich zu ziehen. Zwei Polizeiautos versperrten die Straße, und ganz offensichtlich war man dabei, sein Haus zu durchsuchen.

Jemand hatte ihn verraten! Sofort dachte er an seinen Partner. Nur er konnte das gewesen sein! Der Idiot hatte sich wegen dieser Göre erwischen lassen und nun alles zum Einsturz gebracht. Nach zweihundert Metern glaubte er sich weit genug entfernt, um loszurennen.

Mit einem Male hatte er die unsichtbare Grenze zwischen einer angenehmen Wirklichkeit und einer äußerst feindseligen Welt überschritten. Seine einzige Chance bestand im Augenblick darin, sich bis zur Grenze durchzuschlagen und in die Schweiz zu flüchten. Von da aus würde er dank seiner Kontakte zu dort ansässigen Türken wieder zurück in die Türkei gelangen, in sein Dorf, wo er unterschlüpfen könnte. Sein Auto hatte er an der Straße stehenlassen. Er konnte sich bis zur Autobahnauffahrt der A 40 vorwagen und versuchen, von dort als Anhalter weiterzukommen, aber diese Vorstellung missfiel ihm. Sobald jemand sein Gesicht erkannte, würde er verhaftet werden.

Er warf einen Blick in sein Portemonnaie. Außer den Kreditkarten, die er selbstverständlich nicht mehr benutzen konnte, blieben ihm 150 Euro Bargeld. Kein Vermögen, aber genug, um die Grenze zu erreichen. Auf seinem Konto in der Schweiz war genügend Geld, sodass er der Zukunft gelassen entgegensehen konnte. In dieser Hinsicht brauchte er sich keine Sorgen zu machen.

Er fragte sich, ob sein Handy eingeschaltet war. Er hatte gelesen, dass die Polizei dank eines neuen Satelliten in der Lage war, die Position eines Handys bis auf zehn Meter genau zu orten. Also kam es nicht infrage, Sylvie anzurufen, obwohl sie den ganzen Tag über nicht aufgetaucht war. Auch eine Telefonzelle konnte er nicht aufsuchen. Es wäre verrückt, sich jetzt den Blicken anderer auszusetzen. Das alles war nun nicht mehr möglich. Es würde überall von Bullen wimmeln. Er musste es vermeiden, in ihre Scheinwerfer zu geraten, und in der Dunkelheit bleiben. Er hatte etwa eine Stunde Vorsprung, höchstens zwei. Die musste er nutzen. Aber wie? Sollte er ein Auto stehlen? Das gehörte nicht gerade zu seinen besonderen Fähigkeiten.

Er versteckte sich hinter einer Baumgruppe und dachte nach. Wenn er sich durch den Wald schlug, würde er vierzig bis fünfundvierzig Minuten brauchen, um bis zur Hütte eines befreundeten Eseltreibers zu gelangen. Auf dem Rücken eines Esels wäre er von dort dann in ein paar Stunden in der Schweiz. Die Eseltouren der Touristen führten über hoch gelegene Pfade in den Bergen, wo weder die Polizisten noch die Zöllner mitten in der Nacht nach ihm suchen würden.

Er machte sich auf den Weg. Auf ein solches Unterfangen hatte er sich seit zwanzig Jahren nicht mehr einlassen müssen, aber er vertraute auf seinen Selbsterhaltungstrieb.

13

Mehr als an dem Werk, das er gerade vollbracht hatte, erbaute er sich an der Vorstellung seiner eigenen Intelligenz. Das Schauspiel seiner Überlegenheit beeindruckte ihn jedes Mal aufs Neue. Es war aufregend und schauerlich zugleich, in das Leben der anderen einzugreifen, um die eigenen Bedürfnisse zu befriedigen. Niemand hatte ihn je verdächtigt oder gar bestraft, was bewies, dass die Gesetze nicht für ihn gemacht waren.

›Die Menschen scheitern, aber ich scheitere nicht, weil ich kein gewöhnlicher Mensch bin.‹

Er war der Meinung, dass er eine Entschädigung verdient hatte; nach so vielen Jahren der unablässigen Selbstkontrolle, nach so vielen Entbehrungen und rückhaltlosem Fleiß; nach so vielen Jahren geistiger und körperlicher Verausgabung, bis zu jenem Tag, an dem ihm Lénore ihr Lächeln schenkte …

Alles schien ihm einzigartig. Er war in der Lage, eine Wirklichkeit zu erschaffen, die es mit Welten der fantasiereichsten Schriftsteller aufnehmen konnte. Als er nun aufbrach, entfuhr ihm ein lautes, nicht mehr zu unterdrückendes Lachen; und er hatte die leuchtenden Augen eines perversen und durchtriebenen Burschen.

Heute Abend verdiente er eine Entschädigung. Es war Zeit, die Garage zu verlassen und Sylvie aufzusuchen. Er gestattete sich noch ein paar Sekunden, um das von ihm komponierte Bild zu genießen.

Marmaris hatte sich allmählich an die Dunkelheit gewöhnt, aber er bewegte sich auf einem Gelände fort, das ihm nicht vertraut war. Er achtete darauf, ein Tempo beizubehalten, bei dem er nicht außer Atem geriet. Zehn Minuten stieg er bergauf, dann blieb er zwei Minuten stehen, um zu verschnaufen. Er wischte sich den brennenden Schweiß von den Lidern und massierte seine verhärteten Beinmuskeln.

Er erinnerte sich, dass dieser Weg ganz nah am Haus seines Partners vorbeiführte, das hoch über dem See lag. An einem Feuerschutzstreifen und einer Lichtung im Wald hielt er nach ihm Ausschau.

›Das dort müsste es sein‹, sagte er sich. Die Südostseite war erleuchtet. Er sah einen Schatten vor der breiten Fensterfront entlanghuschen. Die Bewegung machte ihn stutzig. Das Haus hätte entweder verlassen oder aber von Polizisten bewacht sein müssen, wenn sein Partner bereits in der Falle saß; diese flüchtige Bewegung sah jedoch so aus, als wollte jemand nicht entdeckt werden.

Marmaris fühlte sich unwohl. Plötzlich erschien ihm das kleinste Knacken im Wald unheimlich und bedrohlich. Er behielt weiterhin das helle Rechteck im Auge, das sich weiter oben abzeichnete. Gerade als er dachte, er sei ein Opfer seiner Fantasie geworden, huschte der Schatten zurück. Er konnte lediglich einen vagen Umriss erkennen, der sofort wieder verschwand. Die Person dort oben bewegte sich äußerst vorsichtig, wie ein Einbrecher.

Wer war dort in dem Haus? Unverzüglich musste er an Sylvie denken. Wenn die Polizei keinen Mann mehr durchließ, war sie durchaus im Stande, die Gelegenheit zu nutzen, um sich Drogen zu beschaffen. Sie war einfach verrückt!

Marmaris kletterte einen Hang hinauf und überquerte im Laufschritt den Schutzstreifen, um den Waldrand zu erreichen. Er schaute auf seine Armbanduhr. Der Umweg würde ihn zehn Minuten kosten. Dann wüsste er genau Bescheid. Aber er wollte seine Zeit nicht vergeuden, sondern sie vielmehr dazu nutzen, eine Taschenlampe aus der Garage zu holen, die ihm an den unwegsamen Stellen in den Bergen helfen würde.

Er beschleunigte seinen Schritt. Er traf auf einen Feldweg, der in die Straße einmündete, die zu dem Anwesen hinaufführte. Auf diesem Weg würde der Anstieg weniger mühsam sein.

Angesichts der bereits ohne Schwierigkeiten zurückgelegten Strecke fühlte er sich erleichtert; die Tatsache, dass man vermutlich überall, aber nicht hier nach ihm suchte, tat ihr Übriges. Je näher er der Villa kam, desto größere Vorsicht musste er walten lassen. Er wollte nicht unnötigerweise in die Hände seiner Häscher fallen.

Wie eine Schlange aus Asphalt wurde die Straße sichtbar, und Marmaris blieb stehen; dann stieg er, immer am Waldrand entlang, weiter den Hang hinauf. Schon bald kam er zu einer das Grundstück umschließenden Mauer. Marmaris schlich bis zu ihrem äußersten Ende an ihr entlang. Dann warf er, von Büschen geschützt, vorsichtig einen Blick hinüber. Eine Natriumdampflampe warf ihr gelbes Licht auf die Kiesel einer Parkfläche. Sie war leer.

Hatten die Bullen ihm eine Falle gestellt? Nachdenklich ruhte Marmaris' Blick auf der Parkfläche. Sollte die Polizei eines Provinznestes wie Bourg-en-Bresse einen so ausgeklügelten Plan aushecken, nur um eines kleinen, gewöhnlichen Hehlers habhaft zu werden? Er bezweifelte es. Schließlich wurde er ja nicht wegen Mordes gesucht. Er spähte um sich. Mit dem Vorsatz, sich ein genaues Bild zu verschaffen, kehrte er in den Wald zurück. Die tief hängenden Zweige einer Tanne dienten ihm als notwendige Stütze, um auf die Mauer zu gelangen. Von dort ließ er sich auf das Grundstück hinabgleiten.

Die Garagen befanden sich etwa dreißig Meter links von ihm. Der Park wirkte einsam und verlassen. Gerade als er sich auf den Weg machen wollte, schreckte ihn ein Geräusch auf. Ein lautes Lachen!

Wie versteinert stand er da und wartete. Er glaubte, in dem Dämmerlicht etwas zu sehen, etwas, das sich bewegte, und plötzlich tauchte nur wenige Meter von ihm entfernt eine Gestalt auf. Sie rannte zu der Mauer. Er sah, wie sie alle Kraft zusammennahm und dann hochsprang, um sich am Mauerfirst festzuhalten. Noch einmal holte sie Schwung, fiel scheinbar ins Leere und war auf der anderen Seite verschwunden.

Er fühlte sich zugleich erleichtert und enttäuscht: Es handelte sich weder um die Polizei noch um Sylvie; ein einfacher Einbrecher machte sich aus dem Staub.

Neugierig, aber achtsam zählte er bis zehn, dann richtete er sich auf. Geduckt rannte er zum Garagentor. Er wand einen Hemdzipfel um seine Hand, um keine Abdrücke zu hinterlassen, und betätigte den Türknauf. Ölgestank überlagerte die muffige Luft und nahm ihm den Atem.

Er schloss das Tor wieder und lauschte. Sobald seine Angst ihn verließ, würde er unvorsichtig werden.

»Ich nehme mir eine Lampe und verschwinde wieder«, murmelte er und drehte sich um.

Was Marmaris nun sah, traf ihn wie ein Faustschlag, er wankte und drohte das Gleichgewicht zu verlieren. Haltlos rang er um Fassung und versuchte, sich auf Zeit und Ort zu besinnen. Während er sich verzweifelt bemühte, einen klaren Kopf zu gewinnen, vernahm er ein Motorengeräusch. Die Lichter eines Wagens warfen ihren Lichtschein auf die Luken der Hauswand; die Kiesel auf der Parkfläche knirschten unerbittlich.

Ohne eine Sekunde zu verlieren, verließ Marmaris die Garage. Zwei Türen wurden zugeworfen, Stimmen hallten durch die Nacht. Er kauerte sich hinter ein Beet.

Die neuen Besucher konnten ihn in der Dunkelheit nicht sehen, dennoch war ihm der Schweiß aus allen Poren gebrochen.

Sollen wir klingeln?«, fragte Morel.

»Nein, diesmal gehen wir hinein«, sagte Fabienne.

Sie schob das schmiedeeiserne Tor auf. Es ließ sich ohne Schwierigkeiten öffnen.

»Wo gehen Sie jetzt hin?«, wollte Morel wissen.

»Ich schaue nach, ob sein Wagen in der Garage steht.«

»Es sieht beinahe so aus, als wäre dort Licht an.«

Morel blieb ein wenig hinter ihr, eine unangezündete Zigarette hing in seinem Mundwinkel. Fabienne rüttelte grob an dem Tor, bis es aufging. Sie ging zwei Schritte hinein. Die beiden an der Decke befestigten Neonröhren reichten aus, um das zu beleuchten, was sich dort befand. Ihr wurde speiübel. Sie wollte wieder hinauslaufen und auf der Stelle vergessen, was sie gerade gesehen hatte. Aber unfähig, sich zu bewegen, stand sie da und konnte den Blick nicht abwenden.

»Jeff?«, hauchte sie mit belegter Stimme.

Der Journalist antwortete nicht.

»Jeff!«

Sie hatte geschrien. Morel stöhnte auf und eilte zu ihr. Max Maurice, dieser brillante Notar, hatte sich erhängt. Was für ein grotesker Anblick! Sein Hals war halb eingeschnitten. Uringestank haftete an der Leiche. Er hatte ein Metallkabel verwendet, das an einem aus einer Spannbetonschwelle herausragenden Haken befestigt war.

Fabienne konnte sich nicht länger beherrschen. Sie rannte nach draußen, stürzte zu dem nächstgelegenen Beet und erbrach sich. Als die Krämpfe langsam nachließen, hob sie den Kopf und wischte sich den Mund ab. Ihr gegenüber war jemand! Auf der anderen Seite des Beetes! Für den Bruchteil einer Sekunde starrte der Mann sie an, dann verschwand er in der Nacht. Sie schrie auf. Morel kam angerannt.

»Fabienne? Alles in Ordnung?«

Mit offenem Mund stand sie da, war wie gelähmt. Morel bemerkte, dass sie zitterte. Er legte einen Arm um ihre Schultern.

»Haben Sie jemanden gesehen?«, fragte er beunruhigt.

Sie hob den Blick zu ihm und nickte.

»Kommen Sie«, sagte er. »Wir gehen zum Auto zurück. Ich werde die Polizei anrufen.«

14

Er sah auf das bewusstlos hingestreckte Ding zu seinen Füßen. Er hatte richtig gelegen, sie war die wahre Schuldige.

»Elende Hure«, schrie er. »Du elende Hure!«

Er beugte sich hinab, um auch die letzte Haarsträhne abzuschneiden. Er hatte ihr den Schädel geschoren, wie der Notar Maurice es mit Laura gemacht hatte.

Nackt, gefesselt und kahl geschoren glich Sylvie den Frauen, die den Nazis als Lustobjekt gedient hatten. Er sann darüber nach, wie sein Leben verlaufen wäre, wenn der Fuchs und der Rabe nicht vom Zug gesprungen wären. Vermutlich wären sie im Konzentrationslager umgekommen; und er, was wäre dann aus ihm geworden? Welche Freuden hätten die Leere seines Daseins füllen können? Vielleicht war er letztlich nur eine einfache Hülle; ein Behältnis, um eine seit Jahrhunderten umherirrende Seele in sich aufzunehmen. Er war machtlos angesichts seiner Bestimmung.

Er begann, Sylvie zu liebkosen. Krallengleich fuhren seine Finger über ihren Rücken, seine Nägel bohrten sich ins Fleisch und hinterließen blutige Spuren. Sie stöhnte auf. Er stellte sich vor, wie es wäre, wenn sie sich wehrte; er sah ihre angstverzerrten Züge vor sich und dachte an die daraus resultierende mangelnde Durchblutung des Gehirns. Er sah sich bereits mit dem Messer in ihren Bauch stoßen, um ihn dann aufzuschlitzen. Er konnte nicht länger warten. Er brauchte dringend und unaufschiebbar eine Gratifikation. Wenn er sie länger am Leben ließe, lägen seine Nerven blank.

Die Erregung stieg weiter an. Er musste die Zügel schießen lassen, sich gehen lassen, Spannung abbauen. Er geriet nicht in den geringsten Konflikt mit seinem Gewissen; keine Spur von Mitleid regte sich in seinem Kopf. Die Menschlichkeit war ihm vor sehr langer Zeit ausgetrieben worden.

Er führte seine Hand zur Hüfte und bemerkte, dass sein Messer nicht da war. Er hatte es in einen Wandschrank geräumt.

Er schlüpfte aus dem Verschlag und stieg nach oben. Es war ein Uhr morgens. Er würde sich für sein Werk an dem Mädchen alle Zeit der Welt nehmen. Das würde sicherlich bis zum Morgengrauen dauern. Er machte Kaffee in der Mikrowelle heiß. Den würde er brauchen, um Sylvie aus ihrem Dämmerzustand zu reißen. Sie sollte schließlich teilhaben!

Er ging in sein Schlafzimmer. Tiefe Dunkelheit herrschte in dem Raum; einzige Lichtquelle war eine Leselampe auf dem Nachttisch. Er hatte begonnen sich auszukleiden, als er erstarrte. Auf dem Bildschirm seines Computers blinkte wie ein elektronischer Pulsmesser ein schwacher Lichtschein.

Er hatte eine Nachricht!

Trinken Sie das. Ihre Hände sind ja eiskalt«, sagte Hélène besorgt.

Sie stellte eine dampfende Tasse auf den Tisch. Angesichts der Angst, die sich in Fabiennes Blick spiegelte, war es nicht leicht, ruhig und gelassen zu bleiben.

»Ich muss mit jemandem reden«, sagte Fabienne.

Hélène nahm ihr gegenüber Platz.

»Er war es, Hélène! Ich habe ihn gesehen, wie ich Sie jetzt sehe! Er stand mir genau gegenüber! Er hat ihn umgebracht und sein … sein Verbrechen dann als Selbstmord getarnt! Er ist verrückt geworden!«

»Hören Sie mir doch zu! Ich glaube nicht, dass Marmaris den Notar umgebracht hat, haben Sie mich verstanden? Erzählen Sie mir, was die Polizisten gesagt haben.«

Fabienne hatte die Tasse in die Hände genommen und blies auf das Gebräu.

»Berthier hat gesagt, dass es nach einem Selbstmord aussieht und dass sicher eine Verbindung zu dem Tod von Laura besteht. Sie haben eine Notiz von Max gefunden, in der er bedauert, was er mit Laura gemacht hat. Sie haben Drogen und Videoaufnahmen beschlagnahmt. Man muss nun die Autopsie abwarten, um Genaueres sagen zu können, hat Jeff mir erklärt.«

Sie versuchte zu lächeln.

»Als er Berthier seinen Presseausweis zeigte, war dieser nicht gerade erfreut. Er schaute sogar sehr missmutig drein …«

»Haben Sie Berthier von Marmaris erzählt?«

Fabienne nahm einen Schluck von dem Eisenkrauttee.

»Das wärmt auf«, sagte sie und setzte die Tasse wieder ab. »Nein, ich habe nichts darüber gesagt. Auch Jeff gegenüber habe ich nichts erwähnt. Warum sind Sie so sicher, dass Melik nichts damit zu tun hat? Was hatte er Ihrer Meinung nach denn dort zu suchen?«

»Das weiß ich nicht. Vielleicht das Gleiche wie Sie. Der Selbstmord des Notars ist eine reine Inszenierung. Denken Sie doch einmal nach! Toussainte hat Ihnen den Namen von Max Maurice genannt; eben dieser Max Maurice verkehrte mit Sylvie, und Sylvie ist nun verschwunden. Ohne ein erkennbares Motiv und ohne in Verdacht geraten zu sein, erhängt sich Maurice. Anschließend erfahren wir, dass er für den Tod von Laura verantwortlich ist und dass er sich, überwältigt von der eigenen Schuld, das Leben genommen hat.«

»Vielleicht ist es so gewesen, Hélène.«

»Das glaube ich nicht! Sylvie hat in dieser Nacht dem Mörder gestanden, dass sie Laura zu dem Notar gebracht hat. Er ist gekommen, um den zu bestrafen, der ihm sein Spielzeug geraubt hatte. Das erscheint mir vollkommen klar. Er ist genauso vorgegangen wie bei den Ravennes. Haben Sie vergessen, was den Ravennes widerfahren ist? Er hat sie alle drei umgebracht und die Polizei an der Nase herumgeführt.«

»Ich weiß gar nichts mehr«, murmelte Fabienne und schüttelte den Kopf. »Im Auto sagte Jeff mir, dass Sie sich von Ihrer Fantasie mitreißen lassen. Für ihn sind es nämlich zwei vollkommen verschiedene Fälle. Die Ravennes waren Opfer eines Rachefeldzuges, der auf den Zweiten Weltkrieg zurückgeht; da ist er einer Meinung mit Ihnen. Aber was den Rest angeht …«

»Er denkt, dass ich spinne.«

»Äh … ja. Mehr oder weniger.«

»Umso besser. So wird er mir nicht in die Quere kommen. Denken Sie so wie er?«

Sie spürte Fabiennes Zweifel.

»Ich versuche, Ihren Hypothesen Glauben zu schenken … Und wenn Berthier bestätigt, dass es Selbstmord war?«

»Es ist kein Selbstmord, aber Berthier wird verkünden, dass es einer ist.«

Fabienne blieb stumm. Hélène stand auf.

»Reden wir nicht mehr darüber. Sie haben für heute wirklich genug durchgemacht; es ist spät, und wir sollten besser schlafen gehen.«

Fabienne hob den Blick. Sie wirkte immer noch verstört.

»Würde es Ihnen etwas ausmachen, hier zu schlafen?«

»Nein«, sagte Hélène. »Ich werde mich aufs Sofa legen. Ich habe es bereits getestet, es ist sehr bequem.«

Vor dem Schlafengehen nahm Hélène eine Dusche. Fabienne war mithilfe eines Schlafmittels sofort eingeschlafen.

Bevor sie die Fensterläden schloss, sah Hélène noch einmal in der Mailbox nach, die sie auf den Namen *Eléonore* geöffnet hatte; es herrschte hoffnungslose Leere.

»Du wirst antworten, du Idiot!«, murmelte sie beschwörend, um ihre quälende Unruhe zu besänftigen.

Gegen vier Uhr morgens wachte sie auf. Beinahe gegen ihren Willen lauschte sie, ob sich ein Knacken oder ein anderes Geräusch in der Dunkelheit vernehmen ließe, das auf einen Eindringling hinwies.

Sie stand auf und sah nach, ob das Schloss der Wohnungstür gut verriegelt war. Dann ging sie in die Küche, wo sie ein Glas Wasser trank und eine Scheibe Honigbrot aß. Aus dem Schlafzimmer klangen Fabiennes Atemzüge herüber; ein schweres, pfeifendes Geräusch.

Sie legte sich wieder hin. Aber nun war sie wach, und

trotz der bleiernen Müdigkeit, die sie spürte, wusste sie, dass sie nicht mehr einschlafen würde. Ihre Nerven lagen blank. ›Abgesehen von allem anderen, gibt es eine Sache, auf die der Mörder sich bestens versteht‹, sagte sie sich, ›er versagt sich nichts. Ganz im Gegenteil zu mir! Was für eine abscheuliche Situation! Mama hat recht; ich stecke andauernd in irgendeinem Schlamassel, anstatt endlich umzuziehen, eine Wohnung zu kaufen und eine Familie zu gründen. Nicht mit Léo. Auf Léo pfeife ich. Ich will jemanden mit starken Armen, der mich beschützen kann. Sobald Fabienne aufwacht, hole ich meine Sachen aus dem Hotel und verschwinde nach Gordes zu meinen Eltern. Von nun an interessiere ich mich nur noch für Nagellack und Shopping.‹

Aber eine leise, gehässige Stimme in ihrem Kopf raunte ihr zu: ›Das sind Luftschlösser, meine Liebe, du denkst nicht, was du sagst. Ich fürchte, du hast überhaupt keine Wahl mehr.‹

»Und warum?«, entgegnete sie laut und riss das auf ihrem Gesicht liegende Kopfkissen herunter. Vom Bildschirm des Computers ging in dem dämmrigen Zimmer ein schwacher Schein aus, der zu sagen schien: ›Du hast es so gewollt, jetzt musst du sehen, wie du klarkommst!‹ Sie stieß einen erschöpften Seufzer aus und stand unwillig auf.

»Gut, ich schaue noch einmal nach, und dann mache ich diese blöde Kiste aus.«

15

Morel ließ seinen Blick über die im Saal sitzenden Gestalten schweifen. Eine Hand hob sich. Er ging am Tresen entlang, wo sich diejenigen drängten, die auf einen Tisch warteten, und schielte hier nach einer entblößten Schulter, dort nach einem braun gebrannten Hals.

»Ich habe Ihnen das Tagesgericht bestellt«, sagte der Chefredakteur des *Progrès*.

Sie schüttelten einander die Hand, und Morel ließ sich auf eine Lederbank fallen.

»Ich komme gerade von meinem Freund, dem Kommissar«, grinste Morel.

Er bestellte sich ein Bier. In der Nacht hatte er einen Artikel geschrieben, der nun die Titelseite schmückte. Er schwebte im siebten Himmel. Was für ein Glücksfall, dass er die Leiche entdeckt hatte! Er hatte eine ganze Menge von Einzelheiten preisgegeben, diese allerdings mit Berthier abgesprochen, um den Fortgang der Ermittlungen nicht zu behindern.

Es war ein heikler Fall, dessen Verzweigungen durchaus vielversprechend waren: Verschiebung von gestohlenen Kunstgegenständen, Drogen, minderjährige Mädchen und reiche Männer; ein Notar, der sich erhängt, und ein Bildhauer türkischer Herkunft auf der Flucht.

»Was hat sich bei Max Maurice ergeben?«, wollte der Chefredakteur wissen. »Hat sich die Selbstmordthese bestätigt?«

»Sie warten noch auf die Ergebnisse. Wenn es nicht eine überraschende Wendung gibt, hat der Typ sich einfach erhängt.«

Der Kellner stellte Lachs und ein Zucchinigratin in Balsamico vor sie auf den Tisch.

»Worum geht es in Ihrem nächsten Artikel, Morel?«

Nach einem Schluck Wein zog der Chefredakteur einen Palm Pilot aus seiner Hemdtasche. Er setzte seine Brille auf.

»Ich warte, dass mir Berthier ein paar Tipps zukommen lässt. Ich werde alles vertiefen und das Gewicht auf die Drogen und die Prostitution in den Schulen legen.«

Der Chefredakteur schwieg.

»Und was ist mit den Videocassetten, die man bei Ihrem Notar gefunden hat? Wenn eine andere Zeitung es schafft, sie anzusehen oder Kopien zu erhalten, werden wir das Nachsehen haben.«

»Ich werde sehen, was sich machen lässt«, sagte Morel. »Den Kommissar könnte ich vielleicht herumkriegen, aber die Staatsanwaltschaft …«

»Es gibt immer einen Weg, Morel. Was haben Sie als Nächstes vor?«

Der Journalist nahm einen Schluck Bier.

›Das Mädchen an der Bar‹, dachte er. ›Die mit dem gelben Oberteil, die zu mir herüberschaut.‹

Fabienne war gegen Mittag aufgewacht. Nach einer kalten Dusche und zwei Tassen schwarzem Kaffee fühlte sie sich wieder im Besitz ihrer normalen geistigen Kräfte und rief die Mutter von Sylvie Martin an. Sie hatte zwar immer noch keine Neuigkeiten von ihrer Tochter, wirkte aber weniger besorgt; der Tod des Notars gab ihr die Hoffnung, dass Sylvie tatsächlich ausgerissen sein könnte. Es wäre nicht das erste Mal.

Fabienne fand einen Zettel von Hélène vor, der sie auf den Abend vertröstete. Sie hatte versucht, sie auf ihrem Handy anzurufen, aber es war ausgeschaltet.

Morel würde bald nach Nantua kommen und auf Fabiennes Hilfe zählen. Sie sollte ihn bei seinen Besuchen begleiten, Lauras Mutter, Sylvies Mutter; Toussainte … möglicherweise.

Sie rechnete damit, dass der Journalist etwas über ihre Beziehung zu Marmaris wissen wollte. Es widerstrebte ihr, über den Türken zu sprechen; er hatte sie angelogen und wurde nun von der Polizei gesucht.

Sie bedauerte es, auf Hélène gehört zu haben. Hätte sie nicht Berthier angerufen, um den Wohnsitz von Marmaris durchsuchen zu lassen, so wäre dieser vermutlich noch … Sie zuckte die Schultern. Im Augenblick gab es jedenfalls nur ein echtes Opfer in der ganzen Geschichte: Das war die kleine Masson.

Die Fensterläden waren geöffnet, und die Sonne durchflutete das Zimmer; Fabienne hatte sich in die Sonne gesetzt, um ihre Haare zu trocknen. Sie riss ihren nachdenklichen Blick von den weißen und blauen Segeln auf dem See und wendete ihren Kopf zur Seite. Auf dem Tisch lag ein Notizblock. Sie runzelte die Stirn und stand auf, um einen Blick darauf zu werfen.

»Mein Gott«, murmelte sie und presste eine Hand auf ihre Brust.

Die spinnt total!«, schimpfte Morel und schaute wie ein bockiger Junge drein. »Ich habe wirklich etwas Besseres zu tun! Ich muss Leute treffen, einen Artikel schreiben …«

»Um Himmels willen, lass mich in Ruhe mit deinem Artikel!«, schimpfte Fabienne zurück und warf die Autotür zu. »Wie hätte ich sie daran hindern sollen? Sie muss die Nachricht gefunden haben, nachdem ich eingeschlafen war.«

Morel startete den Wagen, und Fabienne schnallte sich an.

»Es ist doch toll, dass sie ihn zu einer Fortführung des Kontakts gebracht hat.«

»Erspare mir weitere Einzelheiten. Wann und wo soll das Treffen stattfinden?«

»Um sechzehn Uhr in Bellegarde. Und du brauchst gar nicht einen so hässlichen Ton anzuschlagen!«

Er nahm die Information auf und bemühte sich, ungerührt zu erscheinen.

»Wie viele Kilometer sind es bis dorthin?«

»Fünfundzwanzig. Nimm die Autobahn, dann sind wir schneller da.«

Sie fuhren auf der Nationalstraße Richtung Neyrolles. Morel fuhr sich mit einer Hand durch seine Mähne.

»Wie hat sie ihn zu einer Antwort provoziert?«, fragte er.

Er kaute auf seiner Unterlippe herum und dachte nach. ›Verdammt noch mal, immer wenn diese Chinesin sich einmischt, ist der Teufel los.‹

Fabienne hatte den Notizblock aus ihrer Tasche hervorgeholt und blätterte nun darin herum.

»Es ist jedenfalls verdammt gerissen von ihr, ihm ein

Foto von Laura zu schicken. Wärst du darauf gekommen?«

Morel schüttelte den Kopf.

»Dieser Typ existiert nur in der Fantasie deiner Freundin. Du kannst darauf wetten, dass niemand am Treffpunkt erscheint.«

»Also wärst du nicht darauf gekommen! Soll ich zusammenfassen, was auf dem Block steht, ja oder nein?«

Der Journalist zog eine Zigarette aus dem Päckchen.

»Ich hätte gute Lust, Nein zu sagen, aber mach schon.«

»Sie hat nur ihre eigenen Antworten aufgeschrieben; ich denke, sie wollte sie noch einmal durchlesen, bevor sie sie abschickte – aus Angst, er könnte den Betrug wittern.«

»Vielen Dank für die Erläuterungen.«

Fabienne schenkte ihm ein zuckersüßes Lächeln.

»Ich weiß, dass es für dich nicht sehr wichtig ist, aber ich für meinen Teil versuche, die Sachen ordentlich zu machen. Ich habe also nur den von ihr verfassten Text, denke daran. So! Sie schreibt, dass sie fünfzehn Jahre alt ist, dass sie nicht in Frankreich lebt, aber nahe an der französischen Grenze in der Schweiz. Ihre Verehrung für Edgar Allan Poe reicht bis zur Ergebenheit. Sie liebt die Berge, spielt Tennis, fährt Fahrrad und bewundert Audrey Hepburn, ihre Lieblingsschauspielerin. Anschließend fragt sie ihn nach seinem Alter, nach seinen Lieblingsbeschäftigungen und nach seinem Wohnort.«

»Also wissen wir nichts über ihn, da sie ja nur ihre eigenen Antworten notiert hat«, wagte Morel anzumerken.

»Sie hat lediglich die Zahl 20 unter ihre Fragen geschrieben. Meiner Meinung nach hat er dieses Alter angegeben, um sie nicht zu verschrecken. Bei der nachfolgenden Nachricht ist ihm vermutlich das Wasser im Mund zusammengelaufen. Sie kündigt ihm an, dass sie mit einer Mädchengruppe zu einer Fahrradtour nach Frankreich aufbricht. Zuerst fahren sie in den Jura, heute nach Bellegarde und dann ... in die Dombes.«

»Die spinnt ja!«

»Überhaupt nicht; es wimmelt nur so von Schweizern, die die Dombes per Fahrrad erkunden.«

Morel sah auf seine Armbanduhr. Sie waren mittlerweile auf der A 40.

»Wenn du willst, dass wir pünktlich dort sind, muss ich schneller fahren.«

Fabienne setzte eine dunkle Sonnenbrille auf und lehnte sich auf ihrem Sitz zurück.

»Sie haben sich in der Buchhandlung *Voltaire* am Rathausplatz verabredet. Was meinst du, stammt diese Idee von ihm oder von ihr? Eine Buchhandlung ist ein geeigneter Ort.«

»Ich bin wirklich neugierig, was das für ein Typ ist«, grinste Morel und drückte das Gaspedal ganz durch.

16

Gomez hatte drei Bier getrunken, damit das Bohnengemüse, das er zu sich genommen hatte, gut absacken konnte. Sein Magen fühlte sich doppelt so groß an wie sonst. Er bezahlte und verließ den Gasthof. Draußen herrschte eine drückende Hitze, kein Lüftchen ging. In einer verzweifelten Anwandlung fuchtelte er mit den Armen herum, als wolle er Platz schaffen und seinen Lungen etwas frische Luft zufächeln. Das Völlegefühl ließ langsam nach. Er kletterte schwerfällig in seinen Sattelschlepper, einen dicken blaumetallicfarbenen Volvo mit spanischem Kennzeichen. Er ließ den Motor an und stellte die Klimaanlage auf die Höchststufe. Er zündete sich eine holländische Zigarre an. Sein rechter Rückspiegel stand nicht im richtigen Winkel, aber er war zu behäbig, um noch einmal auszusteigen und ihn zu richten. Seine Lider waren schwer, seine Augen gerötet.

»*Vamonos*«, sagte er.

Ein paar Minuten später bog er auf die A 40. Kurz hinter Neyrolles zog er unvermittelt auf die linke Spur, um zu überholen, und stieß dabei mit dem von hinten kommenden Auto zusammen. Er machte eine Vollbremsung und riss das Lenkrad herum, um nicht auf den Seitenstreifen zu geraten. Der Sattelschlepper stellte sich quer, dann stürzte er um.

17

In der Buchhandlung *Voltaire* beobachtete Hélène, hinter einem Regal versteckt, die hereinkommenden Kunden. Sicherheitshalber war sie eine Stunde früher gekommen.

Er würde kommen, um *Eléonore* zu finden, um sie zu begutachten und vielleicht sogar anzusprechen, wenn die Umstände günstig waren. Enttäuschung würde ihn packen, wenn er entdeckte, dass seine Beute seinen Einflüsterungen nicht erlegen war. Sie hingegen würde ihn, unter welcher Verkleidung auch immer, ausfindig machen. Sie war überzeugt davon, dass sie ihn erkennen würde.

Als sie ihm mitgeteilt hatte, dass sie durch Bellegarde käme, brauchte er nur ein paar Minuten, um einen Plan zu entwerfen.

Ein Mitglied des ›Freundeskreis von Edgar Allan Poe‹ aus Bellegarde besaß eine Sammlung unveröffentlichter Poe-Erzählungen. Die musste man unbedingt gesehen haben, so seine E-Mail. Wenn *Eléonore* dies wünschte, sollte sie um 16 Uhr in die Buchhandlung *Voltaire* kommen. Dort würde man ihr das Buch geben; sie könnte es dann während ihrer Rundfahrt durch Frankreich lesen und auf dem Rückweg wieder dort abgeben.

Eine Buchhandlung mitten am Nachmittag war ein Ort, der keinerlei Misstrauen erweckte, musste er sich wohl gesagt haben.

Sein überstürzter Vorwand bewies ihr, dass er am Ende war. Er brauchte ein Opfer, das in größtmöglichem Einklang mit seiner Fantasiewelt stand, und er brauchte es dringend, unaufschiebbar.

Um halb fünf musste Hélène sich eingestehen, dass etwas schiefgelaufen war. Es war sinnlos, länger zu warten. Als eine Gruppe von Frauen in die Buchhandlung kam, nutzte sie das Gemenge, um sich hinauszuschleichen. Sie kehrte der Hauptverkehrsstraße den Rücken und verschwand in dem ersten kleinen Sträßchen, um zu ihrem Auto zurückzukehren.

Auf der A 40 umklammerte sie das Lenkrad mit aller Kraft. Sie war sich so sicher gewesen, und nun war die Kommunikation mit dem geheimnisvollen RR abgerissen. Möglicherweise für immer.

›Und wenn er da war, ohne dass ich ihn bemerkt habe?‹, grübelte sie. ›Letztlich habe ich ihn ja noch nie gesehen.‹ Nein, er war nicht dort gewesen. Hätte er bemerkt, dass es Eléonore gar nicht gab, dass sie, Hélène Wang, dahinter steckte und ihm eine Falle gestellt hatte, hätte er reagiert. Sie hatte allen in die Augen geschaut, die über die Schwelle der Buchhandlung getreten waren, und es war ihr nichts Besonderes aufgefallen.

Sie fuhr auf Neyrolles zu. Der Verkehr war zähfließend. Auf der anderen Seite der Autobahn war ein Sattelschlepper umgekippt und hatte einen gewaltigen Stau verursacht.

Die Polizei war damit beschäftigt, den Verkehr über eine Spur der Gegenseite zu leiten. Feuerwehrleute schnitten die Karosserie des Lastwagens und anderer beteiligter Autos auseinander.

Sie war vorsichtshalber viel zu früh aufgebrochen, um

auf jeden Fall rechtzeitig in der Buchhandlung zu sein. Sie hätte es nicht ertragen, in einem Stau zu stecken und ohnmächtig mit ansehen zu müssen, wie die Zeit verstreicht, während er in der Buchhandlung wartete …

Sie bremste abrupt. Er kam von Nantua, also steckte er fest! Sicher war er auf die A 40 gefahren, um nach Bellegarde zu kommen! Sie stieg auf dem Seitenstreifen aus und überquerte zu Fuß die Autobahn. Auf der Gegenseite standen die Autos immer noch.

»Wie lange stehen Sie schon hier?«, fragte sie einen Fahrer.

»Mehr als eine Stunde«, stöhnte er entnervt. »Und wir sind noch keinen Meter vorwärtsgekommen.«

Hélène warf einen Blick auf ihre Armbanduhr. Es war sechzehn Uhr fünfundvierzig. Der Unfall musste also gegen fünfzehn Uhr vierzig passiert sein. Hätte der Mörder rechtzeitig in der Buchhandlung ankommen wollen, musste er weiter vorne im Stau stehen. Mit Blick auf die drei Kilometer lange Schlange bis zum Ort des eigentlichen Unfalls lief sie los.

18

Seine Vision war verflogen, und die Wirklichkeit schlug ihm mit all ihrer Widrigkeit ins Gesicht. Er kam zu spät. Seine Digitalkamera war unnütz. Alles war unnütz. Wie ein elektrischer Schlag durchfuhr ihn seine Frustration. Das Bild von *Eléonore* hatte ihn in Träumen schwelgen lassen. Sie war so hingebungsvoll, so unschuldig und glich Laura so sehr. Er war so glücklich gewesen wie seit ewigen Zeiten nicht mehr. Sylvie hatte er darüber vergessen.

Er würde sie also nicht in seine Arme schließen können, sie an sich drücken und fühlen, wie sein Schwanz steif wurde. Es schien ihm, als würde ihn dieser Schlag des Schicksals mehr tot als lebendig zurücklassen. Nie wieder würde er ein solches Mädchen finden!

Da sah er sie. Hélène Wang! Was machte sie hier? Sie lief zwischen den Autos her und schaute in die Gesichter ihrer Fahrer. Sein Selbstmitleid wandelte sich in blanke Wut. Sie hatte ihm diesen Streich gespielt! Es hatte niemals eine *Eléonore* gegeben!

Er fühlte den unbändigen Drang in sich aufsteigen, sie zu zerstören, ihr das Herz aus dem Leib zu reißen. Er sah sie näher kommen. Seine Wut ließ etwas nach, als er daran dachte, dass sie ihn erkennen würde. Er verharrte stocksteif hinter dem Lenkrad. Sein Atem ging stoßweise. Hélène war stehen geblieben. Sie drehte sich um, als hätte jemand sie gerufen. Aus einem eingekeilten

Auto winkten ihr zwei Personen zu. Er erkannte Thomas-Blanchet und den Journalisten vom Progrès.

Er war in Bedrängnis, musste schnell handeln, sich eine passende Antwort zurechtlegen. Trotz aller Anstrengungen gelang es ihm nicht, eine Lösung zu finden. Das machte ihn rasend. Er sah in den Rückspiegel, und sein Herz machte einen Sprung. Seine Unruhe verschwand. Seine geistigen Fähigkeiten kehrten zurück. Sein Kopf war klar und seine Aufmerksamkeit gespannt. Wie sollte sie ihn unter seiner Verkleidung erkennen? Er hatte zu Unrecht mit seinem Schicksal gehadert: Wären sie sich in der Buchhandlung gegenübergestanden, so wäre sie möglicherweise darauf gekommen, aber nicht hier.

Die beiden anderen drängten sie, zu ihnen zu kommen. Weiter vorne musste der Fahrstreifen wieder frei sein, denn die Autos setzten sich langsam in Bewegung.

Er öffnete die Tür und stieg aus. Sie hatte sich zu ihm umgedreht. Sie sah ihn an. Er lächelte ihr zu.

»Haben Sie eine Panne?«, fragte er.

Es war ein schöner Julinachmittag, und er fühlte die warme Sonne auf seinen Schultern. Außer Atem, hilflos und erschöpft taumelte Hélène Wang.

»Sind Sie sicher, dass Sie keine Hilfe brauchen?«

»Nein, es geht schon, danke«, antwortete sie und wendete sich ab.

19

Morel schlief schlecht. Gegen sechs Uhr morgens beendete er seine Nachtruhe, zog sich an und ging joggen. Nach zehn Minuten war er so außer Atem, dass er voller Erleichterung eine nahe gelegene Bank ansteuerte. Eine schwache Sommersonne färbte die Hügel rosa. Die Bäume schimmerten in unterschiedlichen Grüntönen. Er setzte sich und beobachtete die Strömung der Rhône.

Die Wechselbäder vom Vortag hatten ihm zugesetzt. Er war zu dem Schluss gekommen, dass er sich keine Sorgen mehr zu machen brauchte. Sylvie hatte ihrer Mutter geschrieben; damit stand fest, dass sie nicht verschwunden war. Er für seinen Teil hatte rechtzeitig seinen Artikel abgeschickt. Was Hélène Wang betraf, so war ihr eine Lektion erteilt worden, und sie hatte ihre Glaubwürdigkeit verloren.

Der Verkehr auf den Uferstraßen nahm zu, und Morel stand auf. Er wollte gerne bei einer schönen Tasse Kaffee und einer ersten Zigarette seinen gedruckten Artikel lesen. Des Weiteren würde er sich etwas ausdenken, um von Berthier eine Kopie der bei dem Notar gefundenen Kassetten zu bekommen.

Später beim Anziehen war ihm immer noch keine überzeugende Geschichte für den Kommissar eingefallen. Er hatte ihn in seinem Artikel ausdrücklich erwähnt; kleine Aufmerksamkeiten dieser Art lohnten sich, reichten aber nicht immer.

Er setzte sich vor seinen Computer, ging seine Notizen durch und unterstrich die Punkte, die es noch zu klären galt. Ihm wurde klar, dass er, Jean-François Morel, sich einzig und allein auf Jeff Morel stützen konnte. Und das war ein Umstand, den er nicht außer Acht lassen durfte.
Punkt neun Uhr klingelte sein Handy.

»Morel«, meldete er sich.

Als er die Identität seines Gesprächspartners erkannte, erhellte ein Lächeln seine Züge. Endlich hatte Jeff Morel jemanden gefunden, auf den er sich stützen konnte.

Hélène hatte sich auf eine Bank im Schatten einer Weide gesetzt. Sie trug ein T-Shirt und eine schwarze Hose, außerdem ihre dunkle Sonnenbrille, die ihr eine gewisse Anonymität verlieh.

›Von weitem muss ich wie ein Rabe aussehen‹, stellte sie sich vor.

Die Gewissheit, die Antwort zu all den Rätseln im Kopf zu haben, verursachte ihr Unbehagen. Jedes Mal, wenn sie glaubte, die Lösung greifen zu können, verschwand sie wie ein von Wellen weggespülter Schriftzug im Sand. Sie vernahm eine Stimme:

»Darf ich mich setzen?«

Sie hob den Kopf, sah den bekümmerten Gesichtsausdruck des alten Mannes und lächelte automatisch. Er setzte sich neben sie und stützte sich mit beiden Händen auf seinen Stock.

»Es ist ein schöner See«, sagte er.

Hélène nickte. Er wandte sich ihr zu.

»Ich heiße Henri Gorju. Ich glaube, ich habe Sie noch nie hier gesehen. Wohnen Sie im Dorf?«

Ein Glucksen entfuhr ihm.

»Ich hätte mich an Sie erinnert.«

»Ich verbringe die Ferien hier«, antwortete Hélène.

»Ach! Die Ferien! Was habe ich gerade gesagt? Ach ja, der See. Während der warmen Jahreszeit bin ich oft mit meiner Frau zu dieser Bank gekommen. Sie liebte dieses Plätzchen. Sie hat mich allein gelassen ... vor acht Jahren ...«

»Das tut mir leid.«

»Eine Frau wie sie ...«

Er schüttelte voller Bedauern den Kopf.

»So eine gibt es nicht noch mal, so sagt man doch, oder? Ihr Name war Mariette. So oft ist sie dem Tod von der Schippe gesprungen, um dann von einer lächerlichen Bronchitis dahingerafft zu werden. Eine Frau, die das Leben liebte und sich immer wieder aufrappelte.«

Die Augen des Alten schweiften in die Ferne.

»Vielleicht hat sie dort oben wichtigere Dinge zu erledigen. Ihr, ihr Jungen, habt das Glück, den Krieg nicht kennengelernt zu haben; aber meine Mariette war mittendrin, steckte bis zum Hals in diesen Résistance-Geschichten. Aber das ist alles schon lange her.«

Bitterkeit lag in seiner Stimme.

»Ich gehe Ihnen auf die Nerven. Können Sie mir bitte sagen, wie spät es ist?«

Hélène schaute auf ihre Armbanduhr.

»Es ist gleich elf Uhr.«

»Ah! Da habe ich noch ein wenig Zeit. Ich bin mit einem Journalisten verabredet. Er kommt aus Lyon hierher, um mich zu sehen.«

Er zuckte die Schultern.

»Er interessiert sich für Mariette. Er schreibt einen Artikel über die Deportierten. Das hat er mir zumindest gesagt. Mariette hat ein Tagebuch geführt, müssen Sie wissen.«

»Das wusste ich nicht«, erwiderte Hélène freundlich.

»Oh, doch. Sie führte eines. Und sie sagte auch, dass in diesem Tagebuch Dinge stünden, die das ganze Dorf auf den Kopf stellen würden. Wissen Sie, sie war in Buchenwald.«

»In Buchenwald?«

»Ja«, sagte der alte Mann. »Nun gut, jetzt muss ich mir noch ein bisschen die Beine vertreten, bevor ich diesen Morel treffe.«

Er stützte sich auf seinen Stock und stand auf.

»Wie hieß dieser Journalist?«

Hélène hatte ihre Brille abgenommen.

»Morel. Er arbeitet für eine Zeitung, aber ich weiß nicht mehr, für welche.«

Hélène fühlte, wie ihr Herz einen Schlag aussetzte.

»Kannte Ihre Frau in der Résistance einen Mann, der der ›Rabe‹ genannt wurde, Monsieur Gorju?«

Fabienne betrachtete die Scheibe Honigbrot. Sie hatte während der letzten Monate zugenommen, vor allem seit der Trennung von Marmaris.

Ohne große Begeisterung hatte sie den Entschluss gefasst, Gymnastik zu machen und Diät zu halten. Jetzt, wo wieder etwas Ruhe in ihr Leben eingekehrt war, hatte sie sich eine ganze Reihe von Zielen gesetzt, die sie erreichen wollte. Vor allem sollte Schluss sein mit diesem haltlosen und zerfahrenen Leben.

Der See lag in der Sonne wie flüssiges Gold. ›Ein schöner Tag, um die Ferien zu nutzen‹, dachte sie sich. Die Erinnerung an die schreckliche Nacht würde bald verschwinden. Es tat ihr leid für Hélène. Sich so sehr von der eigenen Einbildungskraft mitreißen lassen … Sie war bekümmert.

Das Telefon klingelte. Sie zögerte kurz, dann zwang sie sich abzunehmen. Eine eindeutig nervöse Stimme meldete sich:

»Fabienne? Hier ist Melik.«

»Melik! Bist du vollkommen verrückt, mich anzurufen? Wo bist du?«

»Weg. Ich bin weit weg. Hör zu … ich habe nicht viel Zeit. Ich habe mit Sylvies Mutter gesprochen, die mir sagte, dass ihre Tochter verreist ist. Weißt du, wohin?«

»Natürlich weiß ich das. Glaubst du nicht, du solltest dieses Mädchen endlich in Ruhe lassen, vor allem jetzt, wo du so in der Patsche sitzt …«

»Ich habe gar nicht vor, sie zu treffen. Ich wollte einfach nur wissen, ob mit ihr wieder alles in Ordnung ist. Ist das so schwer zu verstehen? Also? Wo ist sie?«

»Mach dir keine Sorgen. Sie ist für ein paar Tage weggefahren. Nach all den Geschichten …«

»Mit Lauras Tod habe ich nichts zu tun. Das war dieses Schwein Maurice …«

»Jetzt ist er plötzlich ein Schwein! Du hattest dich doch ganz gut mit ihm abgesprochen, oder?«

»Lassen wir das! Wo um Himmels willen ist Sylvie?«

»Schrei doch nicht so! Sie ist an der Küste, wenn du es genau wissen willst.«

»An der Küste? Welcher Küste?«

»Am Mittelmeer. In Frankreich! Erinnerst du dich noch an Frankreich?«

Am anderen Ende der Leitung herrschte Schweigen.

»Melik?«

»Hat dir ihre Mutter das gesagt?«

»Ja, ihre Mutter. Sylvie hat ihr geschrieben, dass sie für eine Woche ans Meer fährt.«

»Fabienne, das ist einfach unmöglich!«

Die erstickte Stimme von Marmaris war kaum noch zu vernehmen.

»Was fantasierst du dir jetzt schon wieder zusammen, Melik?«

»Überhaupt nichts, verflucht! Sylvie kann diesen Brief überhaupt nicht geschrieben haben. Du musst die Polizei verständigen, Fabienne. Und zwar sofort!«

»Was ist denn los? Warum behauptest du, dass sie diesen Brief nicht geschrieben hat?«

Fabienne kam aus dem Staunen nicht mehr heraus.

»Weil sie das Meer verabscheut! Ganz bestimmt! Ich wollte sie schon öfter mit ans Meer nehmen, aber sie hat sich immer geweigert … Fabienne, hörst du mir zu?«

20

Stört es Sie, wenn wir in der Küche bleiben?«, fragte der alte Mann.

»Überhaupt nicht«, erwiderte Hélène.

Sie hatte Gorju vorgeschlagen, ihn im Auto nach Hause zu fahren. Sie waren durch die umliegenden Straßen geirrt: Der Alte schien den Orientierungssinn verloren zu haben.

»Ich fahre nicht oft im Auto zu mir nach Hause«, hatte er sich entschuldigt. »Normalerweise gehe ich zu Fuß und nehme die kleinen Straßen, wo es nicht so gefährlich ist.«

Hélène hatte das Auto abgestellt, und sie waren den Rest des Weges zu Fuß gegangen. Der Weg führte durch kleine, gepflasterte Gassen und unter einem alten steinernen Torbogen hindurch. Am Ende eines Feldweges hatte er eine Tür aufgeschlossen, die zu dieser Küche führte. Es war Hélène gelungen, ihn zu überreden, ihr das Tagebuch seiner Frau zu zeigen.

»Sind Sie sicher, dass Ihre Frau Desmeuraux und Mayeux kannte?«, nahm Hélène ihre Unterhaltung wieder auf. »Den Fuchs und den Raben?«

Der alte Mann hatte seinen Stock an den Tisch gelehnt.

»Ja, ja, diese beiden. Alle kannten sie. Zwei Strolche, die glaubten, sich alles herausnehmen zu können, nur weil sie in der Résistance waren.«

»Was soll das heißen, alles herausnehmen?«

»Ach, das ist eine alte Geschichte, aber ich erinnere mich daran, dass Mariette oft davon sprach. Sie sagte sogar, dass man die beiden, wenn nicht Krieg gewesen wäre, ins Gefängnis gesteckt hätte, nach allem, was sie getan hatten.«

Er kramte in seiner Tasche, schien aber nicht zu finden, was er suchte. So nahm er mit einem entschuldigenden Lächeln ihr gegenüber Platz. Eine lebhafte Teilnahme blitzte in seinen Augen auf.

»Sie würden gerne mehr wissen, oder?«

»Sie haben angefangen, mir davon zu erzählen.«

»Das stimmt. Ich weiß nicht mehr, was ich gesucht habe. Ach! Wo war ich stehengeblieben? Der Rabe ... die beiden, er war der Anführer. Er fürchtete sich nicht vor den Deutschen. Es heißt, eines Tages wären die beiden in den Wald verschwunden ... um einen Spaziergang zu machen ... Aber ich habe Ihnen ja gar nichts zu trinken angeboten.«

»Ein Glas Wasser, danke. Mir ist wirklich heiß.«

Gorju war aufgestanden. Er nahm ein Glas und füllte es unter dem Wasserhahn.

»Sie waren aber nicht allein. Desmeuraux und sein Kumpel«, fuhr er fort. »Ein Mädchen war bei ihnen.«

Er stellte das Glas vor Hélène.

»Ein Mädchen?«

Sie trank es in einem Zug aus.

»Ja. Annette, die Tochter von Marcelin. Es hieß, Marcelin würde Geschäfte mit den Deutschen machen.«

»Und was ist dann geschehen?«

»Ach! Es wurde erst am nächsten Tag entdeckt. Marcelin suchte seine Tochter und fragte auch bei den Burschen von der Résistance nach ihr. Desmeuraux sagte ihm, dass die Deutschen in den Wäldern auf Patrouille gingen und dass sie vielleicht in eine hineingeraten wäre.«

Der Alte unterbrach sich, da ihm plötzlich wieder etwas eingefallen war.

»So war es nicht, aber ich muss Ihnen das Tagebuch meiner Frau holen.«

»Was ist mit Annette passiert?«

»Nun, am nächsten Tag hat man sie schneebedeckt und steif gefroren gefunden.«

Gorju hatte seinen Stock zur Hand genommen.

»Würde es Ihnen etwas ausmachen, mich zu begleiten? Ich muss in den Keller hinab, um das Tagebuch zu holen. Es ist in dem Koffer mit den anderen Dokumenten von Mariette. Die Treppe ist ein wenig steil, und in meinem Alter, Sie verstehen …«

Hélène war aufgestanden.

»Nein, natürlich nicht. Was war mit Annette, war sie tot?«

»Ach, die arme Annette! Der Himmel hat sie scheinbar nicht haben wollen. Sie war nicht tot, aber halb erfroren, und ihr Kopf hat einen ordentlichen Schlag abbekommen.«

Er öffnete eine Tür.

»Es ist nicht sehr hell da drin. Unten gibt es einen Lichtschalter, der geht. Der hier oben muss unbedingt repariert werden.«

»Ich kann vor Ihnen gehen, wenn Sie wollen?«

Ein Schwall feuchter Luft stieg aus dem Keller herauf. ›Angenehmer als in der Küche‹, dachte Hélène.

»Die kleine Annette hat man ins Krankenhaus gebracht. Die Leute tuschelten hinter dem Rücken von Vater Marcelin und flüsterten sich zu, dass seine deutschen Freunde ihm ihren Dank hatten erweisen wollen, indem sie sich mit seiner Tochter beschäftigten.«

Hélène war zwei Stufen hinabgestiegen. Sie tastete sich mit einer Hand an der Wand entlang. Die Treppe hatte kein Geländer.

»Die Ärzte haben sie am Kopf operiert und gesagt, dass sie davonkommt, dass sie aber nie wieder wie vorher sein würde.«

Hélène vernahm das Schnaufen des alten Mannes unmittelbar hinter ihr. Er tastete mit seinem Stock die Stufen ab, als wollte er ihre Festigkeit überprüfen. Sie blieb stehen und schaute sich um. Die Gestalt des Greises hob sich im Türrahmen ab.

»Was soll das heißen?«

»Nun, dass sie nicht mehr ganz richtig im Kopf war. Wegen des Schlages, den sie abbekommen hatte. Als sie wieder aufwachte, dachte sie, sie sei immer noch im Wald. Und dann hat sie von dem Fuchs und dem Raben gesprochen und davon, was die beiden mit ihr angestellt hatten.«

»Mein Gott!«, sagte Hélène beim Hinuntergehen.

Der Alte hatte ihr die Hand auf die Schulter gelegt.

»Das ist noch nicht alles. Als Marcelin die Wahrheit erfuhr, hat er die beiden an die Deutschen verraten. Deshalb kam es dann zu der Razzia in der Schule.«

»Jetzt sieht man wirklich gar nichts mehr«, sagte Hélène.

»Noch ein paar Stufen, und Sie sind am Lichtschalter.«

»Was ist aus Annette geworden?«

»Annette? Nun, das war noch nicht das Ende von Marcelins Sorgen. Zwei Monate später musste er seine Tochter wieder ins Krankenhaus bringen.«

Hélène tastete im Dunkeln nach dem Lichtschalter. Der Alte schwieg.

»Ich höre Ihnen zu, Monsieur Gorju. Warum musste sie wieder ins Krankenhaus? Ah, jetzt habe ich das Licht gefunden.«

»Weil sie schwanger war, verdammt noch mal!«

21

Morel war mit seiner Geduld am Ende. Gorju hatte jetzt schon über drei Stunden Verspätung. Er hatte sich mit ihm auf dem Friedhof verabredet, in dem Gang, der zum Grabstein seiner Frau führte. ›Ich werde Ihnen ihr Tagebuch mitbringen, hatte er versprochen. Sie können es dann lesen, während ich ein bisschen bei Mariette verweile.‹

Der Journalist zog sein Handy hervor. Er hatte es ausgeschaltet, damit es die Unterredung nicht störte. Er sah nach, ob er Nachrichten hatte. Vielleicht hatte Gorju ihn angerufen, um ihm mitzuteilen, dass er sich verspätete oder in letzter Minute verhindert sei. Es war kein Anruf von ihm eingegangen, dafür aber drei von Fabienne. Er sollte so schnell wie möglich Kontakt zu ihr aufnehmen. Es ginge um Sylvie.

»Scheiße!«, entfuhr es ihm.

Sie nahm beim ersten Klingeln ab.

»Wo steckst du denn?«

»In Nantua, auf dem Friedhof. Was gibt es?«

»Auf dem Friedhof? Marmaris hat mich angerufen. Er macht sich Sorgen wegen Sylvie. Er behauptet, dass sie das Meer nicht ausstehen kann, und versteht deswegen nicht, dass sie dorthin gefahren sein soll …«

»Was soll denn das schon wieder?«

»Weiß ich auch nicht. Er hat mir gesagt, dass er Sylvie schon mehrmals mit ans Meer nehmen wollte und sie sich immer geweigert hat.«

»Vielleicht hat sie sich geweigert, weil der Vorschlag von ihm kam, was meinst du?«

»Hör auf! Ich möchte, dass du Berthier anrufst.«

»Und was soll ich ihm bitte schön sagen, diesem Berthier? Dass du einen Anruf von einem Typen bekommen hast, der sich aus dem Staub gemacht hat und behauptet, dass seine Freundin das Meer nicht ausstehen kann?«

»Ja, genau. Bitte tu das für mich.«

»In Ordnung. Du weißt nicht zufällig, wo so ein alter Typ namens Henri Gorju herumstreunt?«

»Gorje wie bitte?«

»Mach dich nicht lustig über mich. Gorju! Henri! Ich sollte ihn in der Nähe des Grabes seiner Frau Mariette treffen … Warte mal kurz!«

Morel nahm sein Notizheft zur Hand.

»Mariette Vidal, genannt Lolo. Vidal ist ihr Mädchenname, nehme ich an. Sie war in der Résistance; die Deutschen haben sie nach Buchenwald deportiert.«

»Diesen Namen höre ich zum ersten Mal. Bist du sicher, dass …«

»Ich rufe dich in fünf Minuten wieder an.«

Nachdem er das Gespräch beendet hatte, hinterließ er zuerst Berthier eine Nachricht, dann ging er den Gang entlang. Er erinnerte sich an die Stelle, an der der Alte seinen Feldblumenstrauß niedergelegt hatte.

»Schauen wir mal nach, Mariette Vidal oder Mariette Gorju, hier müsste es doch sein«, brummelte er vor sich hin, während er die Grabsteine in Augenschein nahm.

22

Im selben Augenblick, in dem das Licht im Keller anging, drang ein peitschendes Geräusch an Hélènes Ohren, und sie spürte zuerst einen Luftzug, so wie auch bei einer Detonation zuerst der Rauch der Kanone entweicht, bevor man etwas hört. Sie nahm wahr, dass sie die restlichen Treppenstufen hinunterstürzte.

Der Alte hatte sie mit seinem Stock ins Gesicht geschlagen.

Die seltsame Perspektive machte es ihr schwer, die Situation zu begreifen. Sie versuchte ihren Kopf zu bewegen, um den Alten wieder ausfindig zu machen, aber er war verschwunden. Sie vernahm einen erstickten, fernen Schrei, der sich ihrer eigenen Kehle entrungen hatte. Er hatte ihr einen Fußtritt in die Brust versetzt. Der Schmerz durchfuhr ihren Körper wie eine harte und schneidende Metallklinge. In ihrem Kopf pochte es; ein Pochen, das sie gleichzeitig am Leben hielt und zu ersticken drohte.

Er wird mich in Stücke schneiden.

Das war der alles beherrschende Gedanke, den sie mit der ihr verbleibenden Geisteskraft zu fassen im Stande war, bevor die schwarze Dünung sie hinwegspülte.

23

Morel war den Gang auf beiden Seiten abgeschritten, ohne den Grabstein zu finden. Ein totaler Reinfall.

»Ich möchte noch gerne einen Blick in das Register der Todesfälle werfen«, hatte er Fabienne dann gebeten, als er sie zurückrief.

Der Angestellte im Rathaus wollte ihnen zunächst den Einblick verwehren, aber Fabienne war es gelungen, ihn zu überzeugen. Nun durchblätterte der Journalist bereits den letzten Band.

»Nichts! Nichts über Gorju! Nichts über Vidal! Ich verstehe das nicht. Ein so freundlicher alter Mann! Er hätte mein Großvater sein können.«

Als sie aus dem Rathaus kamen, waren sie auf dem Gehsteig stehen geblieben.

»Hast du nicht gesagt, dass dich dieser Typ am Tag von Lauras Begräbnis auf dem Friedhof angesprochen hat?«

»Genau.«

»Wir waren da, haben dich aber nicht gesehen.«

»Ich kam später, als alles schon vorbei war. Dieser Alte war da, mit einem Blumenstrauß. Genaugenommen habe ich ihn angesprochen.«

»Er hat dich angelogen. Dafür musste er einen guten Grund haben, denke ich«, bemerkte Fabienne mit ihrem gesunden Menschenverstand.

Sie hatte sich eine Zigarette angezündet und wirkte nachdenklich.

»Ich habe gerade einen Einfall, Jeff.«

Morel hatte die Arme zum Himmel erhoben. Er hörte misstrauisch zu.

»Erinnerst du dich, dass Hélène uns gesagt hat, der Mörder würde sich verkleiden und dass man auch aus der Wohnung von Madame Buzinski einen Typen mit einem Stock herauskommen gesehen hat, unmittelbar nach ihrem Tod.«

»Nein. Doch … ganz vage.«

»Wenn nun er es war?«

»Wie er?«

»Der Alte, der Mörder! Er hat dich angerufen, um sich mit dir zu treffen.«

»Und warum wollte er sich mit mir treffen? Wollte er mir vielleicht seine Verbrechen gestehen?«

»Nein, Jeff. Er wollte dich töten.«

24

Es war kühl, aber Hélène atmete schwer. Die linke Seite ihres Gesichtes brannte. Ganz allmählich tauchte sie aus ihrer Benommenheit auf. Sie war immer noch in dem Keller, saß mittlerweile aber auf einem Stuhl, ihre Hände waren gefesselt. Auf dem Boden lag eine grüne Plastikplane; rechts von ihr stand ein Regal, in dem Gartenwerkzeuge untergebracht waren.

Er hatte sich in zwei Meter Entfernung ihr gegenübergesetzt. Auf seinen Knien lag ein Messer, dessen Spitze ostentativ auf sie gerichtet war.

Hélène wollte ihren Speichel hinunterschlucken, aber ihr Mund war vollkommen trocken. Niemand wusste, dass sie hier war. Er hatte gewonnen.

»Ihr Gesicht kommt mir bekannt vor. Wir müssen uns schon einmal begegnet sein. Warten Sie … wo war das noch?«, fragte er.

Er tat so, als würde er seine Erinnerung durchforsten.

»Noch ein Glas Wasser?«

Dann schlug er sich theatralisch vor die Stirn.

»Aber ja! Auf der Bank«, sagte er und schnalzte mit den Fingern. »Jetzt erinnere ich mich.«

»Wo ist Sylvie?«, fragte Hélène.

Es war, als würde sie eine Antwort von ihm erwarten, die sie doch bereits kannte. Er dachte angestrengt nach, trug eine unechte Verwirrung zur Schau.

»Wie wunderbar Sie informiert sind, Hélène! Warum

erzählen Sie mir nicht noch mehr? Was wissen Sie über mich, über Henri Gorju?«

»Es ist eine Verkleidung.«

Er richtete sich auf. Sein Blick schweifte über die Wände, dann kehrte er wieder zu ihr zurück. Er ließ seine Finger über seinen Schwanz gleiten. Die andere Hand strich sanft über die Messerklinge. Die Adern an seinem Hals waren hervorgetreten, und das Blut pulsierte in seinen Bahnen.

»Ach! Und welchen Namen sollen wir dem Mann geben, der sich derart verkleidet?«

»Seinen richtigen! Jérôme Joffré, Literaturlehrer!«

Er nickte mehrmals mit dem Kopf, bevor er sie von neuem fixierte. Er stand auf und kam näher. Es war zu früh. Sie musste ihn aufhalten.

»Sie sind der Sohn von Annette!«, schrie sie.

Sie stellte sich die Umgebung vor. Diesen Wald in der Nähe von Nantua; den schneebedeckten Boden, den Geruch der Tannen und Annette mit Desmeuraux und Mayeux.

Wer war der Vater von Jérôme Joffré? Der Fuchs oder der Rabe?

Er machte kehrt und setzte sich wieder. Es dauerte eine Weile, bis er fragte:

»Wann sind Sie darauf gekommen?«

Seine Hände zitterten. Sein Gesichtsausdruck hatte sich, obwohl noch immer hinter der Maske eines Greises, verändert.

»Als Sie mir sagten, dass Annette schwanger war«, antwortete Hélène.

Er starrte auf den Boden, als gäbe es über diese Behauptung hinaus nichts mehr zu sagen.

»Die Folge einer Vergewaltigung, sonst nichts! Marcelin zufolge ähnelte ich Guillaume Desmeuraux … also bin ich nach den Mendel'schen Gesetzen sein Sohn. Weder Sie noch irgendjemand sonst kann je begreifen, was eine solche Erfahrung bedeutet.«

»Ich glaube …«

»Sie glauben gar nichts! Mein Leben war eine Agonie. Ich glaubte, verrückt zu werden. Meine Schwester Flora *ist* verrückt geworden.«

»Ihre Schwester?«

»Meine Mutter hat Zwillinge bekommen. Flora und mich, zweieiige Zwillinge. Ich glaube, sie war die Tochter des Fuchses; zwei Vergewaltiger, zwei Kinder. Die Rechnung geht auf. Der alte Marcelin hat Flora nicht den Hauch einer Chance gelassen.«

Er lächelte und machte keinen Hehl aus der Freude, die es ihm bereitete, alles offenzulegen, was in den hintersten Winkeln seines Kopfes herumspukte.

»Marcelin war mein Großvater. Er hatte nichts von einem alten, gemütlichen Weihnachtsmann. Er war ein Ekel. Eines Tages, ich war ungefähr fünf Jahre alt, beugte er sich zu mir und raunte mir zu, dass ich die Frucht aus zwei schlechten Körnern, zwei schmutzigen kleinen Körnern wäre: dem schlechten Korn meines Vaters und dem meiner Mutter, die Gott damit gestraft habe, dass sie sich nun in die Hose mache und vollsabbere durch den Schlag auf den Kopf, den sie ihr verpasst hätten. Für Marcelin war seine Tochter nichts weiter als eine Hure, die ihn der Lächerlichkeit preisgegeben hatte. Aber er, er schlief mit ihr, mit seiner eigenen debilen Tochter. Jede Nacht zwang er mich, den Augenblick der Vergewaltigung aufs Neue zu durchleben. Ich hörte meine Mutter schreien, wenn er sie missbrauchte. Er gab meinem Albtraum unablässig Nahrung. Ich zog aus den Schreien meiner Mutter und ihrer Erniedrigung eine ebenso ungeheure Kraft, wie er sie aus meiner Unterwerfung zog. Ich verabscheute ihn, aber ich durfte nicht darüber nachdenken. Er hat mich erzogen, damit ich zum Werkzeug seiner Rache werde. Tausendmal hat er es mir wiederholt: Ich sollte meine Kraft aus dem Schrecken ziehen. Sie hatten seine Tochter vergewaltigt, und für ihn war das eine Bluttat. Hier in der Gegend gibt es dafür keine Gnade. Für mich war die Botschaft klar. Ich bin weitergegangen, als er es jemals erhofft hatte. Ich habe mich mit meinen Werken von ihm unabhängig gemacht.«

Marcelin hatte die richtige Wahl getroffen. Er hatte das geeignete psychische Material gefunden, einen Menschen ohne Gewissen und ohne Reue.

»In den *Eiskellern des Königs* – war das Ihre Schwester?«, fragte Hélène.

»Die Ärmste war verrückt. Marcelin vergewaltigte auch sie. Als sie aus dem Heim flüchtete, habe ich sie in die *Eiskeller* mitgenommen. Sie liebte diese Gegend. Sie drohte, alles zu verraten, und da habe ich sie erstickt. Es war eine Befreiung für uns beide.«

In seinem Blick lag Besessenheit. Etwas Eigenartiges flackerte in diesen starren Augen auf. ›Er beginnt, sich die schöne Zeit auszumalen, die vor ihm liegt‹, dachte Hélène.

»Kann ich eine Zigarette haben?«, fragte sie.

›Ich muss ihm das Gefühl geben, dass ich mich in mein Schicksal füge. Auf keinen Fall meine Angst zeigen. Seine Erregung nicht zusätzlich steigern. Ich brauche ein paar Minuten. Vielleicht habe ich eine kleine Chance.‹

»Ich wusste gar nicht, dass Sie rauchen.«

»In Gesellschaft rauche ich ab und zu.«

Ein arrogantes Lächeln huschte über seine Züge. Er zündete eine Zigarette an und schob sie ihr zwischen die Lippen. Nach jedem ihrer hastigen Züge legte sie die gefesselten Hände auf die Knie zurück. Sie ließ Joffré nicht aus den Augen. Sie zwang sich, nicht auf die Griffe der über die Regalbretter hinausragenden Werkzeuge neben seinem Stuhl zu sehen.

›Du musst ihn weiter zum Sprechen bringen, Hélène!‹

»Und der Rabe?«

»Er war mein Vater. Es war kein Zufall, dass ich ihn gefunden habe. Wie hätte ich nach all den Jahren die Verbindung zwischen Guillaume Desmeuraux, dem kleinen Widerstandskämpfer, dem vom Zug gesprungenen Vergewaltiger, und einem in der Menge untergetauchten Unbekannten knüpfen sollen? Ich hatte meinen Namen geändert, wollte nicht mehr Marcelin heißen. Das brachte mich auf die entscheidende Idee. Ich hatte nie geglaubt, dass Desmeuraux gestorben war und man ihn beerdigt hatte. Als ich ihn identifiziert hatte, war es sein Schicksal, von mir zerstückelt zu werden. Ich bin geduldig, müssen Sie wissen. Bevor ich hierherkam, war ich in Aix-en-Provence. Ich bin bis in die Dombes gereist, um mich der Familie Desmeuraux zu widmen. Erst als ich die Spur der Ex-Frau von Mayeux, Lauras Mutter, gefunden hatte, habe ich um meine Versetzung nach Nantua gebeten. Ich wollte mir Laura nach ihrem fünfzehnten Geburtstag vornehmen, in Erinnerung an meine Mutter. Sie war auch fünfzehn, als sie sie vergewaltigt haben ... Nein, das ist gelogen. Laura sollte mir zu meinem eigenen Vergnügen dienen. Deshalb habe ich mich auch nicht um ihre Eltern gekümmert. Außerdem hatte der Fuchs das Weite gesucht und sich nach Madagaskar abgesetzt. Und ich verabscheue Flugzeuge.«

»Warum ist Ihre Wahl auf mich gefallen?«

Er schien überrascht zu sein.

»Aber … um alles auf eine höhere Ebene zu heben, Hélène. Und weil ich Ihre Bücher liebe. Ich habe es Ihnen doch schon gesagt, Sie sind begabt, wenn auch nicht so außerordentlich begabt wie ich.«

›Ich kann nicht auf Lénore zu sprechen kommen! Ich muss noch ein wenig warten! Der Keller ist mit Sicherheit der Ort, den er sich eingerichtet hat, um seine Opfer zu beseitigen. Lauter leere Kisten und diese Werkzeuge … sonst nichts. Doch, an einer Wand ein Regal. Vielleicht hat er die Tiefe des Raumes verringert, um sich einen Verschlag abzutrennen.‹

»Was ist mit Ihrem Großvater Marcelin, haben Sie ihn umgebracht?«

»Leider war mir das nicht vergönnt. Er ist in seinem Bett krepiert, während ich meine Nachforschungen betrieb.«

»Und was hat Sylvie mit dem Ganzen zu tun?«

»Ich habe jetzt keine Verwendung mehr für sie, nachdem sich unser Notar das Leben genommen hat. Der gute Max hat sich vollgepisst, als ich ihn aufhängte. Leider hat er nicht allzu viel gespürt. Sie hätten mein Werk sehen sollen! Ganz und gar postmodern. Das war sein Lieblingswort. Aber nur keine Sorge, Sie werden einem weitaus erregenderen Schauspiel beiwohnen. Sie wollten mich mit Ihrer Nachricht über Eléonore und diesem fingierten Treffen hereinlegen. Jetzt werde ich Sie lehren, was es für Folgen hat, wenn man sich mir in den Weg stellt.«

Er erhob sich. Sie glaubte schon, dass es nun zu spät sei, dass sie den richtigen Zeitpunkt verpasst hätte. Er schob jedoch nur eine Ecke der Plastikplane beiseite, rückte zwei aufgerollte Gartenschläuche weg und kroch durch den Spalt, der sich zwischen dem untersten Regalbrett und dem Boden auftat. Die dahinterliegende Mauer musste also eine Öffnung haben. Nicht einmal eine Minute später tauchte er wieder auf. Er hielt das Ende einer Kette in der Hand und rüttelte fest an ihr.

»Hier kommt unsere Sylvie«, sagte er. »Vorwärts! Mach schon!«

Am anderen Ende der Kette sah Hélène eine zarte und nackte Gestalt auftauchen. Eine enge Ledermütze war über Sylvies Kopf gestülpt. Er zog sie ihr ab. Als Hélène den glatt rasierten Schädel und die vollkommen abgestumpften Gesichtszüge sah, biss sie sich so sehr auf die Lippen, dass sie bluteten. Sylvie hob den Kopf und sah mit verstörtem Blick in das Licht. Ihre Haut war von Misshandlungen und Foltern gezeichnet.

Joffré nahm wieder seinen Platz ein, das Messer ruhte auf seinen Knien.

»So, nun überlegen wir einmal, mit wem fangen wir an? Mit Sylvie. Sie ist so folgsam. Hierher!«

Er zog an der Kette, und Sylvie ging zu ihm. Er nahm ihre Hand und legte sie auf die Ausbeulung zwischen seinen Schenkeln. Hélènes Zigarette war beinahe abgebrannt. Trotz des Filters war der Rauch bereits heiß.

»Ich glaube nicht, dass Sie sie damit beeindrucken«, sagte Hélène. »Sie ist echte Männer gewohnt.«

Sein Gesicht verzerrte sich zu einem stummen Schrei,

und er stieß Sylvie zurück. Eine seltsam zitternde Stimme stieg tief aus seiner Kehle auf.

»Du Drecksstück von einer Chinesin!«

»Und Lénore? Wusste sie es?«, fragte Hélène.

»Wusste sie was?«

In seiner Stimme lag etwas Drohendes, aber erstaunlicherweise verzog sich sein Mund zur schmollenden Schnute eines gescholtenen Kindes.

»Dass ihr Vater auch der Ihre war. Dass Sie ihr Halbbruder waren!«

Sie musste die Flucht nach vorn antreten.

»Als Sie sie vergewaltigten, als Sie ihr das Herz herausrissen, als Sie sie zerstückelten, haben Sie ihr da gesagt, dass Sie ihr Bruder sind? Haben Sie ihr gesagt, dass Ravenne auch Ihr eigener Vater war? Sie haben es ihr gesagt! Und haben nicht auch Sie mit Ihrer Mutter, Annette, und mit Ihrer Schwester, Flora, geschlafen? Antworten Sie! Haben Sie mit Ihnen geschlafen, oder haben Sie sich mit Onanieren begnügt? Antworten Sie!«

Rasende Wut lag in Joffrés Blick. Adern und Sehnen sprangen an seinem Hals hervor. Er konnte sich nicht länger beherrschen. In seinem Innern brachen die Dämme, und vor Wut tobend fuhr er von seinem Stuhl hoch.

25

Fabienne warf ihre Kippe in den Rinnstein. Morel hatte sich auf sein Auto gestützt.

»Nehmen wir einmal an, du hättest recht«, sagte er, »so wissen wir trotzdem nicht, wer Gorju ist. Wir haben nicht den geringsten Anhaltspunkt, um einen Zusammenhang herzustellen.«

»Scheiße, Jeff«, unterbrach ihn Fabienne aufgebracht. »Wie hast du es eigentlich bis zu deinem Diplom geschafft? Nicht den geringsten Anhaltspunkt! Glaubst du nicht, dass die, die wir haben, ausreichen? Und so etwas will ein investigativer Journalist sein!«

»Ach ja? Was haben wir denn?«

»Wir haben einen Typen, der weiß, dass Hélène Wang nach Nantua kommt. Er ruft sie im Zug an, kennt also ihre Handynummer und ihren Zeitplan. Er schreibt eine Beichte, die er ihr über den Umweg eines hiesigen Wettbewerbs für die Jugendlichen zukommen lässt; also hat er die Ausschreibung in der Mediathek gelesen. Dieser Typ ist alles andere als ein Schwachkopf. Er ist ein Fan von Edgar Allan Poe. Er ist gebildet und besitzt schauspielerische Qualitäten …«

Sie hielt inne, um wieder Luft zu schöpfen.

»Das ist viel und gleichzeitig doch gar nichts. Wir wissen auch, dass er in einer Buchhandlung ein Treffen mit Hélène vereinbart hat. Nicht in einem Café, sondern in einer Buchhandlung. Wir nehmen an, dass er Sylvie entführt hat. Das wiederum bedeutet, dass er ihre Gewohnheiten kennt. Glaubst du nicht auch, dass alles in ein und dieselbe Richtung läuft? Das erscheint doch alles sehr logisch, oder?«

Morel hatte die Autotür bereits geöffnet, als er plötzlich stutzte.

»Warte! Eine Buchhandlung hast du gesagt, und nicht ein Café?«

Fabienne zuckte die Schultern.

»Ja, eine Buchhandlung. Hast du jetzt alles vergessen?«

»Warum«, beeilte sich Morel zu antworten, »hat er eine Buchhandlung vorgeschlagen? Er hätte auch ein Treffen in einem Café ausmachen können. Das hätte ich jedenfalls getan. Eine Buchhandlung, Edgar Allan Poe, ein Manuskript, eine Schriftstellerin, Gymnasiastinnen ...«

Morels Stimme zitterte. Er hatte sich die ganze Zeit über geweigert, den Fall aus dem richtigen Blickwinkel zu betrachten; es war ganz einfach eine Frage des Standpunktes. Veränderte man die Perspektive, so fügten sich die einzelnen Teile ohne Probleme Stück für Stück zusammen.

»Verflucht! Wer unterrichtet außer Toussainte noch Literatur am Gymnasium?«

»Jérôme Joffré. Hältst du ihn für den Mörder?«

»Ich weiß nicht, aber es scheint alles sehr gut zusammenzupassen. Weißt du, wo er wohnt?«

»Ja.«

»Wir werden uns zum Mittagessen einladen«, sagte der Journalist mit einem Blick auf seine Armbanduhr.

26

Darauf hatte Hélène gesetzt. Mit einer Wendung des Kopfes schleuderte sie Joffré ihre Zigarettenkippe ins Gesicht. Sie traf ihn genau in dem Augenblick, als er von seinem Stuhl aufsprang. Reflexartig hob er die Arme, um sich zu schützen, und verlor für einen Augenblick das Gleichgewicht. Hélène brauchte nur aufzustehen, sich umzudrehen und nach einem der Holzgriffe auf dem Regalbrett zu greifen.

Joffré sah auf das Messer, das er hatte fallen lassen.

»Sie sind nichts als ein Stück Scheiße, Herr Lehrer!«

Er bückte sich, um die Waffe wieder aufzuheben. Der Schlag, den sie ihm versetzte, war so heftig, dass er mit einem dumpfen Geräusch gegen die Wand geschleudert wurde. Er fiel nach hinten und blieb mit schlaff herabhängenden Armen auf dem Boden sitzen. Ein dunkler Schleier trübte seinen Blick. Sie hatte ihn über der Augenbraue, ganz nah an der Schläfe getroffen.

Hélène verlor keine Zeit. Sie legte das Werkzeug ab und trat an ihn heran. Joffrés ganzer Körper zitterte, sonst rührte er sich nicht. Dann kippte er plötzlich zur Seite.

Hélène wurde übel. Sie packte mit ihren noch immer zusammengebundenen Handgelenken das Messer und durchschnitt ihre Fesseln. Rasch streifte sie Sylvie ihr T-Shirt über.

»Es ist vorbei«, sagte sie, »komm mit, meine Kleine.«

Sie drängte sie, die ersten Stufen hochzusteigen. Da hörte sie hinter sich einen nicht enden wollenden Schrei; einen Schrei, in dem Qual und Hass, aber auch noch etwas anderes lag. Sie fühlte, wie sich ihr Magen zusammenzog. Sie stieß Sylvie weiter voran.

»Schnell! Hau ab! Lauf auf die Straße!«

Sie drehte sich um, und ihre Augen trafen sich. Joffré hatte sich aufgerappelt. Blut floss aus seiner Wunde, und er schwankte, als sei er betrunken. Seine Schminke war zum Teil aufgelöst. Er sah jetzt tatsächlich aus wie ein Monster mit mehreren Gesichtern.

Hélène hob die Arme.

»Legen Sie das Messer weg, Joffré. Legen Sie das Messer weg«, wiederholte sie mit tonloser Stimme.

Sie merkte, dass er sie nicht hörte.

»Dreckskerl!«

Er kam näher. Von der Küche drang ein vibrierendes Geräusch herab. Jemand klingelte an der Tür! Joffré hatte es ebenfalls gehört. Er blieb stehen, sah Hélène an und ließ das Messer los.

»Sie haben keinerlei Beweis, Sie Miststück«, zischte er. »Weder für Desmeuraux noch für seine Familie oder den Notar! Alles, was Sie haben, ist Sylvie. Ich habe sie nicht vergewaltigt, und so wird man mir mildernde Umstände gewähren.«

Schläge waren zu hören. Man versuchte, die Tür aufzubrechen. Jemand schrie, Glas ging zu Bruch, und dann rief eine Stimme:

»Sylvie! Ich bin es, Fabienne! Wir kommen!«

Joffré konnte sich nicht länger auf den Beinen halten; sie gaben nach. Er wich zurück und ließ sich auf seinen Stuhl fallen. Jérôme Joffré, der Literaturlehrer und Verehrer von Edgar Allan Poe hatte recht. Es gab keinerlei Beweise gegen ihn. In spätestens fünf Jahren würde er, auf den Rücksitz seines Autos gekauert, eine neue Lénore, eine weitere Laura ausspähen. Wie damals, als der Inspektor Hélène in Shanghai mit Zhang Lings Mörder allein gelassen hatte, wuchs in ihrer Brust der Druck mit rasender Geschwindigkeit, ein Schraubstock schien sich um ihr Herz zu schließen und es zu zermalmen.

Sie ging die Stufen hinunter. Die Plastikplane leuchtete wie die Oberfläche eines Sees, eines gewaltigen Sees. Auf dem Regal lag zwischen den Werkzeugen eine alte Gartenschere mit Holzgriffen.

»Hélène! Hélène! Wo sind Sie?«

Es war Morels Stimme. ›Er kommt reichlich spät zu seinem Treffen mit Gorju‹, dachte sie.

»Legen Sie die Schere weg«, schrie Joffré. »Sie sehen doch, dass ich mein Messer losgelassen habe. Ich brauche einen Arzt. Holen Sie einen Arzt!«

Ohne zu zögern, rammte sie ihm mit einer einzigen Bewegung die Schere in den Hals.

27

Sechs Wochen später.

Du kannst es nicht verfehlen«, hatte Hélène zu Fabienne gesagt. »Du fährst an der Steinmauer entlang den Weinberg hoch, dann biegst du hinter dem großen Maulbeerbaum ab. Es ist das Landhaus mit den hellblauen Fensterläden.«

Hélène war in Gordes, im Haus ihrer Eltern, die eine musikalische Kreuzfahrt nach Griechenland unternommen hatten. Sie wartete auf Fabienne und Morel, die das Wochenende mit ihr verbringen wollten.

Der Morgen war warm. Zwischen Kiefern und Olivenbäumen erstreckte sich eine weite Hügellandschaft im goldenen Dunst.

Sie hatte sich auf die Terrasse gesetzt, um noch einmal *Der Graf von Monte Cristo* zu lesen, auch dies die Geschichte einer Rache. Sie war gerade an der Stelle, wo Edmond Dantès den Schatz entdeckt, als sie hörte, wie ein Auto vor dem Zaun anhielt. Sie legte ihr Buch beiseite und lief durch den Garten.

»Wir haben dir eine Überraschung mitgebracht«, rief Fabienne, als sie sie erblickte.

Morel winkte ihr zu und öffnete die hintere Tür des Wagens. Ein junges Mädchen stieg aus. Sie trug eine kurze Hose, ein khakifarbenes T-Shirt und einen Strohhut.

»Sylvie!«, rief Hélène erfreut und lief auf sie zu.

Sie umarmte sie, dann trat sie einen Schritt zurück.

»Lass mich sehen, wie hübsch du bist.«

Sylvie lächelte sie mit beinahe strahlenden Augen an.

»Hoffentlich habt ihr eure Badesachen mitgebracht«, sagte Hélène. »Kommt mit, ich werde euch eure Zimmer zeigen.«

Später saßen Hélène und Fabienne im Schatten eines Sonnenschirms und tranken eine Tasse Kaffee. Im Hintergrund klapperte eine Schreibmaschine.

»Eine Olivetti«, hatte Morel stolz verkündet. »Eine Lettera 22. Älter als ich.«

»Er ist beim dritten Kapitel«, sagte Fabienne. »Ich glaube, er möchte, dass du liest, was er geschrieben hat.«

Hélène nahm ihre Sonnenbrille ab und fragte:

»Wie geht es ihr?«

Sylvie lag am Rand des Schwimmbeckens. Sie hatte den Hut abgenommen. Ihre streichholzkurzen Haare waren hellblond, beinahe weiß.

»Es geht«, sagte Fabienne. »Die Ärzte sagen, dass die Entziehungskur erfolgreich verlaufen kann. Sie muss mit ihrer Schuld gegenüber Laura fertig werden, aber ich glaube, dass sie das schaffen wird. Melik ist wunderbar. Er bezahlt die Privatklinik, in der sie ihre Entziehungskur macht; er hat auch eine beträchtliche Summe für sie auf einem Konto im Ausland hinterlegt.«

»Weißt du, wo er ist?«

»Nein, er schickt mir jede Woche eine E-Mail, damit ich ihn auf dem Laufenden halte.«

In einer unvermittelten Gefühlsaufwallung strich Hélène Fabienne über den Arm.

»Ich werde dir immer dankbar sein für das, was du dort für mich getan hast.«

Fabienne brach das darauf folgende Schweigen als Erste.

»Weißt du, ich hätte nie geglaubt, dass ich so etwas tun könnte, bevor ich gesehen hatte, in welchem Zustand Sylvie war.«

Hélène ließ ihren Blick über die Heidelandschaft oberhalb des Gartens schweifen. Sie sah die Szene wieder vor sich, den Augenblick, in dem Fabienne oben an der Treppe auftauchte, dann Jérôme Joffré entdeckte, der auf seinem Stuhl mit dem Tode rang, und Hélène, die vor ihm stand und wie versteinert auf das aus seiner Wunde hervorschießende Blut starrte.

»Jeff, bring Sylvie sofort ins Krankenhaus, ich kümmere mich um Hélène«, hatte sie ihrem Gefährten zugerufen.

Dann war sie zu Hélène gelaufen und hatte mit angesehen, wie Jérôme Joffré gestorben war.

»Ich habe ihn getötet«, murmelte Hélène. »Er hatte sein Messer losgelassen, und ich habe ihn getötet.«

Nach ein paar Sekunden hatte Fabienne den Kopf geschüttelt. Sie war an die Leiche herangetreten, hatte ihr einen leichten Stoß versetzt, sodass sie vom Stuhl auf den Boden rutschte. Sie hatte das Messer aufgehoben, es Joffré in die Hand geschoben und seine Finger fest um den Griff geschlossen.

»Er wollte sich auf dich stürzen, um dich zu töten. Du hast dich nur verteidigt, mehr nicht. Ich habe alles gesehen.«

Sylvie war ins Schwimmbecken gesprungen und bedeutete ihnen, es ihr gleichzutun.

Die beiden Frauen gingen die Steinstufen hinunter. Die Grillen zirpten hingebungsvoll in der glühenden Augustsonne.

Diana Verlag

Allison Brennan

Schon drei Frauen starben so wie die Romanfiguren der Bestseller-autorin Rowan Smith. Jetzt schickt ihr der Killer weiße Lilien und die abgeschnittenen Zöpfe eines Mädchens. Ein Wettlauf gegen die Zeit beginnt ...

978-3-453-35169-1

Tagelang hält ein Serienmörder seine Opfer gefangen, bevor er sie in den Bergen Montanas zu Tode hetzt. Nur eine der jungen Frauen hat die mörderische Jagd bisher überlebt: Miranda Moore. Seitdem sind zehn Jahre vergangen, doch der Killer hat sie nicht vergessen ...

978-3-453-35211-7

Eine DNA-Untersuchung beweist, dass der Mann, den sie für den Mörder ihrer Schwester hielt, unschuldig ist! FBI-Agentin Olivia St. Martin nimmt die Ermittlungen wieder auf und stößt auf eine Mordserie, die bis in die Gegenwart reicht. Der Killer wütet noch immer!

978-3-453-35212-4

www.diana-verlag.de